Die Jagd des Alphas

In Schatten gehüllt 2
Aimee Easterling
Ins Deutsche übertragen von Stephan Waba
Erschienen bei Wetknee Books 2024

Kapitel 1

Der zweite Werwolf, den ich je zu Gesicht bekommen hatte, humpelte aus dem Wald. Aus der Ferne war sein Geruch gefährlich, bitter und furchterregend. Aber die Bestie selbst war übel zugerichtet und blutete aus tiefen Wunden an Brust, Bauch und Flanke.

Der Fremde war kaum in der Lage sich vorwärts zu bewegen, geschweige denn uns anzuspringen. Es hätte mich nicht gewundert, wenn er auf der Stelle umgekippt wäre.

Ich ließ meine eigenen Schultern hängen. Das war nicht der furchterregende Pelzlose, vor dem ich mich seit meiner Kindheit gefürchtet hatte. Ich hatte überreagiert. *Genau wie damals, als ich Luke kennengelernt hatte.*

Ich ließ meinen Blick zur Seite gleiten und erwartete, dass der erste Werwolf, den ich je gesehen hatte, mich mit einem vergnügten Grinsen bedenken würde. Nur ... Lukes Blick war so entschlossen auf den älteren Wolf gerichtet, dass er meine Anwesenheit ganz vergessen zu haben schien. Nicht nur seine Halskrause, sondern das Fell seines gesamten Rückens richtete sich bedrohlich auf. Dann ertönte der Hauch eines Knurrens aus seiner Brust, das noch bedrohlicher war, weil es so leise war.

Mein Blick schweifte nach vorne, auf der Suche nach Gefahr. Der ältere Werwolf geriet ins Straucheln und machte einen weiteren Schritt nach vorne. Ich legte den Kopf schief und versuchte zu verstehen, wie ein Gestaltwandler, der offenbar jede Sekunde zusammenzubrechen drohte, eine Gefahr für uns beide darstellen konnte.

Der Alte mag sein Verfallsdatum überschritten haben, aber ich vertraute Luke. Ich stemmte meine Pfoten fest in den Boden, um mich auf den Kampf einzustellen ... und stieß ein Wimmern aus, als der Angriff nicht von dem Neuankömmling, sondern von dem Pelzlosen ausging, dem ich vertraut hatte.

Vorhin hatte Luke mir ein Schwert geschenkt, ein Geschenk voller unausgesprochener Versprechen. Später hatte er auch noch hingenommen, dass ich mich nicht beschützen lassen wollte, als plötzlich der Geruch eines Werwolfs über uns hereingebrochen war. Da hatte er sich Schulter an Schulter neben mich gestellt, um mir zu zeigen, was wahre Partnerschaft und Stärke bedeutet.

Doch nun schlug Luke ohne Vorwarnung zu. Nun, nein, das trifft es nicht ganz. Der ältere Wolf gab eine Millisekunde, bevor Luke mich angriff, einen bellenden Ton von sich, der meine Nervenenden zerriss. Als Antwort krallten sich Lukes Zähne in die weiche Haut an meinem Hals, bis ich blutete, ohne dass ich überhaupt begriffen hatte, was da geschah. Blitze zuckten heiß und elektrisierend unter meiner Haut.

Im selben Augenblick tauchten Worte in mir auf, die ich zwar nicht hören konnte, aber dennoch verstand. *„Honor."* Die Silben meines Namens hallten in Lukes tiefem Bariton wider. *„Ich bringe das in Ordnung."*

Ich versuchte, seine Stimme aus meinem Inneren zu verdrängen, weil mir das alles so fremd war. Das war neu ... und nicht besonders angenehm.

Noch merkwürdiger war es, die Worte eines anderen zu hören – die des Alten –, die durch Luke in mich eindrangen. *„Es ist Zeit, dass du dich erhebst und deine Pflicht tust, mein Sohn."*

„Meine Pflicht tun?" Lukes Erwiderung war reiner Zorn. *„Du hast meinen Bruder auf dem Gewissen und mir mit dem Tod gedroht, wenn ich mein Zuhause und meine Familie nicht verlasse."*

Der Alte – Lukes Vater – zuckte mit den Schultern. *„Ich habe meine Meinung geändert. Vorrecht des Alphas."*

„Und der Biss?"

Ich spitzte die Ohren. Mein Hals blutete, aber seltsamerweise war das Gefühl angenehm. Wie wenn Lukes Finger durch das lange Fell meines Pelzes streichelten.

Trotzdem hatte der ältere Wolf den Biss erzwungen, was auch immer er darstellte. Also knurrte ich bei Lukes Forderung nach weiteren Auskünften geschlossen auf. Ich machte einen Schritt vorwärts, so wie Luke zuvor auch.

Zu diesem Zeitpunkt war der ältere Wolf kaum noch in der Lage, seinen Kopf zu heben. Aber seine Stimme in meinem Kopf war sowohl selbstgefällig als auch mächtig. *„Deine Schwester hat mir als Schwertjungfer gereicht, Luke. Aber du wirst jede Hilfe brauchen, die du kriegen kannst."*

Diesmal antwortete er nicht, sondern näherte sich weiter seinem Vater. Seine Welt hatte sich deutlich verkleinert, das erkannte ich, denn seltsamerweise hatte sich meine eigene Sicht verdoppelt. Ich sah Luke vor mir, und ich sah seinen Vater wie durch Lukes Augen.

„Eine Gefährtin, die auch eine Schwertjungfer ist", fuhr der Alte fort. *„Das wird das Rudel beschwichtigen. Vor allem, wenn du einen Erben zeugst."*

Einen Erben zeugen? Wenn ich ein Mensch gewesen wäre, hätte ich eine Augenbraue hochgezogen. Aber diese archaische Feststellung entwischte mir, als sich zwei weitere Pelzlose aus dem sommerlichen Grün hervorschlichen.

Luke hatte sie nicht gesehen. Er war zu sehr auf seinen Vater fixiert.

Also bellte ich warnend ... nur um anschließend stumme Worte zwischen uns hin und her zu schicken. *„Luke, hinter dir!"*

Und Luke verstand. Er blickte sich nicht wie wild um. Er wandte sich einfach den entgegenkommenden Wölfen zu.

BEI DEN NEUANKÖMMLINGEN handelte es sich um ein Männchen und ein Weibchen. Das Männchen hatte tellergroße Pranken an den Enden seiner mageren Beine, die verrieten, dass es noch nicht ganz ausgewachsen war. Allerdings führte das Weibchen die Gruppe an. Das Weibchen, das sich zu einer Mittzwanzigerin aufrichtete und Luke mit Augen musterte, die so stürmisch blau waren wie seine eigenen.

Ich vermutete, dass es sich um die besagte Schwester handelte. Nicht nur wegen der offensichtlichen körperlichen Ähnlichkeit, sondern auch wegen ihrer Begrüßung. Ein einziges Wort, voll von jahrzehntelanger gemeinsamer Vergangenheit. „Luke."

Lukes Schwester war natürlich nackt und hatte keinen Pelz, der sie schützte. So war das bei den Pelzlosen, im

Gegensatz zu den Woelfen. Sie behielten ihre wölfische Natur in sich, während sie sich wandelten. Behielten die wilde Seite ihrer Bestie hinter ihren Augen, auch wenn sie aufrecht herumliefen.

Man hatte mir beigebracht, dass den Pelzlosen Nacktheit nichts ausmacht, und diese Frau unternahm jedenfalls keine Anstrengungen, ihr Innerstes zu verbergen. Aber ihre Nacktheit war weit weniger überraschend als das Netz aus Narben, das ihren Körper überzog. Es sah aus, als wäre sie durch ein mit Rasierklingen besetztes Netz gefallen.

Ich spürte eher als dass ich gesehen hätte, wie Luke zusammenzuckte. „Ruth." Er trat an dem zusammengesunkenen Körper seines Vaters vorbei und verstand schneller die Zusammenhänge, als ich das vermochte. „Warum hast du dich nicht bei mir gemeldet? Ich hätte das verhindern können."

Das? Die Narben, vermutete ich. Hatte das vielleicht damit zu tun, dass ihr Vater von einer Schwertjungfer gesprochen hatte? Es kribbelte in meinem Bauch, mich zu erheben und nach weiteren Einzelheiten zu fragen, aber es wäre viel zu gefährlich gewesen, meinen Pelz offen zu zeigen.

Während ich noch rätselte, beugte sich Luke vor, als wolle er seine Schwester umarmen. Aber das wollte sie nicht. Ruth wehrte ihn ab, während sie antwortete.

„Genau deshalb habe ich dich nicht verständigt." Ihre Augen verengten sich. „Das Rudel brauchte deine Hilfe nicht. Wir haben einen Alpha, eine Schwertjungfer und einen Erben."

Mit dem letzten Wort deutete sie auf das junge Männchen, das sich viel langsamer in einen Menschen wandelte als die anderen. „Oder zumindest hatten wir das", fügte sie hinzu. „Jetzt haben wir bloß einen heillosen Schlamassel."

Zwischen Lukes missglückter Umarmung und Ruths Worten stieg die Spannung in der Luft noch weiter an. Ich schlich mich vorwärts, bis meine Vorderpfoten nur noch wenige Zentimeter von Lukes nacktem Fuß entfernt waren. Wenn seine Familie sich wandeln und ihn angreifen würde, wäre ich bereit, sie zurückzuschlagen.

Doch anstatt ihn anzugreifen, gab der Junge einen Laut von sich, sobald sein Wolfsfell verschwunden war und sich die menschlichen Stimmbänder eingerichtet hatten. „Da mache ich nicht mit!"

Er sah genauso aus wie Luke vor fünfzehn Jahren, bevor das Leben seine weichen Züge verhärtet hatte. Das musste Michael sein, der neugeborene Bruder, den Luke kaum kennengelernt hatte, bevor er aus seinem Rudel verstoßen worden war, weil er versucht hatte, ihren ältesten Bruder vor dem Tod zu retten.

Auf den Augenlidern des Jungen schimmerten Tränen. Luke hingegen schien ruhiger zu sein, als er roch, während er meine Vermutung bestätigte. „Nur so wirst du zum Alpha, Michael. Möchtest du denn Alpha sein?"

Einen langen Augenblick lang schwieg Michael. Dann stieß er mit einem Schluchzen hervor. „Nein."

In der angespannten Stille, die darauf folgte, machte der schlaue alte Wolf einen Satz.

Kapitel 2

Der Alte hatte es nicht auf Luke oder Ruth abgesehen. Nein, das wäre zu offensichtlich gewesen. Stattdessen griff er Michael an ... oder versuchte das zumindest. Ich traf ihn mit voller Breitseite, als er mit allen vier Pfoten vom Boden abgehoben hatte.

Als Mensch war ich langsamer als die anderen Pelzlosen. Aber in Wolfsgestalt war ich ihnen gewachsen. Sobald der Alte sich in der Luft drehte, um mir an die Gurgel zu gehen, schlug ich mit einer Pfote zu. In seiner vorhandenen Wunde lagen bereits jede Menge Nervenenden frei. Vier Krallen, die sich in rohes Fleisch bohren, hätten ihn eigentlich aufhalten müssen.

Das war aber nicht der Fall. Stattdessen schenkte der Alte dem Schmerz keine Beachtung. Er umschlang mich, sodass wir ineinander verschlungen auf dem Boden landeten.

Seine Zähne stießen durch mein Fell und suchten nach meiner Luftröhre. Plötzlich war Luke zwischen uns. In seiner menschlichen Gestalt packte er den Schwanz des älteren Wolfes. Eigentlich eine bescheuerte Aktion, aber er ließ sich nichts anmerken. Mit einer Hand am Schwanz und der anderen an der Halskrause schüttelte er den verletzten Wolf so stark, dass seine Zähne aufeinander klapperten.

Dann stieß Luke bloß ein einziges Wort aus, aber das war so hart wie das Knurren eines jeden Wolfes. „Meine."

Die Blicke aus so vielen blauen Augen trafen mich auf einmal, dass ich einen Schritt zurückwich. Die Nasenlöcher des älteren Wolfs blähten sich. Ruth zog ihre Augenbrauen so hoch, dass sie unter ihren Stirnfransen verschwanden.

Michael war es, der forderte: „Willst du uns einander nicht vorstellen?"

„Nein." Jetzt versperrten mir Lukes nackte Waden die Sicht. Er hatte sich zwischen mich und seine Geschwister gestellt, genau wie damals, als wir das erste Mal Werwölfe gewittert hatten. Diese Geste hätte mich eigentlich beschützen sollen, aber stattdessen hatte ich das Gefühl, dass unsere Beziehung gerade einen gewaltigen Schritt zurück gemacht hatte.

Vor allem, als Luke plötzlich das Thema wechselte. „Wie nah ist das Rudel?"

Diese Ablenkung vermochte zwar nicht den Druck in meinem Magen zu lindern, aber bei Michael klappte es. Der Junge strich sich die Haare aus den Augen, als er Lukes Vermutung entkräftete. „Niemand ist uns gefolgt!"

Fast lächelte Luke. Beruhigende Worte. „Würdest du das für mich überprüfen? Nochmal euren Weg abgehen? Stößt du ein Heulen aus, sobald du jemanden siehst?"

Der Junge wurde zu seiner eigenen Sicherheit von dem bevorstehenden Gespräch weggeschickt, und das Gescharre seiner Füße auf dem trockenen Laub zeigte, dass er das auch wusste. Trotzdem nickte er. Er zwang sich, in seine Wolfsgestalt zurückzukehren, und schlich dann zurück zwischen die Bäume, aus denen er kurz zuvor aufgetaucht war.

„Du erkennst das Problem", stellte Ruth fest, als der Junge zu weit weg war, um sie zu hören. „Er sieht zwar nicht so aus, aber Michael hat das Zeug zum Alpha. Für ihn steht das Rudel an erster Stelle. Er muss nur endlich erwachsen werden."

„Und ihr möchtet, dass ich in der Zwischenzeit das Rudel führe." Luke nickte. „Ich habe euch schon als Kind gesagt, dass ich jederzeit zurückkommen würde, wenn ihr mich darum ersucht. Nur ..."

Damit trat er vor mich hin. „Du kannst dich jetzt wandeln, Honor", teilte er mir mit. Als ich zögerte, fügte er hinzu: „Ich vertraue Ruth mit meinem Leben."

Und seinem Vater? Ich warf noch einmal einen Blick auf den älteren Wolf, betrachtete seine tiefe Bauchverletzung und sah, wie schwer er atmete. Jetzt verstand ich, worauf Luke hinauswollte. Er hatte seinen Vater gar nicht erwähnt, weil der alte Wolf nicht mehr lange zu leben hatte.

Also wandelte ich mich. Atmete Wolf ein und atmete Mensch aus. Mein Pelz rutschte von meinen Schultern, aber ich fing ihn auf, bevor er zu Boden fiel.

Und Ruth explodierte. „Du bist vielleicht ein Hornochse, Luke. Was hast du dir nur dabei gedacht?" Jetzt war sie diejenige, die auf ihren Bruder zuging, aber mit erhobenen Fäusten, anstatt ihn zu umarmen. „Eine Woelfin als Schwertjungfer? Zuerst zerfetzen sie sie, und dann bricht das Rudel auseinander."

LUKES ARM LEGTE SICH um meine Schultern, mich zur Hälfte schützend und zur Hälfte zurückhaltend. Als hätte er erwartet, dass ich als Erwiderung ihrer Angriffe körperlich auf seine Schwester losgehen würde.

Das hätte eine Werwölfin wahrscheinlich auch getan. Aber ich war eine Woelfin. Ich wehrte mich mit Worten gegen Worte und mit Fragen gegen Unwissenheit. „Was ist eine Schwertjungfer?"

Mein Versuch, die Spannung zu entschärfen, hat geklappt, wie sich alsbald herausstellte, als Luke mich aufklärte. „Sie dient dem Rudel als Art Überdruckventil."

Das Grollen seiner Stimme bohrte sich in meine Haut, während mich ein Hauch seines typischen Zimtgeruchs umgab. „Aber dazu hat dich mein Biss nicht gemacht, Honor. Der gehört zum Paarungsritual. Er dient als eine Art Schutz." Kurz blickte er seinen Vater an, dann richtete er seine Aufmerksamkeit wieder auf mich. „Wenn auch ein schwacher. Ruth ist die Einzige, der ich vertraue, dich so zu sehen. Sobald Michael heult, wandle dich zurück."

Das war keine Bitte, sondern eher ein Befehl. Trotzdem sah ich über seine Formulierung hinweg. Schließlich kam es ja nicht jeden Tag vor, dass ein sterbender Vater und eine Schwester vor der Tür standen und von einem verlangten, alles stehen und liegen zu lassen und die Führung eines Rudels von Werwölfen zu übernehmen.

Ruth stieß ein ungläubiges Schnauben aus. „Du bist schon zu lange weg, Luke. Hast du etwa schon vergessen, dass eine Gefährtin die erste Wahl für die Schwertjungfer ist?"

„Unsere Mutter ..."

„Die war mit Michael schwanger, als die Stelle zu besetzen war, und hat es danach nicht mehr lange ausgehalten. Trotzdem war das Rudel nicht gerade begeistert, dass eine Tochter zur Schwertjungfer gekürt worden ist, als ich angefangen habe. Deshalb hat Vater so viele Konkurrenten aus dem Weg räumen müssen."

„Das reicht nicht." Unter uns ertönte eine röchelnde Stimme. Der alte Wandler war nicht mehr länger Wolf und lag auf dem Rücken, die Augen geschlossen und eine Hand auf seine Bauchverletzung gepresst, die ohne das Fell, das sie verdeckt hatte, nun noch schlimmer aussah. „Ich habe nicht genug Konkurrenten ausgeschaltet" – sein Atem stockte für einen Augenblick, dann zwang er sich, den Schmerz zu überwinden – „sonst wäre ich nicht in diesem Zustand."

„Wer war es, Vater?" Ruth sank neben dem alten Mann auf die Knie und vergaß Luke und mich. Zwischen den beiden herrschte nicht gerade Liebe. Aber dennoch verband etwas Mächtiges die beiden.

Ihr Vater schüttelte den Kopf, anstatt zu antworten. „Jemand, der zu schwach ist, um die Alphajagd auszurufen." Seine Augen schlossen sich, als er die Erinnerung wieder wachrief. „Ich habe im Dunkeln nicht erkennen können, wer es war."

Ich hatte versucht, mich ruhig zu verhalten und es Luke zu überlassen, sich mit diesem offenkundigen Familienproblem zu befassen, aber das war einfach nur Schwachsinn. „Du bist doch ein Pelzloser. Also musst du sie doch gewittert haben."

Ruth spannte sich an, als ob sie mir am liebsten eine gescheuert hätte, aber der Alte zuckte nur mit den Schultern, so gut das eben ging. „Das spielt doch jetzt keine Rolle. Das Rudel braucht einen Alpha." Seine Augen blieben an Luke haften. Sein Lächeln zeigte seine messerscharfen Zähne. „Und der bist du."

„WIR KRIEGEN DAS HIN, Luke. Du hast zwar jede Menge verpasst, aber ich kann deine Schwertjungfer und Beraterin sein. Wir müssen unbedingt denjenigen finden, der Vater verletzt hat, und ihn öffentlich hinrichten. Nicht nur vor unserem Rudel. Wir laden auch die Nachbarn ein. Es soll ein richtiges Spektakel werden ..."

„Nein." Lukes Zwischenruf traf mich genauso wie zuvor das Bellen seines Vaters, wie ein körperlicher Schlag, der mich nach hinten warf. Sein Arm reichte kaum aus, um mich aufrecht zu halten.

„Nein was?", fragte Ruth.

„Nein, ich regle die Sachen nicht so wie unser Vater."

Die Maske der Kultiviertheit, die Luke getragen hatte, seit ich ihn kannte, schien zu verrutschen, so wie mein Pelz, wenn ich mich wandelte. War das der echte Luke, der seine Überlegenheit ausnutzte, um auf seine Schwester herabzublicken?

Plötzlich erinnerte ich mich an die Warnung meines Vaters. *„Bei den Pelzlosen geht es nur um Macht"*, hatte er uns vieren eingeschärft, als wir elf waren. *„Ihr Leben dreht sich um Überlegenheit. Lasst euch bloß nicht vormachen, dass sie so sind wie wir."*

Diese Lektion hatte sich noch nie so deutlich bewahrheitet wie in dem Augenblick, als Ruth aufsprang und einen Schritt näherkam. Sie und Luke standen sich fast Auge in Auge gegenüber, Ruth war nur fünf Zentimeter kleiner. „Du möchtest also deine Herrschaft nicht so anlegen wie Vater", stieß sie hervor, „oder kannst du nicht?"

„Hast du mich deshalb angebettelt zu verschwinden, nachdem er Gabriel getötet hatte?" entgegnete Luke. „Weil du nicht glaubst, dass ein Alpha mit Gerechtigkeit und Mitgefühl führen kann?"

Ich öffnete den Mund, um in den Streit der Geschwister einzugreifen, aber ihr Vater kam mir zuvor. „Versuch es doch einfach, wenn du möchtest, Junge." Seine Stimme war zunächst leise und ruhig, doch als er die Aufmerksamkeit seiner beiden Kinder hatte, stieg sie an. „Versuch doch mal, dieses Rudel mit Frieden und Liebe zu führen. Bis zum Ende des ersten Jahres laufen die einsamen Wölfe wie Schakale um dich herum. Und letzten Endes wirst du die Hälfte deiner Rudelkameraden bei der Alphajagd umbringen. Ein einziger Krieg. Keine Regeln. Das überlebt bloß ein Anführer – du, wenn du Glück hast."

Der Alte schüttelte den Kopf. „So viel Aufwand, um zu beweisen, dass du stark genug für die Rolle bist, die du heute mit Leichtigkeit übernehmen könntest. Kluger Schachzug, mein Sohn. Sehr klug."

Lukes Arm löste sich von meinen Schultern und er ballte die Fäuste. „Ich werde nicht du sein, Vater."

„Meinst du?" Der alte Shifter hustete einmal so heftig, dass ich schon dachte, er sei am Ende. Nicht nur, was das Sprechen betraf, sondern möglicherweise auch sein Leben.

Dann atmete er röchelnd ein und seine Stimme wurde eher stärker als schwächer. „Reicht die Drohung mit der Alphajagd nicht aus, um dich zu entmutigen? Du wirst deine Meinung schnell ändern, wenn die Nachbarn von der Rudelmisere Wind bekommen. Erinnerst du dich noch an die Vanguards? Weißt du noch, wie ihr neuer Alpha gescheitert ist, nachdem er zum Rudelführer aufgestiegen war? Wir haben ihnen ihre Frauen und ihr Revier abgeknöpft und alles niedergebrannt, was es nicht wert war, erobert zu werden. Glaubst du, das kann uns nicht auch passieren?"

„Das Rudel braucht dich als Anführer, Luke", stellte Ruth fest, als klar war, dass ihr Vater ausgesprochen hatte. Die Luft zwischen den Geschwistern stand in Flammen. Doch Ruths Blick wanderte nach unten, wodurch sich die Spannung in Lukes Schultern ein wenig lockerte.

Erst dann fuhr Ruth fort. „Sobald sich das Rudel beruhigt hat, kannst du langsam Veränderungen vornehmen. Ernenne Michael zu deinem Erben. Befriede das Rudel, bis du dich mit jedem einzelnen Mitglied in Gedanken verständigen kannst. Dann ist es auch sicher genug, um deine Woelfin zurückzuholen. Oder Michael wird Alpha und du kannst verschwinden, wann immer du möchtest. Wir müssen bloß zunächst den Clan vereinen."

Luke stand immer noch neben mir, aber sein Gesichtsausdruck war unleserlich. Die Verletzung an meinem Hals pochte einmal heftig.

Ruth trat einen Schritt näher und Luke drehte sich zu ihr um, bis sie sich Auge in Auge gegenüberstanden und ich mich außerhalb ihres kleinen Kreises befand. Ihre Stimme war leise, aber bestimmt, als sie ihn an sich zog. „Du hast ein Jahrzehnt Zeit gehabt, dein eigenes Leben zu leben, aber Michael nicht. Du musst dich entscheiden, Bruder. Rudel oder Gefährtin."

Sie wollten Luke in diesen Morast der Pelzlosen stoßen. Wollten ihn zwingen, jemanden zum Vorbild zu nehmen, von dem er sich sein ganzes Leben lang mit aller Kraft abgrenzen wollte. Das war einfach falsch.

Das Stechen in meiner Schulter verriet mir, dass es auch für uns falsch war, uns zu trennen.

Also drängte ich mich in das Gespräch der beiden, obwohl es für mich keinen offensichtlichen Platz gab. „Ich kann dir mit deiner Familie helfen, Luke, so wie du mir mit meiner geholfen hast." Ich hob meine Hand, bis ich die Bisswunde an meinem Hals ertasten konnte. Der Schmerz dort fühlte sich seltsam gut an. Die Vorstellung, unter den Pelzlosen zu leben, die vor einer Stunde noch beängstigend gewesen war, schien jetzt nicht mehr unmöglich. Lukes Verstärkung zu sein, war die richtige Entscheidung.

Aber es war nicht meine Entscheidung. Es war seine.

Luke atmete langsam ein. Ich wartete darauf, dass sich seine blauen Augen mir zuwandten, aber sie blieben auf seine Schwester gerichtet, als er antwortete. „Ich muss das alleine regeln, Honor."

Ruths Muskeln entspannten sich, während sich meine anspannten. Trotzdem schwieg ich und überließ Luke die Entscheidung über unseren weiteren Weg.

Und das tat er ... auf eine Art und Weise, die niemanden vergessen ließ, dass er ein Pelzloser war.

Er kniete sich hin und nahm den röchelnden Körper seines Vaters in seine menschlichen Arme. Die Bewegung war sanft, aber der alte Mann bewegte sich unruhig, als würde er versuchen, sich aus dem Griff seines Sohnes zu befreien.

Doch die Geste hielt Luke nicht ab. Genauso wenig wie die Blutpfütze auf den Blättern und der frische rote Fleck auf seiner eigenen Haut.

Er schob die faltigen Finger beiseite und legte beide Hände um den Hals seines Vaters, erst sanft, dann fester. Und *fester*.

Adern traten an Lukes Unterarmen hervor. Die Fersen seines Vaters hämmerten wie wild gegen das Laubstreu.

Es dauerte eine ganze Minute, bis die Augen des alten Mannes trüb wurden. Offenbar war der erste Schritt zur Lösung des familiären Durcheinanders der Vatermord.

Kapitel 3

Im selben Augenblick, in dem der Kopf des alten Shifters leblos zu Boden sackte, heulte Michael auf. Hatte der Junge das Ableben seines Vaters gespürt?

Nein. Als Luke und Ruth einen Blick austauschten, nickte Ruth. „Ich halte sie auf. Werd die Woelfin los."

„Honor", warf Luke ein. „Ihr Name ist Honor."

Auf den Teil mit dem „loswerden" ging er aber nicht ein. Stattdessen wandelte er sich wieder und seine Stimme hallte in meinem Kopf wider, während ich meinen Pelz verwendete, um ihm nachzufolgen.

„Tut mir leid. Ich wünschte, wir hätten uns schon vor einem Jahr kennengelernt. Oder ein Jahr später. Aber ich muss das jetzt durchziehen. Meine Familie braucht mich."

Die Bilder, die darauf folgten, waren wie Szenen aus einem Film, die so stark verdichtet waren, dass die Aneinanderreihung von Handlungen wenig Sinn ergab. Aber ich konnte die Gefühlsregungen dahinter erkennen. Luke hatte Angst davor, eine Woelfin in eine Welt zu bringen, in der die Guten ihre verletzten Väter erdrosselten. Er war dabei, in ein Wespennest zu stechen und konnte die Vorstellung nicht ertragen, dass ich dabei zu Schaden kommen könnte.

Zum Gluck kannte Luke eine Abkürzung, die uns in wenigen Minuten statt in Stunden zu seinem Camp zurückbrachte – Lukes Treffpunkt für alle gestrandeten Pelzlosen, der zurzeit allerdings geschlossen war. Denn ich vertraute dieser neuen Telepathie zwischen uns nicht genug, um sie für ein heikles Gespräch zu nutzen. Stattdessen wandelte ich mich, sobald wir einen überdachten Picknickplatz erreichten. Hier konnte niemand außer Luke sehen, wie sich der Pelz von meinen Schultern löste, als ich in meine menschliche Haut schlüpfte.

„Du musst mich nicht beschützen." Ohne Lukes Reaktion abzuwarten, schritt ich nackt quer über den Hof und steuerte die nächstgelegene Hütte an, um mir Waffen zu holen. Adrenalin schoss durch mich hindurch, stärker als zehn Shots Espresso. Ich war bereit, als Lukes Mitstreiterin in die Schlacht zu ziehen. Ich war bereit ...

Doch Lukes Hände auf meinen Schultern hielten mich auf, bevor ich mich wieder nach draußen drängen konnte. *„Ich werde dich nicht auffordern, meine Schwertjungfer zu sein",* teilte er mir wortlos mit und tippte sich warnend ans Ohr, denn die Pelzlosen konnten Gespräche schon aus einiger Entfernung hören. *„Das ist viel zu gefährlich. Das Rudel wird auf deinen Pelz nicht so reagieren wie ich."*

„Ich bin bereit, dieses Risiko einzugehen", konterte ich.

„Ich aber nicht. Du kannst nicht hier sein, wenn sie kommen."

Plötzlich tat sich ein breiter Graben in meinem Magen auf. Das war die einzige Erklärung, die ich dafür geben konnte, warum es mir plötzlich schwerfiel, aufrecht dazustehen. Ich brachte nur ein Wort heraus. „Verstehe."

Und das tat ich auch. Schließlich kannten Luke und ich uns erst seit gut einer Woche. Er war ein Pelzloser, ich war eine

Woelfin. Die einzige körperliche Nähe, die wir miteinander erfahren hatten, war ein gespielter, vorgetäuschter Kuss.

Natürlich würde er mich sitzen lassen, sobald seine Familie nach ihm rief. Was hatte ich erwartet? Ein Gelübde seiner unvergänglichen Liebe?

Luke stieß ein Knurren aus, anstatt zu antworten. Dann zog er mich näher an sich heran und krallte seine Finger in meinen Bizeps. Selbst mit meinen menschlichen Nasenlöchern konnte ich seine kaum unterdrückte Wut riechen.

Dann spuckte er sein eigenes Wort aus. „Mitnichten." Und er fügte noch vier weitere hinzu: „Das tust du nicht."

Seine Lippen schmiegten sich hart und süß an meine und zwangen mich, mir einzugestehen, dass er vielleicht doch recht hatte.

DER KUSS – UNSER ZWEITER, der einzige, den wir ohne die Absicht, ein Publikum zu überzeugen, geteilt hatten – wäre schon für sich allein weltbewegend gewesen. Aber die Bilder, die mir neben der körperlichen Empfindung durch den Kopf gingen, ließen meine Knie schlottern.

Es waren Bilder aus unserer gemeinsamen Vergangenheit, aber gefiltert durch Lukes Erinnerungen. Unser erstes Treffen, als ich buchstäblich vom Himmel gefallen war ... und er für den Bruchteil einer Sekunde seine Zweifel in Bezug auf Engel überdenken musste. Das Band, das ihn sofort zu mir gezogen hat, das sichere Wissen, dass ich sein Rudel war.

„Ich gehöre dir." Seine Lippen brauchten meine nicht zu verlassen, um mir das einzuprägen. Trotzdem zog er sich

zurück, damit er mich ansehen konnte, und sein Atem strich sanft über meine Haut.

Ich hätte ihn so gerne wieder zu mir gezogen und ihn für immer geküsst. Hätte Lukes süßen Zimt aufgesaugt und meine Arme so fest um ihn geschlungen, dass er nicht mehr entkommen konnte.

Aber wir wurden von einem langen, heftigen Klopfen unterbrochen. „Bist du da drin?", rief Ruth.

Lukes Augen schlossen sich und seine Lippen verzogen sich zu einem widerwilligen Lächeln. „Geduld war noch nie deine starke Seite, Ruth."

„Ich bin geduldig", konterte sie, „sobald ich tot bin."

Während die beiden schäkerten, zwang ich mich, mich aus Lukes Umklammerung zu befreien und mich anzuziehen. Ob ich nun blieb oder ging, ich musste den Anschein erwecken, zu den Pelzlosen zu gehören. Also schlang ich mir meinen Pelz um die Taille und zog mir ein Shirt über den Kopf. Nachdem ich das Shirt in die Jeans gestopft hatte, drehte ich mich erneut zu Luke um.

„Sehe ich in diesem Outfit fett aus?"

Seine Augen verengten sich für den Bruchteil einer Sekunde. Er hatte begriffen, was ich damit sagen wollte und war über meine Wortwahl belustigt. Dann beruhigte er mich mit einem einfachen Kopfschütteln.

Das hatte sich normal angefühlt. So normal, dass ich meinen Mund öffnete, um die Diskussion wieder aufzunehmen, die er mit seinem Kussangriff vereitelt hatte.

Doch Luke war mir weit voraus. *„Es wird noch viel schlimmer werden, bevor es wieder bergauf geht. Wenn du ..."* Seine Worte wurden unterbrochen, als ein Heulen draußen uns daran erinnerte, dass wir bei weitem nicht allein waren. Den Rest seiner Erklärung habe ich nur bruchstückhaft mitbekommen. Irgendetwas über *„Entscheidungen"* und *„Narben"* und *„noch mehr Tod"*.

Ich hätte ihn am liebsten festgenagelt und eine vernünftige Erklärung verlangt. Aber das Heulen draußen wurde immer lauter. Also fragte ich ihn bloß: „Musst du dich damit abfinden? Um deiner Familie willen?"

Luke nickte.

„Und meine Anwesenheit hier würde alles nur noch schlimmer machen?"

Ein weiteres, noch zögerlicheres Nicken.

Ich atmete einmal ein, schloss die Augen und wünschte mir, die Welt wäre eine andere. Dann atmete ich aus und ließ meinen Unmut mit dem Ausströmen des Kohlendioxids verpuffen.

„Also gut." Ich begann zu packen. Nicht, dass ich besonders viel dabeigehabt hätte. Ein paar Klamotten, mein Schwert, den Brief meiner Cousine. Elektronischen Krimskrams.

Und anscheinend auch einen Schlüsselbund. Das merkte ich, als Lukes Geruch mich erneut einhüllte.

„Nimm mein Auto. Fahr so weit weg, wie du kannst. Ich melde mich bei dir, sobald es sicher ist. Das könnte ... eine Weile dauern."

Eine Weile. Tage? Wochen? *Jahrzehnte?*

Da durchfuhr mich ein Schmerz. Er begann an der Bisswunde an meinem Hals und schlich sich tiefer. Es fühlte sich richtig und falsch zugleich an.

Draußen kläffte ein Wolf. Irgendetwas verriet mir, dass dies weder Ruth noch Michael war.

Jetzt war keine Zeit mehr für Erklärungen und Versprechen. Keine Zeit für irgendetwas anderes, als Lukes Kinn nach unten zu ziehen, bis ich ihn erreichen konnte.

Dann drückte ich ihm einen Abschiedskuss auf die Lippen.

Kapitel 4

„Du wäschst es dir also ab."

Diese Worte waren so voller Enttäuschung, dass ich mich vom Waschbecken abwandte, um zu sehen, wer da gerade gesprochen hatte. Einen Augenblick zuvor war Luke gegangen, und ich hatte mir gegönnt, wonach ich mich so sehr gesehnt hatte – ein paar Sekunden, um den Schmerz des Abschieds mit fließendem Wasser zu vertreiben. Jetzt aber öffnete ich meine Hände und ließ die darin gesammelte Flüssigkeit zurück ins Becken platschen. Ich hatte eigentlich vorgehabt, sie mir ins Gesicht zu spritzen. Stattdessen plätscherte das Wasser in den Abfluss, als ich den Wasserhahn zudrehte.

„Ist das denn ein Problem?", fragte ich die Fremde, die in der offenen Tür stand. Sie war nackt und im Brust- und Bauchbereich etwas schlaff, aber die Falten konnten die blassen Linien, die ihre Haut kreuz und quer durchzogen, nicht ganz verbergen.

Ruth war also nicht das einzige vernarbte Weibchen in dem Rudel, das einst zu Lukes Vater gehört hatte. War das der wahre Grund dafür, dass er mich weggeschickt hatte? Hatte er gedacht, ich würde vor körperlichen Unzulänglichkeiten zurückschrecken?

Es war jedoch keine Zeit, diese Fragen zu stellen, da die Frau vor mir bereits meine erste Frage beantwortete. „Natürlich nicht. Es ist deine Entscheidung." Daraufhin seufzte sie. „Vielleicht hast du ja eine Liebesbeziehung im Sinn gehabt? Du musst verstehen, warum mein Großneffe so in Eile war. Ich nehme an, er hat dich um Erlaubnis gefragt, bevor er zugebissen hat?"

Mein Finger glitt unter den Kragen meines T-Shirts und tastete nach der Verletzung, die Lukes Zähne verursacht hatten, nachdem sein Vater ihn angeblafft hatte. Ich konnte die wunde Stelle nicht ganz berühren, weil mein Pelz gegen die betroffene Stelle gedrückt war. Als ob mein Pelz die Verletzung vor meinen zögerlichen Fingern schützen würde. Als ob mein Pelz es *gut fände*, dass ich gebissen worden war.

„Nein, er hat mich nicht um Erlaubnis gefragt", antwortete ich der Fremden – Lukes Großtante –, während ich versuchte zu ergründen, warum ich den Biss ohne zu fragen hingenommen hatte. Wenn ich ehrlich war, war ich mit meinem Pelz einer Meinung.

Das Rinnsal klebriger Feuchtigkeit an meinem Hals fühlte sich nicht falsch an, auch wenn seine Entstehung nicht allein Lukes Entscheidung gewesen war. Stattdessen fühlte es sich sehr richtig an.

„Oh." Die Gesichtszüge der Frau verzogen sich. „Nun, das ist bedauerlich. Aber du musst verstehen, warum er sich für die alte Tradition entschieden hat. Das Rudel wird sich zweimal überlegen, ob es dich anfasst, wenn du wie ihr Alpha riechst."

Bevor ich noch erklären konnte, dass Lukes Vater mit dem Biss seines Sohnes weit mehr beabsichtigt hatte, als mich zu schützen, lachte meine Begleiterin das trockene Lachen von jemandem, der ins Fettnäpfchen getreten war. „Und jetzt erzähle ich dir auch noch Sachen, die du ohnehin schon weißt. Tut mir leid. Ich fürchte, heute hinterlassen wir alle einen schlechten Eindruck. Ich bin Tante May. Acosta, natürlich."

Ich wischte meine Hand an meiner Jeans ab und nahm ihren Händedruck entgegen. „Honor Warren."

Ich wünschte mir so sehr, mehr über diesen Biss zu erfahren, über den ich eigentlich schon Bescheid wissen müsste. Aber Tante May neigte den Kopf zur Seite und wechselte dann abrupt das Thema.

„Sie kommen."

Wenn ich eine der Pelzlosen gewesen wäre, hätte ich etwas gehört. Ein Heulen vielleicht? Oder eine Stimme in meinem Kopf?

So aber musste ich Tante Mays Sinnen und Lukes Einschätzung der Lage vertrauen. Ich schnappte mir meinen Seesack und Lukes Autoschlüssel und schob mich an der alten Frau vorbei in die Sommersonne.

Als ich von der Veranda sprang, landete ich genau in dem Augenblick auf dem Kies der Auffahrt, um von einer Horde herbeieilender Wölfe erfasst zu werden.

SIE STRÖMTEN INS CAMP. Die pelzigen Köpfe, Rücken und Schwänze waren so dicht aneinandergedrängt, dass man nicht sagen konnte, wo der eine aufhörte und der andere anfing. Ich glaubte, einen Blick auf Ruths vernarbte Schnauze am Rande der Menge erhaschen zu können, aber Luke und Michael waren inmitten der Pelzlosen verloren.

Bis etwas Faustgroßes und Pelziges aus der Mitte des Rudels herausflog und nur wenige Zentimeter vor meinem Zeh auf den Boden knallte.

Tante Mays Arm legte sich um meine Taille, um mich von den Wölfen wegzuziehen. „Ich schätze, er möchte nicht, dass du das hier siehst, Liebes."

Aber Luke hatte mir das Ding zugeworfen. Eine Sekunde bevor der pelzige Klumpen durch die Luft geflogen war, hatte ich noch den Schimmer seines schwarzen Fells gesehen.

Jetzt tauchte plötzlich seine Stimme in meinem Kopf auf, unregelmäßig und doch vertraut in Lukes tiefem Grollen. Es roch leicht nach Zimt, als sich einzelne Silben zu Worten formten. „... *Alphajagd ... Schwertjungfer ... Pfand ...*"

Ich hatte zwar keine Ahnung, worauf er hinauswollte, aber ich konnte mich aus Tante Mays Griff befreien und mich hinknien, um zu sehen, was Luke in meine Richtung geworfen hatte. Zuerst war der Gegenstand durch das Blut und den Matsch, der ihn umgab, nicht zu erkennen. Dann drehte ich ihn herum und bekam plötzlich keine Luft mehr.

Dieser Gegenstand war eine Pfote.

Nun flog etwas anderes aus der Mitte des Rudels und schwebte federleicht auf das Dach einer nahe gelegenen Hütte. Ich konnte nicht hinaufklettern, um es zu untersuchen, aber ich begriff, was ich da sah. Der zweite Gegenstand war ein Ohr. Und dem Geruch der Pfote nach zu urteilen, stammten beide von dem Wolf – dem Vater –, den Luke gerade erst umgebracht hatte.

Tante May hatte Recht. Luke hatte nicht gewollt, dass ich dabei war. Ich spürte, wie mir das Mittagessen hochkam und schluckte den scharfen Geschmack der Galle hinunter.

„Gibt es hier irgendwo eine Küche?" Tante May legte mir eine Hand auf die Schulter. „Du könntest eine Tasse Tee gebrauchen."

Tee. Der Gedanke war unerträglich seltsam, während die Pelzlosen um einen Kadaver herumhüpften. Ein ganzes Bein flog davon und knallte mit einem feuchten Geräusch gegen einen Pfosten der Veranda. Das Jaulen des Rudels ähnelte dem Lachen von Kojoten.

Und in meinem Kopf flüsterte Lukes Stimme weiter. „*... weg... Gefahr... ich brauche... Entscheidung...*"

Ich zitterte. Luke wollte, dass ich verschwinde, bevor diese schreckliche Sache losging. Ich wandte mich um ... und erstarrte, als klar wurde, dass ich von einem anderen Mitglied seines Rudels erkannt worden war.

Ein grauer Wolf löste sich von der wogenden Masse, als Lukes Stimme in meinem Kopf verstummte. Der Fremde hob seine Schnauze und seine Nüstern blähten sich. Dann bleckte er seine Zähne.

„Oh je", flüsterte Tante May. An ihrem Gesichtsausdruck konnte ich erkennen, was Sache war.

Sie war nicht bloß genervt. Sie war total verängstigt.

Ohne lange zu fackeln, zog ich mein Schwert.

Kapitel 5

In meiner Kindheit hatte ich immer wieder Geschichten über die Pelzlosen gehört. Sie waren nicht nur gefährlich für Woelfe, sondern auch ziemlich brutal untereinander. Die Männchen zerrissen ihre Rivalen bei Machtkämpfen in Stücke. Die Frauen wurden wie Vieh an den Meistbietenden verschachert.

Nichts von dem, was man mir erzählt hatte, konnte jedoch erklären, warum die beiden einzigen pelzlosen Frauen, die ich kennengelernt hatte, zitterten wie Espenlaub.

„Geh rein und schließ die Tür ab", forderte ich und schob Tante May hinter mich. Was auch immer hier los war, ich würde sie beschützen. Dabei wünschte ich mir, dass meine treuen Messer nicht unten in meinem Seesack feststecken würden.

Denn ich hatte das Schwert noch nicht einmal einen Tag in der Hand, und die meiste Zeit davon war ich auf Wolfsfüßen gelaufen. Trotzdem ... die Klinge war beeindruckend genug, um die Wölfe, die auf mich zukamen, zum Zaudern zu bringen.

Ja, die Wölfe. Mehrzahl. In den wenigen Sekunden, in denen ich meine Aufmerksamkeit auf etwas Anderes gerichtet hatte, waren aus einem pelzlosen Wolf drei geworden.

Sie stürmten gemeinsam vorwärts und hielten erst inne, als ich mein Schwert zwischen uns durch die Luft sausen ließ. Was allerdings nur dazu geführt hat, dass sie sich aufgeteilt hatten.

Jetzt versuchten zwei Wölfe, mich von der Seite anzugreifen, während einer mir den Weg zu dem Rudel hinter ihnen versperrte. Nicht, dass ich mich dort unbedingt hineinstürzen möchte, auch nicht mit Luke in der Mitte. Ich war mir ziemlich sicher, dass das letzte herausgeschleuderte Körperteil ein ganzer Kopf gewesen war.

Stattdessen wich ich zurück, bis meine Absätze gegen die Stufen der Treppe hinter mir stießen. Tante May war immer noch da oben. Ich konnte sie aus den Augenwinkeln sehen, als ich versuchte, rückwärts die Stufen hochzugehen. Ich konnte sie hören, als sie meinen Namen rief.

„Honor …“

„Rein“, knurrte ich.

Ich hatte keine Ahnung, wie man ein Schwert benutzt, aber wie schwierig konnte das schon sein? Ich stieß mit der Schwertspitze nach dem nächstbesten Wolf. Zu meiner großen Freude kläffte er auf. Noch mehr freute ich mich, als das Quietschen der Scharniere verriet, dass Tante May meinem Befehl gehorcht hatte.

Leider ließ die Aufmerksamkeit auf den einen Angreifer einen anderen an mir vorbeischlüpfen. Ein dumpfer Schlag. Ich wirbelte herum. Auf der Stufe über mir stand ein weißer Wolf … und Tante May kam mit einem Taschenmesser in der erhobenen Hand aus der Hütte zurück.

Wie sie so schnell eine Waffe gefunden hatte – und sei es auch nur eine mickrige – war mir ein Rätsel. Und warum sie das Bedürfnis hatte, sich unbedingt in meinen Kampf einzumischen, war noch schwerer zu verstehen.

Denn Tante May war fast achtzig. Wie auch immer ihre Jugend ausgesehen haben mochte, sie war längst über das Alter hinaus, in dem es ungefährlich war, zu stürzen, geschweige denn zu kämpfen.

Kein Wunder, dass der Pelzlose zwischen uns sein Wolfsmaul zu einem Lächeln aufriss. Daraufhin erhob er sich zu einem nackten, grinsenden Kerl.

ICH STÜRMTE DIE TREPPE hinauf, aber der Pelzlose war zu schnell für mich. In einem Augenblick hatte Tante May das Taschenmesser in der Hand gehalten, um seinen Vorstoß abzuwehren. Im nächsten Augenblick waren ihre Hände leer, und der Pelzlose grinste über seine gestohlene Waffe.

Mit dem Messer in der Hand wandte er sich mir zu. „Jetzt wäre ein guter Zeitpunkt, sich zu ergeben", knurrte er.

Seine Stimme war wie die von Luke, tief und voller blutiger Absichten. Er sah auch ein bisschen wie Luke aus, wenn man das kurze, glatte Haar außer Acht ließ, das so blond war, als ob es von der Sonne gebleicht worden wäre.

Ob die Ähnlichkeit nun von Bedeutung war oder nicht, ich hatte keine Zeit, mich damit zu befassen. Denn ein schwarzer Wolf schnappte und knurrte nach meinem Knie. Er hätte mir die Kniescheibe herausgerissen, wenn mich mein Instinkt nicht zur Seite geworfen hätte.

Leider brachte mich dieses Ausweichen aus dem Gleichgewicht. Mein Blick glitt zwischen dem bewaffneten

Kerl, der mich wahrscheinlich auf Brusthöhe angreifen würde, und zwei Knöchelbeißern in Wolfsgestalt hin und her.

Tante May sackte derweil in sich zusammen, nachdem sie ihr Messer losgeworden war. Diese Auseinandersetzung musste beendet werden, und zwar *schnell.*

Ich sprang vor und drängte mich zwischen Tante May und Blondie. Mein Schwert schimmerte in einem Sonnenstrahl, als ich es in einer Acht schwang, die Mensch und Wolf gleichermaßen bedrohte.

Kein Wunder, dass der schwarze Wolf fluchte. Oder besser gesagt, der Typ, zu dem er geworden war, fluchte, als er sich seinem blonden Begleiter auf zwei Beinen anschloss.

Dieser Shifter war dem anderen so ähnlich, dass ich vermutete, dass sie Brüder waren. Sein Haar war jedoch rabenschwarz und lockig wie das von Luke.

„Du könntest auch einfach ein Pfand rausrücken." Schwarzhaar war zwar stur, aber schnell. Seine Hand umklammerte mein Handgelenk, bevor ich Zeit hatte, zur Seite zu tänzeln. Mein Schwert wirbelte herum und landete im Gebüsch, als das Geländer in meinen Rücken schnitt.

Etwas Scharfes bohrte sich in meinen Handrücken, als ich nach hinten griff und darum kämpfte, mein Gleichgewicht wiederzufinden. Aber ich schenkte dem Schmerz keine Beachtung. Stattdessen wirbelte ich herum, um Schwarzhaar zu erwischen ... und änderte im letzten Augenblick die Schlagrichtung, als Blondies Taschenmesser so nah an meinem Gesicht vorbeischoss, dass mir die Tränen kamen.

Hatten Ruth und Tante May deshalb so üble Narben davongetragen? Für den Bruchteil einer Sekunde erstarrte ich, als ich die rote Linie im Gesicht meiner Schwester sah und mich daran erinnerte, wie ich sie beim letzten Kampf, an dem ich teilgenommen hatte, im Stich gelassen hatte.

Und dieses Zögern war alles, was Blondie gebraucht hatte, um seine Richtung zu ändern und das zu bekommen, weswegen er eigentlich gekommen war. Nicht etwa, um mir das Gesicht zu zerschneiden. Stattdessen glitt eine Haarsträhne von mir auf den Boden der Veranda hinunter.

„Natürlich macht es mehr Spaß, sich das Pfand zu *klauen*." Blondies Zähne blitzten für den Bruchteil einer Sekunde wölfisch auf, als er triumphierend grinste. Dann warf er das Taschenmesser beiseite, versperrte Schwarzhaar den Weg und stürzte sich auf meine Haarlocke.

Dieser Kampf ergab immer weniger Sinn, je länger er andauerte. Aber wenn sie mein Haar wollten, dann wollte ich es auch.

Ich stürzte mich auf die herabfallenden Strähnen. Blondies Messer war ganz nah, aber ich beachtete es nicht weiter. Stattdessen riss ich die Locke an mich, die im Sonnenlicht schimmerte.

„Du Schlampe." Schwarzhaar warf sich auf mich wie eine Tonne nackter und ziemlich stinkender Ziegelsteine. Ich bäumte mich auf, mein Fuß traf auf Haut, aber er konnte die gierigen Finger des Pelzlosen nicht zurückhalten.

„Gib her", knurrte er und riss an meiner Tasche.

„Es muss erkennbar sein!" rief Blondie von über uns. „Du kennst doch die Regeln ..."

Plötzlich verstummte er. Die Finger von Schwarzhaar hielten inne.

Ich kroch unter einem erstarrten Pelzlosen hervor und sah Luke über mir stehen, dessen Gesicht so grimmig war, wie ich es noch nie gesehen hatte. Er legte den Kopf schief und ein weiteres Silbengewirr brach in meinem Kopf aus.

Diesmal verstand ich kein einziges Wort. Die Verbindung war nutzlos. Ich schüttelte den Kopf und versuchte, ihm diese Tatsache zu vermitteln.

Und alle Wärme in Lukes Haltung erkaltete. Vor ein paar Minuten hatten wir noch innige Küsse ausgetauscht. Nun aber starrte er mich an, als wäre ich eine Fremde. Die Worte aus seinem Mund waren wie Dolche.

„Warum bist du dann noch hier? Geh! Verschwinde aus meinem Leben."

Kapitel 6

„Ihr habt ihn gehört. Sie ist nicht die Schwertjungfer."

Hinter mir ertönte Ruths Stimme, aber ich konnte nur Lukes Lippen sehen. Die, die ich einen Augenblick zuvor geküsst hatte, waren jetzt angespannt und blutverschmiert. Als ob Luke sich in jemand anderen verwandelt hätte, während er seinen Vater in Stücke gerissen hat. Als ob er unsere Verbindung vergessen hätte. Den Schafspelz abgelegt hatte. Sich in einen vollwertigen Wolf verwandelt hatte.

Trotzdem streckte er eine Hand aus und zog mich so leicht auf die Beine, als wäre ich eine halbvolle Einkaufstüte gewesen. Seine Berührung hinterließ dunkle Schlieren auf meiner Handfläche.

„Meine Schwester hat recht", sprach er in die unheimliche Stille hinein. Auf der anderen Seite des Geländers standen Dutzende von Pelzlosen wie erstarrt, alle Augen auf uns gerichtet. Einige waren in ihrer Wolfsgestalt, andere Menschen. Die meisten hatten irgendwo auf ihrer Haut Blut.

„Ruth ist die Schwertjungfer", fuhr Luke fort. „Denkt ihr, ich leiste schlechte Arbeit? Glaubt ihr, ihr habt das Zeug dazu, eine Alphajagd zu gewinnen? Dann braucht ihr sechs Pfänder von meiner Schwester." Seine Lippen verzogen sich zu einem Grinsen, das ich mir gestern noch nicht hätte vorstellen können. „Viel Glück dabei."

Dann wandte sich Luke von der Menge ab und wandte sich den beiden Kerlen zu, die sich um mein Haar gestritten hatten. Beide waren zu unseren Füßen auf dem Boden gelandet und schienen nun zu versuchen, sich aus dem Staub zu machen.

„Steht auf", knurrte Luke.

Zuerst hatte ich angenommen, die Worte wären in meinem Kopf, so mächtig hallten sie nach. Aber nein, seine Lippen hatten sich bewegt ... und sie bewegten auch Schwarzhaar und Blondie. Die beiden erhoben sich ruckartig, als wären sie Marionetten, die von einem ungeschickten Puppenspieler bedient wurden. Sie ließen die Köpfe hängen. Ihre Blicke hafteten an ihren Füßen.

„Luke, Schatz." Tante May trat neben mich, immer noch völlig nackt, aber irgendwie viel menschlicher als der Rest der Pelzlosen. „Du weißt doch, dass das Ganze bloß ein Spiel ist."

„Ein Spiel?" Er nahm meine pochende linke Hand in seine rechte, und die Sanftheit seiner Berührung widersprach der Schärfe seines Tons. Dann drehte er mein Handgelenk herum und entblößte den zentimeterlangen Splitter, der aus meinem Handrücken ragte. „Sieht das für dich etwa wie ein Spiel aus?"

Eine flackernde Bewegung zu meiner Rechten wurde zu Ruth, die mit meinem Schwert in der Hand aus dem Gebüsch auftauchte. Sie sah mir in die Augen, und für den Bruchteil einer Sekunde hätte ich fast wieder einen Hauch von Worten in meinem Kopf wahrgenommen. Nicht von Ruth. Nein, es war wieder ein Flüstern in Lukes Bariton über Gefahr und Vorsicht. Sich zurückzuhalten. Zurückweichen.

Aber das ergab überhaupt keinen Sinn. Er war in diesem Augenblick der Inbegriff eines jähzornigen Pelzlosen. Die Anspannung war ihm deutlich anzumerken. Offensichtlich war die Verbindung, die wir zuvor geteilt hatten, ins Wanken geraten und zerbrochen, und seine Botschaften waren bis zur Unkenntlichkeit entstellt, bevor sie meinen Verstand erreichten.

Trotzdem wollte ich nicht zusehen, wie jemand anderes vor meinen Augen in Stücke gerissen wurde, schon gar nicht jemand, der noch am Leben war, als das Zerstückeln begonnen hatte. Also beugte ich meinen Kopf und nahm den Splitter zwischen meine Zähne. Ich blendete den brennenden Schmerz aus, riss den Holzsplitter heraus und spuckte ihn auf den Boden der Veranda zwischen uns.

Achselzuckend erhob ich meine Stimme, bis alle Pelzlosen mich hören konnten. „Es ist doch gar nichts passiert."

Das war die richtige Entscheidung gewesen. Das wusste ich sofort, als ich mich wieder zu Luke herumdrehte. Ich sah das spielerische Funkeln in seinen Augen, das leiseste Zucken seiner Lippen. Eine halbe Sekunde lang sah er aus wie der Luke, den ich kannte. Der, der mich an meiner kindlichen Angst vor den Pelzlosen hatte zweifeln lassen.

Dann stand Ruth neben ihm und mein Schwert wirkte in ihrer Hand viel gefährlicher als in meiner. Bruder und Schwester waren ein eingespieltes Paar. Die Blicke, die zwischen ihnen hin und her flogen, verrieten, dass sie sich verstanden.

Sie hob eine Augenbraue, er nickte fast unmerklich. Luke überließ es Ruth, sich darum zu kümmern. Und das tat sie auch.

Blaue Augen bohrten sich zuerst in Blondie, dann in Schwarzhaar. „Victor. Easton. Ihr habt Glück. Denn ich habe gute Laune ... zumindest diesmal. Aber vergesst nicht, dass ich nur einmal eine Verwarnung ausspreche. Danach wird jeglicher Kampf, dem keine offizielle Herausforderung vorausgeht, mit dem Tod bestraft."

VICTOR UND EASTON FLOHEN wie Mäuse, die unter einer Katzenpfote hervorgeschlüpft waren. Sie stürzten die Treppe hinunter und waren bald in der Menge verschwunden.

Und ... Luke folgte ihnen. Er würdigte mich keines Blickes, als er Ruth befahl: „Schaff sie hier raus. Heute Abend geht es nur ums Rudel."

Ich nahm keine Rücksicht auf das Ziehen in meinem Bauch. Das hatte ich schon einmal durchgemacht. Entweder ich zweifelte an Luke oder ich vertraute ihm.

Ich entschied mich, ihm zu vertrauen.

Also widersprach ich auch nicht, als Tante May und Ruth mich in die Hütte brachten, durch die Hintertür hinaus und wir dann den langen Weg zu Lukes Auto – dem einzigen Auto hier im Camp – zurücklegten. Dort angekommen, hielt ich allerdings inne.

Alphajagd ... Schwertjungfer ... Entscheidung ... Gefahr. Lukes Worte gingen mir nicht mehr aus dem Sinn. Er hatte versucht, mir etwas mitzuteilen, aber die Erklärung hatte sich in der Luft zwischen uns verflüchtigt. Gut, dass ich noch eine letzte Gelegenheit hatte, Pelzlose dazu zu befragen.

„Erzählt mir doch bitte", verlangte ich von Tante May und Ruth, „mehr über dieses Spiel."

Die Luft war jetzt erfüllt von Vogelgezwitscher und dem Zirpen von Grillen. Wir waren weit genug vom Rudel entfernt, sodass die Natur ihre sommerliche Ruhe zurückerlangt hatte.

Ich zwang meine verkrampften Muskeln, sich zu entspannen, während ich einfach abwartete. Wie ich geahnt hatte, gab Ruth vor mir nach.

Seufzend öffnete sie die Autotür. „Steig schon ein."

Ich lächelte, als ich meinen Seesack auf den Rücksitz warf und mich hinter das Lenkrad klemmte. Ruth legte mein Schwert zu meinen anderen Sachen und warf einen flüchtigen Blick auf Tante May. Nach einem weiteren langen Augenblick nickte die alte Frau und ergriff die Führung.

„Mein Großvater hat damit angefangen. Oder vielleicht meine Großmutter." Sie legte den Kopf schief. „Wahrscheinlich war sie es."

Ruth drängte zur Eile. „Das ist keine Gute-Nacht-Geschichte, Tante May. Erzähl sie einfach kurz und bündig." Eine Pause, dann fügte sie ein „Bitte" hinzu, als hätte man ihr das Wort aus dem Mund gerissen.

„Also die Kurzfassung", stimmte Tante May zu, obwohl sie ihre blauen Augen auf mich gerichtet hielt und nicht davon abließ, zu blumigen Worten zu greifen. „Stell dir zwanzig nasse Kätzchen in einer kleinen Tasche vor, Liebes. Sie kratzen und beißen und reißen, bis nur noch eine übrig ist. Oder vielleicht sterben sie alle. So war unser Clan, bevor die Alphajagd eingeführt worden ist. Unsere Blutlinie ist zwar mächtiger als der Durchschnitt, aber das bedeutet gar nichts, wenn wir uns nicht zusammentun können."

Als nächstes sprach Ruth, vermutlich zu mir, obwohl sie den Kopf nach hinten gedreht hatte, um über ihre Schulter zu schauen. „Das weißt du bereits, Honor. Wenn der Rudelführer und der Erbe nicht vollständig angenommen werden, machen sich die Widerspenstigen über eine Schwertjungfer her."

Tante May rümpfte bei dem Wort „hermachen" die Nase, dann spielte sie Ruths Äußerung herunter. „Das ist nur eine Möglichkeit für Nörgler, Dampf abzulassen. Der Schwertjungfer geschieht nichts, weil sie ein Weibchen ist. Sie hat keinen Anspruch auf den Status des Alphas. Sie darf nicht umgebracht werden."

Ruth stieß ein Schnauben aus und drehte sich um, um ihre Großtante direkt anzusprechen. „Geschieht nichts? Meinst du, diese Narben sind von selbst entstanden?"

„Es war deine Entscheidung, die Rolle anzunehmen, Liebes, genau wie es meine zu Zeiten deines Großvaters war."

Ihre Familiendynamik war zwar durchaus reizvoll, aber wir entfernten uns zu weit vom Thema. „Und die Alphajagd?", drängte ich.

Ruths Bereitschaft zu plaudern verflog in Windeseile. „Es wird keine Alphajagd geben. Wasch dir den Hals und dann ist die Sache für dich erledigt. Das Rudel war einfach nur durcheinander, das ist alles."

Damit war ich raus. Ich drehte den Schlüssel im Zündschloss ... aber Tante May war noch nicht ganz zufrieden.

„So sehe ich das nicht." Die alte Frau lächelte und ich hatte den Eindruck, dass ich ihr gefiel, auch wenn das für Ruth nicht galt. „Luke hat sie gebissen. Und sie hat sich vor dem Rudel auf seine Seite gestellt." Tante May zuckte mit den Schultern. „Meine Enkel haben sich nicht vertan."

Wärme breitete sich in meinem Bauch aus wie eine Glut, die zum Leben erwachte ... bis Ruth das aufkeimende Feuer kurzerhand unterdrückte. „Und dann hat er sie weggeschickt. Um zu verhindern, dass er deine großspurigen Enkel umbringen muss, falls Honor alle sechs Pfänder einbüßt und sich das halbe Rudel gegen seinen Alpha verbündet. Eine Alphajagd ist ein Blutbad, bei dem es keine Gewinner, sondern nur Verlierer gibt. Vergiss das nicht."

Daraufhin wandte sich Lukes Schwester zu mir um, wobei ihre roten Wangen in starkem Gegensatz zu ihren Narben standen. „Ich lasse nicht zu, dass eine kleine Unruhe im Rudel in eine ausgewachsene Schlacht ausartet", zischte sie gerade so laut, dass ich sie hören konnte. „Und genau das wäre die Alphajagd. Luke würde dabei draufgehen. Oder alle Zweifler. Das wäre die Folge, wenn du Schwertjungfer wärst."

„Da kommt jemand", unterbrach Tante May. Für den Bruchteil einer Sekunde fühlte ich mich so leicht wie das Ohr des alten Alphas, als es auf das Dach geflattert war.

Dann dämpfte Ruth meine Begeisterung. „Nicht Luke. Wasch dir den Hals. Und komm bloß nicht hierher zurück."

Ohne eine Antwort abzuwarten, bückte sie sich, bis sie wieder auf vier Beinen dastand. Mit einem harschen Bellen forderte sie Tante May auf, sich ihr anzuschließen. Dann waren die beiden mit Narben übersäten Pelzlosen verschwunden.

Kapitel 7

Es blieb mir nichts Anderes übrig, als Lukes Wünschen nachzukommen. Wenn ich nur helfen konnte, indem ich verschwand, dann würde ich auch wirklich verschwinden. Also floh ich nach Norden und Osten, hunderte von Kilometern weit, bis ich das erreichte, was einem Zuhause am nächsten kam.

Die Wohnanlage, in der meine Familie hauste. New York City. Der letzte Ort, an dem Pelzlose nach einem abgängigen Wolf suchen würden.

Deshalb wachte ich vier Monate später durch das dumpfe Geräusch eines Wurfmessers auf, das sein Ziel traf. Zehn Sekunden, dann wiederholte sich das Geräusch, lauter und näher.

Wäre keine Mauer zwischen uns gewesen, wäre die Klinge schnurgerade auf mich zugeflogen ... direkt seitlich in meinen Kopf.

Anstatt darauf zu reagieren, schmiegte ich mich lieber in den Zimtgeruch, der aus der Falte zwischen meinem Hals und meiner Schulter strömte. Ich hatte die Verletzung nicht gewaschen und war froh, dass ich das verabsäumt hatte. Denn zwischen Schlaf und Wachsein verstärkte sich der Geruch noch. Ich konnte mir fast vorstellen, mit Luke zusammen zu sein ... oder besser gesagt, in Lukes Kopf zu sein, so wie gestern und vorgestern und vorvorgestern.

Natürlich kam ich nicht in den Genuss jedes Augenblicks seines Lebens. Nur die Bruchstücke, die – wie ich vermutete – in Lukes Langzeitgedächtnis gespeichert waren, während er schlief.

Heute Morgen habe ich im Traum gesehen, wie Michael ein Mädchen angeschnauzt hat, das nur ein paar Zentimeter größer, aber nicht viel älter war. *„Nenn mich nicht so!"* Lukes Bruder war stinksauer. Es hat wahrscheinlich auch nicht geholfen, dass er seinen Kopf zurücklegen musste, um dem Mädchen in die Augen zu sehen.

„Aber du bist doch mein Onkel Mikey." Das Mädchen klimperte mit ihren kurzen Wimpern. *„Oder etwa nicht?"*

„Ich bin dein Onkel, aber nicht ..." Der Junge stolperte über seine Worte, bevor er stockend innehielt.

„Carly, ärgere ihn nicht." Meine Hand – Lukes Hand – legte sich auf Michaels Schulter. *„Michael, eines Tages wirst du noch begreifen, dass sie damit doch bloß sagen möchte: 'Ich hab dich lieb'. Nicht wahr, Carly?"*

Carly hatte nicht mitbekommen, dass Luke anwesend war. Das wurde mir klar, als sie in sich zusammensackte und ihren Blick zu Boden senkte. *„Ja, Sir."*

Lukes Bedauern war deutlich zu spüren. Er wollte seine Nichte lediglich eine kleine Lektion erteilen und sie nicht gleich überrumpeln. Dann trat er einen Schritt zurück ... und mit dem dumpfen Einschlag des nächsten Messers wurde ich wieder wach.

Der allgegenwärtige Lärm des New Yorker Stadtverkehrs drang zu mir durch. Im Gegensatz zu Lukes Wohnbereich, der grün, rot und braun war, war die Wohnung von Justice grau von den reflektierten Straßenlaternen. Auf der gegenüberliegenden Seite der Wand ließ meine stürmische Schwester gerade ein weiteres Messer fliegen.

Ich rieb mir den Sand aus den Augen. Dann streckte ich mich und begann den Tag. „Ich hab's ja kapiert, Grace."

„Ach ja?" Sie sprach ganz normal und wusste, dass ich sie durch die hauchdünnen Wände hören würde, die die Wohnung, die sie mit Bastion teilte, von der trennten, die ich mit Justice bewohnte.

„Ich gehöre nicht mehr zu deiner Familie. Am liebsten wäre dir, wenn ich aus deinem Haus, aus deiner Stadt und aus deinem Revier verschwinden würde", schleuderte ich ihr entgegen, während ich an meiner Jeans zupfte und mit einer Bürste durch meine Locken fuhr.

„Bastion gehört dir. Justice gehört mir", fuhr ich fort. „Ganz abgesehen davon, dass keiner von ihnen irgendjemandem gehört, außer sich selbst." Für eine Frau, der ihr Pelz abhandengekommen war und die sich deshalb nicht in eine Wölfin verwandeln konnte, legte Grace ein ausgeprägtes Territorialverhalten an den Tag.

„Aber", fuhr ich fort und schnürte mir Lederstiefel, die hoch genug waren, um schmale Messer zu verstecken und gleichzeitig meine Knöchel bei Verfolgungsjagden zu schützen, „jemand muss schließlich Geld ranschaffen. Die Jagd nach verlorenen Pelzen ist nicht grade billig."

Denn alle in meiner Familie außer mir hatten ihre Pelze eingebüßt, als ich noch ein Kind war – mein Fehler und etwas, mit dem ich mich inzwischen abgefunden hatte. Doch als wir letzten Sommer Bastions Pelz wiedergefunden hatten, habe ich erfahren, dass die Mutter des Mörders den Pelz bei einem Nachlassverkauf erstanden hatte.

Die Pelze von Justice und Grace könnten ebenso leicht zu beschaffen sein. Ich musste bloß genügend Privatdetektive anheuern und ausreichend Pelze aufkaufen, um die fehlenden Gegenstände aufzuspüren. Ein kostspieliges Unterfangen, aber eines, auf das ich mich mit aller Macht konzentrieren würde, nachdem Luke mich aus seinem Leben vertrieben hatte.

„Mein Pelz geht dich gar nichts an", knurrte Grace. Wieder flog ein Messer, und die darauffolgenden Worte waren noch schärfer. „Gestattet dir dein Heldenkomplex, das Thema endlich ruhen zu lassen?"

„Justice' Pelz geht mich sehr wohl was an", konterte ich. Apropos ...

„Bist du wach?" fragte ich die dunkle Gestalt, die sich einen Meter von mir entfernt in ihren Schlafsack gekuschelt hatte. Die Uhr zeigte 5:13 Uhr – nur siebzehn Minuten, bevor mich mein Wecker geweckt hätte, wenn meine Zwillingsschwester nicht beschlossen hätte, vor dem Schlafengehen noch ein wenig an ihrer Treffsicherheit zu arbeiten.

„Nein", stöhnte Justice. Wie Grace betrachtete auch mein Cousin dies als das Ende eines langen Tages und nicht als den Beginn des nächsten. Bis zum letzten Sommer hätte er einen ähnlichen Tagesablauf wie meine Schwester gehabt – abgesehen von den passiv-aggressiven Messern.

Aber er hatte sich entschieden, mit mir zusammenzuziehen, und ich war eher ein Morgenmensch. Das bedeutete, dass Justice schon früh in den Schlaf fiel und sich aus dem Bett schleppte, wenn ich aufwachte.

Das war das Problem der Woelfe. Wir hatten keinen bestimmten Anführer, also passten wir unsere Gewohnheiten an das Leben der anderen an.

Aber vielleicht nicht heute. „Ich trainiere noch, dann breche ich auf", kündigte ich meinem Cousin an. „Wenn du mitkommen möchtest, ich bin auf dem Flur."

Wie gewöhnlich zog sich Justice die Kapuze des Schlafsacks über den Kopf und antwortete nicht. Und ich packte wie gewöhnlich meine Sachen zusammen und überließ ihn seinem Schlummer.

ICH ÖFFNETE DIE TÜR und trat in das schummrige Licht eines Innenflurs. Im dritten Stock unseres Hauses gab es einen Treppenabsatz, der von der unteren Treppe zum oberen Treppenhaus führte. Das war ein öffentlicher Bereich, ein Ort, an dem nicht einmal Grace über mich und Bastion meckern konnte. Außerdem war es der einzige Bereich in unserem Wohnhaus, an dem ich genug Platz hatte, um mein Schwert zu ziehen.

Und genau das tat ich auch. Mit wachem Verstand absolvierte ich mein übliches Morgentraining. Dabei wurden meine Muskeln aufgewärmt und gelockert und der Duft von Gewürzen, der von der Narbe in meiner Schulterbeuge ausging, wärmte mich ebenfalls.

Die ganze Zeit über schenkte ich dem Blick, der sich in meinen Hinterkopf bohrte, keine Beachtung.

Erst als der schrille Schrei eines Weckers aus meiner Wohnung ertönte, wandte ich mich um und nahm die Tasse entgegen, die Bastion mir hinhielt. Wir gehörten nicht mehr zur selben Familie – dafür hatte Grace gesorgt. Doch der Cousin, mit dem ich das letzte Jahrzehnt zusammen verbracht hatte, ließ sich gleichzeitig mit mir auf die oberste Stufe sinken. Gemeinsam schlürften wir den heißen Tee, den er mitgebracht hatte, während er seine übliche Frage stellte.

„Heute wieder als Kopfgeldjägerin unterwegs?"

Ich nickte und nahm einen Schluck. „Du könntest mitkommen."

Wie erwartet, schüttelte Bastion den Kopf. Obwohl er inzwischen seinen Pelz wiedererlangt hatte und in Wolfsgestalt herumlaufen konnte, genau wie ich. Er und Justice hatten mich und Grace unter sich aufgeteilt, wie Kinder an Halloween Süßigkeiten aufteilen. Er würde sich nichts aus dem Vorrat seines Bruders schnappen.

Aber er würde vielleicht quatschen. Also senkte ich meine Stimme. „Wie ist es gestern Abend eigentlich gelaufen?"

Graces Praktikum brachte zwar immer noch kein Geld ein, aber sie hatte endlich das Niveau erreicht, auf dem eine Kreation, die sie mitentworfen hatte, den Durchbruch geschafft hatte. Ein Model hatte ihr schwarzes Spitzenkleid am Abend zuvor auf dem Laufsteg getragen. Wenn ich bloß eine Ahnung davon hätte, welche Websites es wert waren, gelesen zu werden, hätte ich heute Morgen als Erstes nachgesehen, wie gut das Ding angekommen ist. Stattdessen ging ich direkt zur Quelle.

Bastions Lächeln war die einzige Antwort, die ich gebraucht hatte. „Ziemlich gut. Sie ..."

Er schloss den Mund, als gleichzeitig beide Türen auf unserem Stockwerk aufschwangen. Auf der einen Seite kam Justice in seinem schwarzen „Ich mache jetzt ganz auf

Anwalt"-Anzug heraus. Von der anderen Seite starrte uns Grace an, die in ihr durchsichtiges Nachthemd geschlüpft war und ein Messer in der rechten Hand hielt.

„Habt ihr vor, die ganze Nacht zu quatschen?", fragte sie.

Ich schüttelte den Kopf, anstatt zu antworten, während Bastion gähnte und meinem aufgebrachten Zwilling seine Tasse als Friedensangebot überreichte. „Koffeinfrei", versprach er.

Grace nahm einen zaghaften Schluck und war fürs Erste besänftigt. Allerdings würde ihr Zorn zurückkehren, wenn ich noch länger bliebe. Das wusste ich aus eigener Erfahrung.

Also erhob ich mich und schlang mir den Pelz um die Schultern. Der Magnetverschluss, den Bastion letzte Woche für mich angeschafft hatte, rastete an meinem Hals ein und verwandelte den Pelz in einen Kapuzenmantel ... mit baumelnden Krallen und Schwanz, versteht sich.

Nicht modisch, aber durchaus funktionell. Dann wandte ich mich an Justice.

„Lass uns jagen."

Kapitel 8

„Du musst nicht mitkommen", fühlte ich mich verpflichtet zu sagen, als wir gemeinsam in Richtung U-Bahn-Station liefen.

Mein Cousin zuckte mit den Schultern, wie jeden Morgen. „Das hat sie auch gesagt."

Offensichtlich war Justice jetzt hellwach ... wach und darauf aus, sich in mein Leben einzumischen. Denn zehn Minuten später, als sich der Zug unserem Ziel näherte, warf er mir diesen Blick zu. „Vier Monate. Und kein Wort von den Pelzlosen. Und du drehst immer noch Däumchen."

„Ich drehe Däumchen?" Ich zog beide Augenbrauen hoch. Manchmal war mir Justice lieber, wenn er schlief. „Du bist doch derjenige, der die Anwaltsprüfung bestanden hat und keine Anzeichen dafür zeigt, dass er eine Kanzlei eröffnen will."

Er zuckte mit den Schultern. „Ich schätze, wir drehen wohl beide Däumchen. Das heißt aber nicht, dass du weniger feststeckst."

Justice war unmöglich. Aber ich wurde dadurch gerettet, dass sich die Tür der U-Bahn zischend öffnete und ein Mann zum Vorschein kam, den ich anhand seines Fotos erkannte.

John Young war pünktlich auf die Minute.

Beim Anblick unserer Zielperson war kaum zu erahnen, weswegen die Polizei ihn dingfest machen wollte. Er hätte

Justice' Doppelgänger sein können, nur ein Jahrzehnt oder so älter. Er war adrett, gut gekleidet und behandelte die Frau, mit der er zusammenstieß, als er in den U-Bahn-Waggon einstieg, äußerst zuvorkommend.

Außerdem stand er direkt vor mir, sodass ich ihn leicht hätte überwältigen können. Ich hätte ihm Handschellen angelegt und ihn zum nächsten Polizeirevier geschleppt. Mit dem leicht verdienten Kopfgeld hätte ich die Miete bezahlen können.

Aber dieser Auftrag war nicht über die offiziellen Kanäle reingekommen. Es war besser, unsere Zielperson an einem unbekannten, abgelegenen Ort festzunehmen, wo die Polizei nicht eingreifen würde. Mein Kontakt hatte den Central Park vorgeschlagen.

Außerdem war ich neugierig auf die Papiertüte, die John Young unter den Arm geklemmt hatte, und warum er mit einem Blick über die Schulter in den U-Bahn-Waggon geschlüpft war. Er sah ganz normal aus, aber er hatte irgendwas zu verbergen. Gemeinsam drehten Justice und ich uns zum Fenster und beobachteten Mr. Youngs Spiegelbild, während er sich auf Augenhöhe festhielt und mit dem Zug mitschwankte. Als er zwei Haltestellen später seinen Griff löste, standen mein Cousin und ich auf und folgten ihm zu genau dem Ziel, von dem wir schon gewusst hatten, dass John Young es ansteuern würde.

Um diese Zeit, als die Nacht noch nicht ganz zum Morgen geworden war, schliefen auf allen Bänken im Central Park Obdachlose. Ein paar Jogger und Hundebesitzer liefen durch den Park, aber die Grünflächen waren noch leer. Die Tasche in Mr. Youngs Hand bekam einen unheilvollen Beigeschmack.

„Ich kann keine offiziellen Anschuldigungen gegen ihn finden", hatte der Cop, der mich über das Kopfgeldjägerforum angeschrieben hatte, zwei Tage zuvor gepostet. *„Vorwürfe perlen an ihm ab wie Wassertropfen an einer Ente. Er muss einen Insider haben. Ich brauche jemanden außerhalb des Departments, der ihn auf frischer Tat ertappt."*

Justice und ich waren also einem mutmaßlichen Terroristen auf den Fersen? Mr. Youngs Blick blieb an uns hängen und wir hielten an, um einen Penny in den Brunnen zu werfen, um seine Aufmerksamkeit von uns abzulenken. Dann teilten wir uns auf, wobei Justice ihm auf den Fersen blieb, während ich nach links abbog, um ihn im Zangengriff zu verfolgen. Sobald unser Ziel außer Sichtweite war, begann ich, die Beine in die Hand zu nehmen.

Im Park war bereits mehr los als noch vor ein paar Minuten. Fahrradfahrer flitzten vorbei. Ein Hund blieb stehen, um sein Revier zu markieren. Gesichtslose Gestalten kauerten in Schlafsäcken, viele setzten sich langsam auf und wischten sich den Schlaf aus den Augen.

Mehr Leute hätten eigentlich bedeuten müssen, dass ich weniger Aufmerksamkeit auf mich zog. Doch das Gefühl, beobachtet zu werden, ließ mir die Haare im Nacken zu Berge stehen. Mein Pelzmantel war zwar etwas ungewöhnlich, aber ich war schon dutzende Male so unterwegs gewesen, ohne aufzufallen. Irgendetwas stimmte also nicht ...

Während ich mich umdrehte, erblickte ich ein Kind, das von seinem Wagen aus winkte, während ein gestresstes Kindermädchen mir halbwegs freundlich zunickte. Meine Angst war völlig grundlos gewesen. Zum Glück läutete mein Handy und brachte mich wieder auf Spur.

Justice' Nachricht war knapp, aber trotzdem aufschlussreich. *„Beim Teich. Er wird langsamer.“*

Nun, das war ja einfach. Es sah fast so aus, als ob unsere Zielperson unbedingt geschnappt werden wollte. *„Führ ihn zur Brücke“*, schlug ich vor.

„Nicht nötig. Ich schätze, er hat vor, die Enten zu füttern.“

Die Enten füttern? Unwahrscheinlich. Eine Brücke wäre jedoch ein ideales Versteck für Brandbomben.

Eine Minute später betrat ich die halbrunde Brücke, während Justice sich am anderen Ende aufhielt. War das der Grund, warum Mr. Young Brotkrümel ins Wasser warf? Hatte er mitbekommen, dass er verfolgt wurde und ...

„Mr. Young?“

„Ja?“ Hinter der schmalen Brille blickten die Augen des Mannes leicht verdutzt drein.

„Darf ich ...“

Bevor ich meinen Satz beenden konnte, drückte sich meine pelzige Kapuze fest an meine Wangen, um die unterdurchschnittlichen menschlichen Sinne zu verstärken. Der weit entfernte Verkehr wuchs von einem Brummen zu einem Dröhnen an und ich nahm in der Luft den beißenden Geruch eines Pelzlosen wahr.

EIN WOLF TRAT ANS ENDE der Brücke, von der ich gekommen war. Mein Schwert glitt klirrend aus der Scheide.

Justice hatte Unrecht gehabt. Ich hatte nicht Däumchen gedreht. Genau dafür hatte ich am Ende des Sommers und zu Beginn des Herbstes trainiert.

Der Wolf zeigte sich von meiner Haltung unbeeindruckt, aber Mr. Young zuckte beim Anblick meines Schwertes und der Bedrohung durch ein riesiges, ungebändigtes Raubtier zurück. „Nehmen Sie doch mein Geld!" Brotscheiben klatschten auf die hölzernen Brückenplanken, als er nach seiner Brieftasche kramte.

„Hauen Sie ab", stieß ich hervor. Denn der Inhalt seiner Papiertüte war verschüttet und offenbarte keinerlei Brandbomben. Mr. Young war kein Terrorist. Vielmehr war er ein Unschuldiger, der als Lockvogel benutzt worden war, um mich in einen Hinterhalt zu locken.

Es war schon etwas beleidigend, dass dieser Wolf gedacht hatte, ich würde vor einem einzigen Gegner klein beigeben. Ich warf einen Blick über meine Schulter und warf Justice einen vielsagenden Blick zu. Er schürzte die Lippen, aber er nickte. Er würde Mr. Young aus dem Park folgen, nur für den Fall, dass sich noch andere Pelzlose versteckten. Ich brauchte nur ihren Rückzug sicherzustellen.

Und ... ich hätte den Gegner nie aus den Augen lassen dürfen. Denn die nach Gewürzen duftende Luft warnte mich eine Sekunde, bevor Wolfspranken gegen meine Schulter knallten. Ich taumelte nach hinten und mein Schwert schnellte im selben Augenblick nach oben. Die Klinge durchschlug Fell ... dann riss ich meinen Arm zurück, bevor das Metall die darunterliegende Haut durchbohren konnte.

Zimt. Der unverwechselbare Geruch des Wolfs war mir sofort vertraut; meine Neuronen hatten nur ein bisschen länger gebraucht, um die Verbindung herzustellen.

Es war nicht der Zimt von Apfelkuchen und Glühwein wie bei Luke. Dieser Geruch war wilder, grimmiger. Außerdem deuteten die blassen Linien auf der Schnauze des Tieres deutlich auf …

Ruth. Lukes Schwester. Ich zögerte, weil ich ihr nicht wehtun wollte …

… und sie biss so tief in meinen Arm, dass ich aufjaulte und mein Schwert fallen ließ.

Daraufhin drängte sich mein Pelz gegen meine Haut und suchte Einlass. In meiner Wolfsgestalt konnte ich mich schützen, ohne dabei lebensgefährliche Verletzungen zu verursachen, die ich später bereuen würde. Das Schlimmste, was ich bei Ruth zurücklassen würde, wären weitere Narben.

Aber ich wollte mich nicht wandeln und meine Natur als Woelfin preisgeben, wenn Ruth ihre Rudelkameraden mitgebracht hatte. Stattdessen nutzte ich meine größere menschliche Masse, um ihren Wolfskörper von mir zu stoßen, und behielt sie fest im Griff, als sie seitwärts taumelte, sodass ich letztendlich auf ihr landete.

Nun war mein Pelz eher hilfreich als hinderlich. Er schlängelte sich nach unten, bis er zwischen mir und Ruths starken Hinterbeinen lag, und bremste ihre Bewegungen, als sie nach oben trat, um mir den Bauch aufzureißen. Um die Gefahr abzuwenden, streckte ich meine Finger so weit wie möglich aus und war froh, als sie auf den kühlen Stahl meines Schwertes trafen.

„Wandle dich", forderte ich und fuhr mit den Fingern die Klinge zum Griff hinauf, während ich mit meinem anderen Arm Ruths Brust festhielt. Ich würde das Schwert nicht benutzen, um sie zu verletzen, aber wer, der bei Verstand war, würde weiterkämpfen, wenn ein Meter scharfes Metall gegen seinen Hals gedrückt wird?

Nur kam ich nicht ganz dazu, sie mit der Schwertklinge zu bedrohen. Ruths Vorderpfote schlug so schnell aus, dass meine Hand gegen die scharfe Klinge prallte. Die Schneide bohrte sich in meine Handfläche und ich wich unfreiwillig zurück.

Dann lag Ruth als Mensch unter mir. Sie war ein Mensch … und sie hielt auch mein Schwert in der Hand.

„Du musst lernen, dass Schmerz dein Freund ist." Ruths Blick war stürmisch, wie der eines Wolfes. Ich hatte den Eindruck, dass ich gerade bei einer Prüfung durchgefallen war.

Der Schmerz in meinem Bauch, der darauffolgte, war jedoch nicht psychosomatisch. Ich erstarrte, als mein eigenes Schwert in meine Haut eindrang.

War Ruth klar, dass es genauso schlimm wäre, meinen Pelz zu durchbohren, wie die Klinge durch meinen Bauch zu führen? Oder bedrohte sie mich bloß so, wie ich vorgehabt hatte, sie zu bedrohen?

„Ruth", begann ich.

Da räusperte sich Justice über uns. Und ich blickte in die Mündung einer Waffe.

Kapitel 9

Seine Stimme war so düster wie die Dunkelheit jenseits des Scheins der nächsten Straßenlaterne. „Ich schlage vor, du lässt meine Cousine sofort los."

Ruth fletschte ihre Zähne. „Und ich schlage vor, du schaust dir die Waffengesetze von New York City nochmal genauer an. Was glaubst du, wie lange es dauert, bis der gute alte Johnny die Bullen ruft?"

Sie *hatte* mich also reingelegt. Ich verlagerte mein Gewicht auf ein Knie, um mich aufzurichten, und der zweite stechende Schmerz traf mich genau in der Mitte, direkt unter meinem Bauchnabel.

„Ob du wohl auch so schnell bist wie ich?", schnurrte Ruth. „Ich frage mich ..."

Ihre Stimme verstummte, als sie sich unter mir aufrichtete. Unsere Körper wurden noch enger aneinandergepresst, eine merkwürdig vertraute Geste ... bis ich merkte, dass sie an meinem Hals roch.

Zu meiner Überraschung fielen Ruths Augenlider zu, als sie den gleichen Duft einatmete, mit dem ich jeden Morgen aufwachte. „Du Idiotin", hauchte sie. „Kein Wunder, dass sie nicht glauben, dass ich die Schwertjungfer bin."

Ich sehnte mich nach weiteren Auskünften, aber das war mein Augenblick. Meine Gegnerin war abgelenkt ...

Justice und ich hatten lange genug zusammengearbeitet, dass wir nicht einmal mehr ein Zeichen brauchten. Ich drehte mich herum. Er trat zu. Mein Schwert funkelte, als es durch die Luft wirbelte.

Ich war zwar nicht so schnell wie ein Pelzloser, aber ich war bereits am Boden und wartete, bis die Waffe herabfiel. Der Griff landete in meiner Hand und ich hatte das beruhigende Gefühl, nach einer langen Jagdnacht nach Hause zu kommen.

„Ich vermute, Ruth möchte damit andeuten, dass wir einen guten Anwalt brauchen", sagte ich zu Justice, als er die Pistole einsteckte, die er eigentlich nicht hätte haben dürfen. „Hast du eine Ahnung, wo ich einen finden könnte?"

Mein Cousin stieß ein Schnauben aus. Und Ruth – unbeeindruckt von der Tatsache, dass sie nackt zwischen uns auf dem Boden lag – war anderer Meinung als ich.

„Nein. Nichts so Langweiliges. Aber Honors Versagen schadet meinem Bruder. Deshalb ist es höchste Zeit, dass sie die Sache wieder in Ordnung bringt."

„MEIN VERSAGEN?"

Ich war wie gebannt und das wusste Ruth auch. Ihr Lächeln war eher katzenhaft als wolfsmäßig, während sie mich umgarnte.

Sie betrachtete eingehend ihre Fingernägel, bevor sie antwortete. „Hat Luke dir erzählt, was letzte Woche passiert ist?"

Wenn ich die Traumvisionen nicht mitzählte, hatte Luke mir überhaupt nichts erzählt. Es gab keine SMS, keine E-Mails und keine Telefonate zwischen uns. Ich nahm an, dass das

Schweigen einen Grund hatte, also behielt ich es auf meiner Seite bei, genauso wie er auf seiner.

Ruth antwortete, als hätte ich etwas gesagt. „Du armes Ding." Ihre Stimme war falsch und süß, wie ein zuckerfreies Bonbon. „Natürlich hat er dir nichts gesagt. Er hat auch nicht erwähnt, dass wir uns im Wald verstecken, damit die Nachbarn nicht mitbekommen, dass wir schwach sind. Er hat nicht einmal erzählt, dass wir nicht mal vor unseren eigenen Verwandten sicher sind."

Sie stand auf, und ich hinderte sie nicht daran. Ich musste das jetzt hören. Ihre Stimme wurde leiser und ich lehnte mich näher an sie heran.

„Hat Luke eigentlich erwähnt, dass er vor zwei Tagen im Wald direkt in eine Bärenfalle gelaufen ist? Wie er mit bloßen Händen die Metallzähne aufgerissen hat und dann mit einem Knöchel nach Hause gehumpelt ist, der ausgesehen hat, als wäre er von einem Hai ausgespuckt worden?" Sie hielt inne und hob eine Augenbraue, so wie Luke das auch getan hätte. „Er hat dem Rudel erzählt, er wäre in ein Loch getreten."

Ruth trat einen Schritt näher. Justice war der Einzige, der etwas sagen konnte.

„Wer hat die Falle aufgestellt?"

Ruth zuckte mit den Schultern. „Wer weiß? Sie war schon so lange da draußen, dass der Geruch verflogen ist. Auf einem Pfad, den Luke oft einschlägt ... aber er ist nicht der Einzige."

Nun lehnte sie sich noch näher heran. Auf ihrer Haut befanden sich neue Schnitte, die mit alten Narben durchsetzt waren. Als ob der heutige Kampf bei weitem nicht der erste war, den sie bestritten hatte, seit ich ihr begegnet war.

„Ich habe versucht, meine Aufgabe als Schwertjungfer zu erfüllen", fuhr sie fort. „Sie hätten zu mir kommen und versuchen sollen, sich ein Pfand zu stehlen. Und sie hätten eine Jagd abhalten sollen, wenn sie nicht zufrieden waren. Stattdessen haben sie zu einer List gegriffen. Vater hat ganz recht gehabt. Das Rudel beginnt zu verkommen."

Ich holte tief Luft. „Das hat aber doch nichts mit mir zu tun. Luke hat mir den Laufpass gegeben. Also bin ich abgehauen."

„Du bist abgehauen", stimmte Ruth zu, „aber du hast nicht getan, was ich dir aufgetragen habe. Du hast den Biss behalten. Und jetzt bin ich hier, um dich zum Rudel zu bringen, damit du deinen Fehler wiedergutmachen kannst."

Für den Bruchteil einer Sekunde dachte ich darüber nach. Ich überlegte, ob ich Luke die Unterstützung geben sollte, die er laut meinem Bauchgefühl brauchte.

Justice wartete schweigend neben mir. Er war bereit mitzukommen, wenn ich ihn darum bat – das wusste ich. Zusammen konnten wir es mit jeder Menge Pelzloser aufnehmen.

Doch Ruths Geduld hielt nicht lange an. „Hast du dich denn jemals gefragt, wie ich dich gefunden habe?" Ihre Lippen verzogen sich fast zu einem Lächeln. „Luke fährt einmal in der Woche in die Stadt, um Vorräte zu besorgen, aber er hat keinen Grund, in der Bibliothek vorbeizuschauen. Und trotzdem tut er das. Er loggt sich am Computer ein und besucht ein bestimmtes Forum. Dort verfolgt er ausschließlich die Beiträge eines bestimmten Users."

So hatte Ruth also gewusst, dass sie das Kopfgeldjägerforum nutzen musste, um mich zu diesem

Treffen zu locken. Die ganze Zeit, in der ich gedacht hatte, Luke würde mich meiden, hatte er meine Beiträge in den sozialen Medien gelesen. Diesmal musste ich lächeln.

Trotzdem ... Luke hatte mich weggeschickt. Und zwar nicht nur einmal, sondern mehrmals. Ich musste darauf vertrauen, dass er seine eigenen Bedürfnisse besser kannte als Ruth.

So schüttelte ich den Kopf. „Wenn Luke mich wirklich dabeihaben möchte, würde er mich anrufen."

Ich hielt das für ein überzeugendes Argument, aber Ruth schnaubte. „Klar. Mein großer Bruder? Um Hilfe bitten? Von wegen."

Der Himmel über uns hellte sich langsam auf. In der nahen Ferne ragten Wolkenkratzer über dem Park auf. Ein Stimmengewirr deutete darauf hin, dass Fremde unser kleines Stelldichein bald unterbrechen würden.

Also brachte ich das Gespräch zu einem Ende. „Wir sind hier fertig. Falls du es noch nicht bemerkt hast, befinden wir uns hier in einer Stadt und nicht in einer Nudistenkolonie. Sag Luke, dass ich gerne vorbeikomme, wenn er das möchte. Bis dahin, alles Gute."

Natürlich war das nicht so einfach. Ruths Hände wanderten zu ihren Hüften. „Ist das dein letztes Wort?"

Ich war mir nicht sicher, wie ich mich noch deutlicher ausdrücken sollte, also entschied ich mich für ein kurzes, klares „Ja".

„Zu schade." Ruth schürzte ihre Lippen. „Wir hätten das auch auf die einfache Art regeln können."

Das ergab doch überhaupt keinen Sinn. Ich hatte ein Schwert. Justice besaß eine Waffe. Ruth hatte nichts außer ihren Wolfszähnen, und selbst die waren in diesem Augenblick nicht zu sehen.

„Verdammt." Justice griff sich an den Hals, eine Sekunde bevor mich eine Biene stach.

Nein, keine Biene. Immerhin war Oktober und nicht Juli.

Das letzte, was ich sah, war ein winziger gefiederter Pfeil, der aus den schlaffen Fingern meines Cousins fiel. Dann wurde alles dunkel.

Kapitel 10

Als ich erwachte, war alle beengt und dunkel und es stank nach verschüttetem Schmiermittel. Meine Ohren dröhnten zu heftig, um die Reifen auf der Straße zu hören.

Aber ich konnte mir denken, wo ich war. Im Kofferraum eines Autos. Ruth hatte mich unter Drogen gesetzt.

Oder, nein, ein Komplize muss die Dartpistole in der Hand gehalten haben. Da Ruth nackt gewesen war, hätte sie unmöglich eine Waffe bei sich verstecken können.

„Justice?" Meine Stimme ging in der Dunkelheit unter, als ich die Hand ausstreckte, in der Erwartung, dass mein Cousin neben mir eingeklemmt sein würde. Aber meine klammen Finger fanden nichts Lebendiges. Nur einen verfilzten Teppich und die leeren Plastikklammern, mit denen eigentlich ein Radkreuz hätte befestigt werden sollen. Der Griff des Nothebels war so dicht am Metall abgeschnitten worden, dass nur noch ein weicher Schimmer des ausgefransten Seilendes zu sehen war.

Natürlich waren mir auch mein Handy und mein Schwert abgenommen worden, obwohl mich mein Pelz noch immer warm einhüllte. Ruth hatte nicht vergessen, was ich war, und würde den Kofferraum öffnen, in der Erwartung, dass ich in meiner Wolfsgestalt und übel gelaunt herauskommen würde.

Die Frage war nur: Wohin wollte sie mich bringen? Zurück zu Luke, wie sie vorgeschlagen hatte, oder ganz woanders hin?

Mein Pelz rückte näher und verbreitete Wärme in meinem Körper. Seine Berührung beruhigte das Pochen in meinen Schläfen und legte meine Ohren frei, bis ich den Wind hören konnte, der an den Kotflügeln des Autos vorbeipeitschte.

Ruth war eine energische Fahrerin. Der Boden unter mir neigte sich zur Seite und drückte meine Hüfte gegen die ungepolsterte Rückseite der Stoßstange. Erst rechts, dann links. Wir waren nicht auf einer Autobahn ... das bedeutete, dass ich den Sturz wahrscheinlich überleben würde, wenn ich es schaffte, den Kofferraum zu öffnen und aus dem fahrenden Auto zu springen.

Außerdem bedeutete die abnehmende Geschwindigkeit, dass wir wahrscheinlich kurz vor unserem Ziel waren, vorausgesetzt, Ruth wollte nicht nur eine kurze Toilettenpause einlegen. Um den Überraschungseffekt nicht zu verlieren, musste ich schnell handeln.

Deshalb krallte ich mich an das Seil, mit dem ich das Kofferraumschloss ausklinken konnte. Zwar fanden meine Finger keinen Halt, aber es fehlte mir nicht an Werkzeug, so wie Ruth sich das vorgestellt hatte. Stattdessen schnappten die Magnete, die meinen Pelz zusammengehalten hatten, um das Ende des Seils und bildeten einen Ersatzgriff.

Leider hafteten sie aber auch an dem Metall, aus dem das Seil herauskam.

Das Auto wurde jetzt immer langsamer. Mein Atem hallte laut in der Dunkelheit. Ich schenkte den Magneten im Augenblick keine Beachtung und zwängte mich, so gut es ging, aus meiner Kleidung. Es war jedoch zu eng, um mich richtig auszuziehen, also gab ich meine Stiefel am Ende auf.

Mein Pelz glitt mit der Leichtigkeit einer Umarmung um meine nackte Gestalt. Die Fingernägel, die an dem Seil keinen Halt gefunden hatten, verlängerten sich leicht, als meine Wölfin in mir aufstieg. Die Krallen glitten zwischen Metallkarosserie und Magneten. So konnte ich mich an dem behelfsmäßigen Griff festhalten und kräftig daran zerren ...

Der Kofferraum peitschte auf, als wäre er gefedert. Über mir waren Bäume, deren orangefarbene Blätter den purpurnen Sonnenuntergang halb verdeckten. Unterschwellig vernahm ich weibliche Ausrufe – nicht nur die von Ruth, sondern auch zwei andere Stimmen. Die eine war hoch und jung. Die andere tief und älter.

„Was ...?"

„Haltet sie auf!"

Dann rannte ich in meiner Wolfsgestalt auch schon los. Kleidung und Magnet vergessen, sprintete ich in den nahen Wald.

WENIGER ALS EINE MINUTE später hörte ich ein Knirschen von Pfoten hinter mir. Meine Verfolger waren nicht benebelt von dem, was mir verabreicht worden war, und sie kannten wahrscheinlich auch das Gebiet. Aber ich hatte einen ordentlichen Vorsprung.

Einen Vorsprung ... und eine Richtung. Eigentlich hätte ich Luke nicht riechen dürfen, aber sein würziger Duft lockte mich an. Zimtige Süße führte mich direkt in den Sonnenuntergang.

Luke kam mir auf halbem Weg entgegen.

Schwarzes Fell tauchte aus den herabfallenden Schatten auf. Er lief auf drei Beinen, einen Hinterfuß unter sich eingezogen. Ein herrlicher Anblick ... bis ich feststellte, dass der Energieblitz, der mich durchfuhr, keine Freude war.

Nein, das war blanke Wut.

Ich war außer mir vor Zorn, weil Ruth mich und meinen Cousin unter Drogen gesetzt und dann in einen Kofferraum gepfercht hatte, um mich dann dorthin zu verschleppen, wohin ich nicht freiwillig hinwollte. Ich war stinksauer auf mich selbst, weil ich schmachtete – ja, schmachtete, wie eine Sechzehnjährige, die wegen der Hochzeit eines zwanzigjährigen Rockstars heult.

Vor allem aber war ich verärgert über Luke, der mir nicht genug vertraut hatte, um mich bei diesem gefährlichen Unterfangen mitzunehmen. Der mich online im Auge behalten, sich aber nie bei mir gemeldet hatte. Der sich anscheinend mehr um sein Rudel kümmerte als um mich.

Oder – mein Blick fiel auf seinen angehobenen Fuß – mehr als um sich selbst.

Aber jetzt war nicht der richtige Zeitpunkt, um sich aufzuregen. Luke schlug einen großen Bogen, um sich zwischen mich und die Gefahr zu stellen, als zwei vernarbte Wölfinnen und ein schlanker, unauffälliger Wolf den Hügel erklommen, auf dem wir standen. Anstatt zu knurren, ging ich einen Schritt hinter ihm in Position.

Inzwischen wandelten sich Ruth, Tante May und Carly. „Das ist nicht so, wie es aussieht", begann Ruth – ihre klare Anführerin.

Ich konnte mich nicht vor Tante May und Carly wandeln. Aber ich konnte meinen Standpunkt klarmachen. Ich knurrte tief und leise in meiner Kehle, während Luke sich aufrichtete, um die gleiche eindringliche Warnung auszusprechen, die ich zu vermitteln versuchte.

„Das hoffe ich sehr."

Seine Worte waren bestimmt, aber sein rechter Knöchel war lila und geschwollen. Jede der anwesenden Frauen hätte ihn mit einem gezielten Schubs umstoßen können.

Eigentlich war aber *ich* diejenige, die ihn nur zu gerne geschubst hätte. Stattdessen schlich ich um ihn herum und stellte mich zwischen Luke und seine Verwandten. Schließlich besaß ich Reißzähne und vier funktionstüchtige Gliedmaßen.

Meine Geste entlockte Tante May ein Glucksen. „Ende gut, alles gut. Nicht wahr, Neffe?"

Luke schloss für den Bruchteil einer Sekunde die Augen – kämpfte er mit dem gleichen Zorn wie ich angesichts der ganzen Situation – und erteilte dann einen Befehl. „Lasst uns jetzt allein. Ruth, hol ihre Sachen. Und ihr anderen erzählt niemandem, dass Honor hier ist."

Ruth stieß ein Schnauben aus und musterte mich eindringlich, als wollte sie mich an meine eigentliche Aufgabe erinnern. Was hatte sie von mir noch mal erwartet? Irgendwas wegen meines Bisses?

Mir war das herzlich schnuppe. Lukes Bein zitterte. Er musste sich hinsetzen, bevor er umkippte.

Also bellte ich zustimmend zu Lukes Befehl. Und zu meiner Überraschung nickte Ruth. Sie und ihre beiden Begleiterinnen sanken zu Boden, bis sie wieder auf vier Beinen standen, und kehrten den Weg zurück, den sie gekommen waren.

Kapitel 11

Erst als der einzige Wolf, den ich roch, ich selbst war, streifte ich meinen Pelz ab. Ich legte ihn auf das feuchte Laub und befahl: „Sitz!"

Es war, als ob mein Ärger zusammen mit meinem Pelz verflogen war. Lukes Lachen war wärmer als die Luft um uns herum. Vor allem, als er meinen Befehl nicht weiter beachtete, sich mit dem Rücken an den glatten Stamm einer Buche lehnte und mich näher zu sich zog. Seine Haut schmiegte sich an meine Haut.

„Ich kann gar nicht fassen, dass du zurückgekommen bist." Seine Handflächen glühten an meinen Schultern. „Ich habe gedacht, du hättest dich entschieden ..." Er schüttelte den Kopf. „Du bist die schönste Wölfin, die ich je gesehen habe."

Ich lehnte meinen Kopf zurück und atmete seinen Duft ein. Ich hatte schon ganz vergessen, welche Tiefen sich unter dem Zimt verbargen. Der scharfe Biss des Feuersteins, das schwache Flackern des Feuers, das gerade erst zu brennen beginnt.

Die Anziehungskraft überwältigte meinen Verstand ... also stieß ich mich körperlich von Lukes Körper ab. Ich wandte mich ab und trat einen Schritt zurück, bis der würzige Duft mich aus seinem Griff befreite.

Richtig. Wut. Verrat. Und das eigentliche Problem zwischen uns …

„Ich bin keine Pelzlose", warnte ich ihn. „Ich bin eine Woelfin."

„Das ist mir bewusst." Dann Stille: „Honor, drehst du dich bitte mal um?"

Sich zu ihm umzudrehen, war, als würde ich wieder in ein Feuer laufen. Die Narbe an meinem Hals pochte. Ich musste meine Muskeln anspannen, um zu verhindern, dass ich wieder in seine Arme fiel.

Vielleicht klangen meine Worte deshalb so sauer, die Wut war wieder entfacht. „Woelfe treffen keine Entscheidungen füreinander", fauchte ich. „Wir haben keine mächtigen, bösen Alphas, die mit eiserner Faust regieren. Bei uns sind nicht die Männer an der Spitze", ich hob eine Hand auf Kopfhöhe, „und die Frauen unter ihnen. Wir sind eine Familie. Wir unterstützen einander, aber jeder von uns geht seinen eigenen Weg."

Luke nickte. „Ich hab's vermasselt. Als ich dich gebissen habe."

Zimt stieg von der Narbe an meinem Hals auf. Luke hatte es nicht kapiert. Denn genau das war der einzige Teil unserer Beziehung, der sich in diesem Augenblick nicht wie ein Fehler anfühlte.

Und … irgendwie waren wir wieder nahe zusammengerückt. Die letzten Sonnenstrahlen trafen meinen Rücken, während Luke seinen Hals beugte, um unsere Lippen näher zueinander zu bringen. Er … schnüffelte an der dünnen Narbe in meiner Halsbeuge?

„Du hast dich nicht gewaschen."

Ich konnte nicht sagen, ob er sich freute oder verärgert war. Dann ließ Luke meine Schultern los. Die Schwerkraft ließ mich nach hinten sinken, als sich eine Stimme zwischen uns drängte.

„Ich habe sie hergebracht, um diesen Ausrutscher auszubügeln."

RUTH. Ich drehte mich zu meiner Entführerin um, die nicht nur größer war als ich, sondern auch mit meiner eigenen Waffe ausgestattet.

Meine Gefühle für Luke waren verworren und durcheinander. Meine Gefühle gegenüber Ruth waren jedoch völlig klar.

Sie war eine Tyrannin und das wollte ich nicht hinnehmen. „Gib mir mein Schwert", verlangte ich und trat mit steifen Beinen vor, bis ich nur noch einen Zentimeter von der gut geschärften Spitze der Klinge entfernt war.

Ruth schnaubte. „Was glaubst du, wofür ich es mitgebracht habe?"

Natürlich händigte sie mir die Waffe nicht aus. Das wäre zu einfach gewesen. Mit einer Bewegung ihres Handgelenks kippte das Schwert um, fing den letzten Sonnenstrahl ein und schien das Tageslicht zu löschen, während der Griff in meiner Hand landete.

Währenddessen wehte Zimt hinter mir vorbei. Ruth mochte zwar eine Tyrannin sein, aber Luke war in seinem Innersten ein Beschützer. Ich hatte kaum Zeit zu bemerken, wie nackt ich mich ohne meine woelfische Seite fühlte, als Luke mir meinen Pelz um die Schultern legte.

Vielleicht war das der Grund, warum ich mich in seinen Zimt zurücklehnte. Zurück in die Sicherheit seiner Körperwärme. Zurück in Luke.

Ruth beobachtete dieses Spielchen mit zusammengekniffenen Augen. „Wenn ich in Zucker ertrinken wollte, hätte ich einen Bienenbaum geplündert", murmelte sie und ihre Gesichtszüge verschwanden im Schatten.

Dann schüttelte sie ihre Verärgerung ab und wandte sich im selben Augenblick von mir ab, um über meine Schulter hinweg mit ihrem Bruder zu sprechen. „Tante May versammelt das Rudel. Wir werden Honors Verletzung wieder öffnen und Kräuter hineinbinden, um deinen Geruch zu vertreiben."

Und schon war der Luke, den ich kannte, nicht mehr da. Jetzt badete er selbst in der sprichwörtlichen Galle. Anstatt zu sprechen, stieß er ein tiefes ablehnendes Knurren aus. Ruth schnaubte und überging seinen Missmut.

„Oder jemand anderes muss sie beißen. Ich habe nicht gedacht, dass du ..."

„Nein." Dieses Mal war Lukes Einwand eher ein Brüllen.

Ich verkrampfte mich, und meine Hände griffen nach meinem Pelz. Lukes Geruch umwehte mich wie Zimtzucker, der aus einem Gebäck ausgetreten war und in der Pfanne verbrannt war, während der Rest noch buk. Es schien, als hätte ich keinen Beschützer mehr, sondern einen wilden Wolf in meinem Rücken.

Im Gegensatz zu mir ließ sich Ruth weder von dem Geruch noch von der Wortattacke beeindrucken. „Das hier ist nicht Honors Welt, Luke. Lass sie gehen, stell ein Exempel an demjenigen auf, der unseren Vater auf dem Gewissen hat, und das Rudel wird sich so weit erholen, dass auch du gehen kannst."

Lukes Wolf atmete mir in den Nacken, als er eine Erwiderung ausstieß. „Ich habe unseren Vater getötet."

„Klar." Ruth zuckte mit den Schultern. „Du hast ihn von seinem Elend befreit. Aber mein Gefühl sagt mir, dass der, der Vater den Bauch aufgeschlitzt hat, auch für die Bärenfalle, die Verleumdungen und vielleicht sogar für die einsamen Wölfe verantwortlich ist, die an unseren Grenzen herumschnüffeln. Finde sie. Töte sie. Dann ist das Rudel wieder stark."

Die Luft strich über meinen Nacken, als Luke sich hinter mir bewegte. „Ich werde nicht wie unser Vater sein."

„Und du weigerst dich auch, Carly zu verpaaren, um Bündnisse zu schließen. Also gibt es nur eine einzige Möglichkeit. Entferne deinen Biss von Honors Hals und stell klar, wer die Schwertjungfer ist. Dann kümmere ich mich um die Angelegenheit."

Ein langer Augenblick der Stille, nur das Rauschen des Windes in den Ästen über uns war zu hören. Dann umhüllte mich Lukes Duft so stark, dass ich wusste, dass er sich näher zu mir herangelehnt hatte. „Das ist deine Entscheidung, Honor. Nicht meine. Und schon gar nicht die von Ruth."

Er gab mir, worum ich gebeten hatte. Der Adrenalinschub, einen wilden Wolf hinter mir zu wissen, wurde sanfter und süßer. Meine Wut war völlig verflogen.

Dann stieß Ruth ein Schnauben aus und Lukes Stimme wurde härter. „Honor trifft ihre eigenen Entscheidungen. Sind wir uns darüber im Klaren, Schwester?"

Ruths Antwort war ein Knurren. „Sonnenklar."

Diesmal drehte ich mich tatsächlich um ... und sah mich einem Wirbel aus Zimt gegenüber, der bereits in der Dunkelheit verschwand.

Kapitel 12

Ruth gab mir alle meine Besitztümer zurück, außer mein Handy. „Das habe ich im Auto gelassen", erklärte sie. „Hier draußen gibt es keinen Empfang."

Ich musste ihr also glauben, dass es Justice gut ging. Dass sie ihn unter der Brücke versteckt hatte, wo ihn wahrscheinlich niemand finden würde. Dass sie die Kurzwahl seines Handys benutzt hatte, um Bastion über seinen Zustand zu informieren.

Allerdings hielt ihre Geduld, mich zu beruhigen, nur ein paar Sekunden an. Dann wurde sie laut.

„Egal, was Tante May gesagt hat, das ist kein Spiel", belehrte mich Ruth. „Unser Rudel schläft im Wald, weil es einfacher ist, sich zu verteidigen, wenn keine Straßen in der Nähe sind. Luke ist von morgens bis abends unterwegs und patrouilliert in diesem wenig vorzeigbaren Revier, um einsame Wölfe fernzuhalten. Es ist nur eine Frage der Zeit, bis die Rudel, um die wir uns wirklich Sorgen machen, herausfinden, dass unser Clan im Kern verfault ist. Deshalb lasse ich nicht zu, dass unser Alpha in einer so entscheidenden Phase abgelenkt wird."

Ihre Worte hatten Gewicht, besonders in Verbindung mit der Art und Weise, wie Luke zurückgeschreckt war, als er meine Paarungsnarbe gesehen hatte. *„Ich hab's vermasselt",* hatte er zu mir gesagt. *„Als ich dich gebissen habe."*

Es tat weh, dass die Narbe an meinem Hals nach Lukes Maßstäben und denen seiner Schwester so offensichtlich falsch war. Aber ich befand mich in einer Welt der Pelzlosen, also musste ich mich nach den Pelzlosen richten.

Oder ihren Rat zur Kenntnis nehmen und ihre Welt verlassen, damit Luke und ich in meiner wieder zusammenkommen konnten.

Laut antwortete ich lediglich: „Ich verstehe schon. Luke braucht Zeit, um das Rudel zu stärken, damit er es wieder verlassen kann. Gerade deshalb bin ich hier."

Ruth schnaubte erneut und legte den Kopf schief. „Ach ja? Oder bist du bloß hier, weil ich dich in den Kofferraum geworfen habe, Woelfin?"

Ich wollte antworten, aber sie schüttelte den Kopf. Wolfsohren hatten etwas gehört, was ich überhört hatte. „Zieh dich an", befahl sie.

„Versuch doch mal, deine Anweisungen nicht immer so rauszubellen", konterte ich.

Trotzdem hatte Ruth recht. Ich hatte kaum Zeit, meinen Pelz unter der Kleidung zu verstecken, bevor das Rudel die Bergkuppe erklomm. Es war jetzt völlig dunkel, sodass ich die Welle von Wolfskörpern, die auf uns zustürmten, mehr spürte als sah. Sie waren zu sehr ineinander verschlungen, um sie zu unterscheiden. Zu viele, um sie zu zählen.

Hier und da konnte ich jedoch das Aufblitzen von Augen in der Dunkelheit erkennen. Ich roch die typischen Gerüche – feuchte Pfennige, kalte Pizza, eine weggeworfene Feder von einem Falken.

Außer dem Mond gab es kein Licht. Kein Geräusch außer dem Knirschen der Blätter unter den Pfoten und meinem eigenen schweren Atem. Ich benutzte einen Baumstamm, um meinen Rücken zu schützen, und hielt den Griff meines Schwertes fest umklammert.

Ein Hauch von süßem Zimt deutete darauf hin, dass auch Luke anwesend war, aber er hinderte die fremden Pelzlosen nicht daran, sich um mich herum zu drängen, zu schnuppern und mich zu untersuchen.

„*Das* ist die Schwertjungfer?"

„Warum begleitet sie uns nicht?"

„Sie riecht wie unser Alpha."

Klagen, Verärgerung, Interesse. Ich muss die Pelzlosen für diese Zeremonie aus ihren warmen Betten geholt haben. War das der Grund, warum alle um mich herum männlich und meist jung waren?

Oder nein, ich hatte mich geirrt. Sie waren nicht alle männlich. Tante May sprach so nah an meiner linken Schulter, dass ich das Gefühl hatte, sie könne meine Gedanken lesen.

„Tretet zurück. Gebt der Schwertjungfer Raum zum Atmen."

Ich spürte mehr als dass ich sah, wie die Pelzlosen in einen großen Kreis zurückwichen. Dann roch ich die Frauen, die sich im Zwischenraum versammelt hatten.

„Komm." Ruth streckte ihre Hand aus, um mich nach vorne zu ziehen. „Wir fangen mit dem Waschen an. Es ist wichtig, dass das Rudel die Veränderung an dir riecht. Im Moment stinkst du nach dem Parfüm der Zweibeiner."

Es war kein Parfüm. Eher Seife und Shampoo. Trotzdem stolperte ich hinter ihr her und war erleichtert, als ich im heller werdenden Mondlicht erkennen konnte, wer auf beiden Seiten von mir herlief.

Außer Tante May und Ruth waren noch weitere Frauen anwesend. Vier. Drei ältere Frauen und …

„Carly?"

Das Mädchen legte den Kopf schief und war sich nicht sicher, woher ich ihren Namen kannte, obwohl wir einander nie vorgestellt worden waren. Anstatt sie aufzuklären, stieß ich die Frage aus, die in mir brodelte, seit das Rudel in einem Dunst von Testosteron aufgetaucht war. „Sind die Kinder bei ihren Müttern?"

Eine ältere Frau seufzte. Ruth stieß ein Schnauben aus. Tante May antwortete schließlich.

„Wir sind alle hier. Und sobald Carlys Verlobung vollzogen ist, ist es noch eine weniger." Ein Quietschen des Mädchens konnte die alte Frau nicht davon abhalten, wieder zum eigentlichen Thema zurückzukehren. „Komm. Es wird Zeit, dass du gewaschen wirst."

WIR BAHNTEN UNS EINEN Weg hinunter in eine moosbewachsene Schlucht, wo eine Quelle aus dem Boden hervorsprudelte. „Man kann es bedenkenlos trinken", murmelte Carly. Erst da wurde mir bewusst, dass meine Kehle nach einem Tag im Koma und einer rasanten Fahrt und einem aufgewühlten Gespräch völlig ausgetrocknet war. Ich drückte mein ganzes Gesicht in das Wasser und ließ die eisige Kälte auf meiner Zunge kribbeln.

„Flussabwärts gibt es Minze", bellte Tante May und verscheuchte Carly vor mir. Wie ein kleines Kind, nicht wie eine Jugendliche. War die Kleine wirklich alt genug, um verheiratet zu werden? Verlobt? Was bedeutete Verlobung für die Pelzlosen?

Dieser Gedanke verschwand zusammen mit Carly. Es war schwer, sich auf jemand anderen als mich selbst zu konzentrieren, wenn fünf Augenpaare sich in mich bohrten. Ich war erleichtert, als Ruth einen Befehl brüllte.

„Dreht euch um."

„Sie hat nichts, was wir nicht auch haben, Süße." Das war die älteste der Frauen. Sie waren alle nackt. Ich war die Einzige, die bekleidet war.

Bekleidet ... mit einem Pelz, der sich unter einem gewebten Stoff versteckte. Sie konnten ja nicht ahnen, dass ich tatsächlich etwas besaß, was sie nicht hatten.

Also wartete ich. Und schließlich gaben sie nach. Die älteren Frauen zogen gemeinsam los, um sich auf einem Felsen niederzulassen und etwas zu besprechen, das ich nur halb verstehen konnte. Worte wie „Mädchen", „schüchtern" und „Paarungsmond" drangen zu mir durch, aber ich blendete ihre Sticheleien aus. Dann wurde ich ausgezogen. Und anschließend in eiskaltem Wasser gewaschen, das von außen viel unangenehmer war, als es sich an meiner Kehle angefühlt hatte.

Während ich planschte, flüsterte Ruth mir direkt ins Ohr. „Wenn die Zeit für den Schnitt gekommen ist, darfst du nicht zusammenzucken." Ihre Stimme war fast leise, so leise, dass die alten Frauen sie vielleicht nicht gehört hatten. Sie bewegte ihre Füße im frisch gefallenen Laub, um das Geräusch noch mehr zu überdecken, während sie weiter erklärte. „Auch, wenn du ihn verlässt, würde deine Schwäche ein schlechtes Licht auf den Alpha werfen."

„Auf den Alpha", nicht „auf Luke", oder „auf meinen Bruder". Ich nickte, obwohl ich sie im Mondlicht kaum sehen konnte.

Dann wehte mir ein minziger Hauch entgegen. Carly war zurückgekehrt.

„Ist das genug?" Die Stimme des Mädchens klang zaghaft. Als ob das Aufwachsen unter so vielen Männern und so wenigen Frauen sie scheu wie ein Mäuschen gemacht hätte. War das der Grund, warum sie eine Verlobung nicht ausschlug, von der ich mir nicht vorstellen konnte, dass sie sie wollte? War Michael – jünger als sie, obwohl er eigentlich ihr Onkel war – der Einzige, dem sie ihre wahre Meinung sagen konnte?

Ich hatte keine Ahnung, wie die Antwort lautete, aber ich richtete sie trotzdem auf. „Das ist klasse. Gute Arbeit, Carly."

Die schemenhafte Gestalt des Mädchens richtete sich vor mir auf und sank wieder in sich zusammen, als Ruth schnaubte. Konnte diese Frau eigentlich nichts Anderes tun als schnauben?

Gut, nein, sie erteilte auch Befehle: „Carly, dreh dich um. Honor, wenn du vorhast, dich wieder anzuziehen, beeil dich besser. Und lass deinen Hals frei."

Ich schlüpfte in meinen Pelz und benutzte die Magnete, die Ruth mit meinen Kleidern zurückgebracht hatte, um die Ränder diesmal um meinen Bauch und nicht um meinen Hals zu schließen. Die Kleidung klebte auf der feuchten Haut, als ich den Stoff über den Pelz zog, was dazu führte, dass mein Outfit auf seltsame Weise Falten schlug.

Grace wäre über meinen Verstoß gegen die modische Etikette entsetzt gewesen. Mich beunruhigte eher der

Verdacht, dass mein Pelz nicht an Ort und Stelle bleiben würde, wenn ich mich schnell bewegen müsste.

Ich konnte bloß hoffen, dass es keinen Grund gab, davonzulaufen.

Kapitel 13

Ich stieg durchnässt und fröstelnd den Hügel hinauf und erblickte ein Lagerfeuer. Ein kleines, als ob Lukes Rudel Angst hatte, zu viel Aufmerksamkeit zu erregen. Trotzdem kamen mir das Licht und die Wärme sehr gelegen. Ich machte noch einen Schritt nach vorne ... und das Gerede verstummte augenblicklich.

Luke durchbrach die Stille mit einem Rücken, der so gerade war wie die Klinge meines Schwertes. Seine Augen schimmerten blau, als er mich begrüßte. „Schwertjungfer."

Ich wusste, dass die Zeremonie begonnen hatte, ohne dass ich das hätte sagen müssen.

„Alpha." Auf meine Antwort hin folgten alle meinem Blick zu Luke und verneigten sich dann einträchtig vor ihm. Ich begann zu verstehen, dass das unter Pelzlosen als Respekt galt. Das Rudel mochte in Schwierigkeiten stecken, aber sie wussten, wer ihr Anführer war.

„Ich habe dich für mich eingefordert", fuhr Luke fort, und seine Stimme dröhnte in meinem Bauch. „Nimmst du dies an?"

Mein Pelz schmiegte sich eng an meinen Bauch. Trotz meiner besten Absichten wich ich einen Schritt zurück.

Da knurrte Ruth etwas, das ich nicht ganz verstehen konnte. Lukes Augenbrauen zogen sich zusammen. Und seine Augen wurden stahlgrau.

Ich sollte standhaft bleiben und ihn abweisen. Ein paar Stunden voller Ungemach für mich, und Lukes Job als Alpha wäre viel einfacher. Zwischen uns beiden würde keine vorzeitige Paarung stehen, sodass wir irgendwann einen Neuanfang wagen könnten, sobald er seine Pflichten erfüllt hat. Das Rudel hätte den nötigen Freiraum, um wieder zusammenzuwachsen.

Außerdem könnte ich es körperlich schaffen. Mit Leichtigkeit. Ich hatte mich auf den Schmerz eines Schwerthiebs vorbereitet. Aber ...

Die zimtige Süße, die von meinem Hals ausging, breitete sich wie eine warme Decke um mich aus. Das Frösteln in meinen Gliedern wich. Mein Weg nach vorne war nun gar nicht mehr so klar.

Dann stand plötzlich Ruth da, mein Schwert erhoben zwischen uns. „Honor?"

Ich erstarrte, anstatt meinen Hals zu entblößen, wie wir das noch einen Augenblick zuvor geplant hatten. Die Gedanken schossen in meinem Kopf hin und her wie Funken in einem Feuer.

Luke, wie er mich letzten Sommer unterstützt hatte, bevor ich ihm genug vertraut hatte, um ihn um Hilfe zu bitten.

Ruth, wie sie im Central Park mit einer Bitte aufgetaucht war, die – wie ich jetzt vermutete – anders gelautet hatte als die, die sie schließlich geäußert hatte. *„Mein großer Bruder? Um Hilfe bitten?"*, hatte sie gesagt. *„Von wegen."*

Ich verdrückte mich in den Schatten, während sich ein Gemurmel unter den Zuschauern erhob. Ihr Missbehagen fühlte sich bitter an, während mein Zögern wie Zimt schmeckte. Ich musterte Lukes Gesicht, aber der wurde nur vom Feuer angestrahlt. Ich konnte nicht mehr erkennen, welche Farbe seine Augen hatten.

Allerdings konnte ich die Narben ausmachen, die sich weiß und schmerzhaft auf Ruths Wangenknochen abzeichneten. Sie stieß kein Schnauben aus. Sie erteilte keine Befehle. Sie blickte mich bloß so aufmerksam an, dass ich den Eindruck hatte, sie hätte mich am liebsten mit meiner eigenen Klinge durchbohrt.

Und doch drängte sie mich nicht. *„Honor trifft ihre eigenen Entscheidungen"*, hatte Luke zu seiner Schwester gesagt.

Davor hatte er meine Standpauke zur Kenntnis genommen, als ich ihn über die Eigenständigkeit der Woelfe belehrt hatte. Er mochte sich vielleicht wie ein wilder Wolf verhalten, aber er versuchte, aus den Trümmern des Rudels der Pelzlosen etwas Besseres aufzubauen. In meinen Träumen hatte ich immer wieder gesehen, wie er Stärke und Sanftmut vereinte.

Und wer könnte Luke besser helfen, sein Rudel wieder auf Vordermann zu bringen, als eine Woelfin? Wer könnte Unruhestifter besser aufspüren als eine Kopfgeldjägerin?

Und ja, da war diese unerbittliche Süße von Zimt, die versuchte, die Entscheidung für mich zu treffen. Aber warum sollte unsere Anziehungskraft falsch sein?

Das war sie nicht. Vielmehr ging ich davon aus, dass der Zimt recht hatte. Ich öffnete meine Augen, machte einen weiteren langen Schritt rückwärts ...

... Und dann verfiel ich dem Zimt. Im Schutz der Dunkelheit – so hoffte ich – ließ ich meine Woelfin zum Vorschein kommen und verschmolz mit einem Rudel Pelzloser.

DIE GERÜCHE DER UMSTEHENDEN blieben eher irritiert als gierig, also musste ich hoffen, dass mein Geheimnis verborgen geblieben war. Ruth spießte mich auch nicht mit meinem Schwert auf, als ich mich auf vier lautlosen Füßen auf Luke zubewegte.

Mein zukünftiger Gefährte lächelte. Ich hatte die richtige Entscheidung getroffen. Er freute sich auf das, was kommen würde.

Zumindest hoffte ich das, als ich mich mit gefletschten Reißzähnen auf den Hals des Alphas stürzte.

Er stieß mich nicht beiseite. Er schrie nicht und stöhnte nicht mal, als meine Zähne in seinem Hals versanken.

Sein Blut auf meiner Zunge schmeckte salzig-süß. Keine Spur von Zimt. Nur Eisen und Salz, das an seiner Brust herunterlief und auf meine Geschmacksknospen traf.

Ich hatte viel tiefer gebissen als beabsichtigt, stellte ich fest, als ich auf vier Pfoten zurücksank.

Und ... das war weit mehr als nur ein Biss gewesen. Zimt wirbelte um mich herum. Lukes Finger glitten über meinen Körper, obwohl wir uns nicht mehr berührten.

„Meine Schwertjungfer." Seine Stimme in meinem Kopf war so süß, dass ich mir ziemlich sicher war, dass wir den Bienenbaum zusammen geplündert hatten. *„Danke, dass du mich erwählt hast. Dass du uns erwählt hast."*

Das Rudel konnte ihn nicht hören. Diese Worte gehörten nur mir. Trotzdem ertönte ein Heulen von den Pelzlosen, auch wenn sie auf zwei Beinen dastanden. Ein Heulen ... dann ein Aufschrei, als etwas an meinem Augenwinkel vorbeirauschte.

Nicht etwas. Jemand.

Ich wirbelte herum, als der dunkelhaarige Shifter – Easton? –, der noch vor vier Monaten nackt über mich hergefallen war, um ein Pfand zu klauen, seine Absichten lauthals verkündete. „Ich verlange einen Prozess!" Er war immer noch nackt. Und anscheinend hatte er immer noch dasselbe Ziel vor Augen, das er schon damals verfolgt hatte.

Denn wenn ich die Schwertjungfer war, wurde alles, was ich besaß, zu einer Gefahr für Lukes Stellung als Rudelführer. Alles ... einschließlich meines Bündels abgelegter Kleidung.

Eastons Finger waren nur wenige Zentimeter von meinem schmutzigen Stiefel entfernt, als ich mich auf ihn stürzte. Wenige Zentimeter vor einer Katastrophe. Wenige Zentimeter vor – ich wusste selbst nicht genau, was.

„Es braucht sechs Pfänder, um eine Jagd auszurufen, denk dran." In meinem Kopf klangen Lukes Worte ruhig und gelassen. Aber ich war zu sehr damit beschäftigt, mein eigenes Regelwerk aufzustellen, um auf seinen Tonfall zu achten.

Stattdessen wirbelte ich Easton herum, während er Flüche ausstieß. Ich packte einen Stiefel nach dem anderen, das Höschen, dann die Hose, mit Wolfszähnen, die an solche Anstrengungen gar nicht mehr gewöhnt waren. Anschließend warf ich alles, was gemeinsam mit mir in Ruths Kofferraum gewesen war, auf das Lagerfeuer und sah zu, wie Baumwolle und Plastik zu Asche verbrannten.

So. Nichts von mir konnte gestohlen werden, wenn es nicht von vornherein vorhanden gewesen war. Nichts außer meinem Schwert, das Ruth sicher bei sich trug, und dem Fell, das mit meinem Wolfskörper verschmolzen war.

Ich hechelte schon, als sich der letzte Schnürsenkel im Feuer in Rauch auflöste. Als ein halbes Dutzend weiterer Pelzloser in einer vierbeinigen Einheit auf mich zustürmte.

Hinter ihnen war Ruth die einzige Pelzlose, die noch in ihrer menschlichen Gestalt war. Sie hielt mein Schwert in der Hand, nicht als Waffe, sondern als Beute in einem Versteckspiel. Unter ihrem Spinnennetz aus Narben und Schorf war sie eine Kriegerin. Als sich ihre Muskeln anspannten, spannten sich auch meine an.

Es war jetzt nicht mehr bloß ein halbes Dutzend Wölfe, das auf mich zukam. Im Mondlicht hatten sich meine Gegner in ein unüberschaubares Meer aus funkelnden Augen und gefletschten Zähnen verwandelt. Einen Angriff eines ganzen Rudels Pelzloser würde ich nicht überleben, aber ich würde es versuchen. Ich würde ...

Sie teilten sich um mich herum wie Wasser, das auf beiden Seiten eines Felsens vorbeifließt. Auf der anderen Seite entstand eine Welle aus Fell, während ein pechschwarzer Wolf – mein Gefährte, mein Partner – seinen Kopf zu einem Heulen erhob.

„Lasst uns jagen." Die Worte rollten über mich hinweg, in mich hinein, durch mich hindurch.

Ruth war die Einzige, die noch menschlich war, während der Rest der Pelzlosen dem Ruf folgte.

Kapitel 14

Ich war nicht darauf vorbereitet, als das erste Kaninchen nicht mehr als fünfzehn Meter vom Lagerfeuer entfernt aufgescheucht wurde. Es versuchte zu fliehen, aber es waren so viele Wölfe, dass kein Beutetier eine Möglichkeit gehabt hätte, ihnen allen auszuweichen. Die drei, die dem Kaninchen am nächsten waren, stürzten sich erst darauf ... und dann aufeinander, als das flüchtende Tier in pelzige Fetzen gerissen wurde.

Lukes Bellen riss sie auseinander, bevor das Gerangel ernstere Folgen davontragen konnte. Trotzdem lag jetzt Blut in der Luft. Blut und Geknurre und die Spannung von Machtkämpfen. Plötzlich war zu spüren, dass es sich hier nicht um ein Woelfe handelte, sondern um die Jagd von Pelzlosen.

Dennoch machte es Spaß, neben anderen vierbeinigen Wölfen durch die Dunkelheit zu streifen. Kein Straucheln. Kein Stolpern. Nur Gerüche und Geräusche und der überwältigende Rausch, Teil eines Rudels zu sein.

Allerdings waren wir zu viele für die ideale Tarnung. Zudem bestand immer die Gefahr, dass ein einziges mickriges Kaninchen einen Clankrieg auslösen konnte.

Also setzten sich Untergruppen nach und nach ab, um Fährten zu folgen. Die erste Gruppe machte sich auf den Weg in die Hügel und jagte der schwachen Spur eines Bären hinterher. Ein anderes halbes Dutzend Männchen verfolgte einen Bock, der den Geruch der Brunft in sich trug. Luke legte den Kopf schief, bevor er sich zu den anderen gesellte, und ich nickte als Antwort.

Ja, ich hatte alles unter Kontrolle.

Das hatte ich auch, bis Carly winselte und die Spur eines weiteren Rehs witterte. Abgesehen vom Blutrausch war es erfreulich, dass die Kleine die Initiative übernommen hatte.

Nun, zumindest für mich war das erfreulich. Für Tante May hingegen weniger.

Die ältere Wölfin schlug ihre Zähne so fest in Carlys Ohr, dass ihre Großnichte aufjaulte und auf ihren Bauch sank. Die anderen Wölfinnen wandten den Blick ab, während die letzten männlichen Rudelmitglieder an uns vorbeigingen, ohne uns auch nur anzusehen. Damit war es an mir, die Entscheidung zu treffen.

Sich zu wandeln kam nicht in Frage, aber Tante May hatte bewiesen, dass Wölfe keine Worte brauchen, um sich miteinander zu verständigen. Stattdessen rammte ich die ältere Wölfin so fest in die Seite, wie ich mich angesichts ihres Alters und ihrer vermutlich brüchigen Knochen traute. Ihre Zähne flogen auf, sodass Carly freikam.

Die Kleine hatte sich im wahrsten Sinne des Wortes auf den Rücken gedreht und ihren Bauch für weitere Übergriffe der Älteren freigegeben. Das gefiel mir ganz und gar nicht. Ich hasste die Tatsache, dass Tante Mays Blick das Kind zum Winseln brachte.

Mein eigenes Knurren ließ meine Zunge jucken. Ich sehnte mich nach einem eigenen Biss.

Dann nahm Tante May ihre menschliche Gestalt an, ihr Blick war immer noch auf Carly gerichtet. Ihre Worte hingegen waren für mich bestimmt.

„Du tust dem Mädchen keinen Gefallen. Ihr Verlobter möchte keine Kriegerin."

Bis auf Ruth, die immer noch am Lagerfeuer saß, hatten sich alle anderen Weibchen zurückgehalten, während ihre Rudelkameraden an uns vorbei geströmt waren. Die Älteste – sie roch nach Hexenhasel – gesellte sich nun auf zwei Beinen zu Tante May. Ihre Stimme klang entschuldigend, aber genauso bestimmt, als sie eine zweite Erklärung hinzufügte.

„Wir hatten gehofft, dass sich die Lage ändern würde, sobald Michael erwachsen geworden ist." Ihre Mundwinkel hingen nach unten. Ihre Hände streiften den Matsch von Carlys auf dem Boden liegenden Körper ab. „Aber dieser Clan ist immer noch zu gefährlich für ein Weibchen im fortpflanzungsfähigen Alter. Carly muss eine Rudelprinzessin bleiben, damit ihr Verlobter sie annehmen kann. Woanders ist sie sicherer."

Eine nach der anderen nickten die schweigsamen Weibchen zustimmend. Offensichtlich lag ich aus Sicht der Pelzlosen im Unrecht.

Trotzdem machte mich der Geruch von Carlys Entschuldigung stinksauer. Also schenkte ich Tante Mays Schnauben keine Beachtung – jetzt wusste ich wenigstens, woher Ruth das hatte – und stupste Carly an, bis sie sich aufrappelte. Der Rücken der Kleinen war gekrümmt, aber wenigstens stand sie aufrecht da. Ich achtete nicht auf die Älteren und schnupperte an der Spur, die diesen ganzen Unfug ausgelöst hatte.

Nach einem langen Blick in Tante Mays Richtung folgte Carly schüchtern meinem Beispiel.

„Wenn du das schon tust", rief Tante May uns hinterher, als wir uns in die Dunkelheit davonmachten, „dann verhalte dich wenigstens geschickt. Wenn wir über die Grenze von Lukes Revier hinausgehen, kann Carly trainieren und niemand außer uns wird je davon erfahren."

Eine heimliche Jagd, aber dennoch eine Jagd. Ich warf einen Blick auf Carly, aber die hatte sich bereits wieder zu Boden gekauert und die Ohren angelegt, um sich zu unterwerfen. Sie war zu schüchtern, um für ihre eigenen Wünsche einzutreten. Es war meine Entscheidung.

Und ... es war ein Kompromiss, mit dem ich leben konnte. Ich nickte kurz und hielt mich zurück, während die alte, vernarbte Wölfin die Führung übernahm.

WOLKEN ZOGEN AUF, BIS die Augen der Wölfe nicht mehr viel besser waren als die der Menschen. Allerdings waren die Fährten so deutlich, dass ich fast keine Augen brauchte, um meine Füße zu lenken.

Außerdem war ich nicht die Anführerin. Nicht mal Tante May hatte die Führung übernommen. Sobald sich der Geruch des letzten männlichen Rudelmitglieds verflüchtigt hatte, war unser jüngstes Mitglied an uns allen vorbeigeglitten und hatte sich an die Spitze gesetzt.

Wir liefen eine Weile dahin, bis sich die Wolken auflösten und Hufspuren sichtbar wurden. Wie die eines Rehs, nur größer.

Um mich herum berührten die Ältesten einander an den Schultern und kläfften leise. Wären sie Menschen gewesen, hätten sie vor Aufregung gemurmelt. Ich verstand endlich, warum, als wir unter dem Blätterdach hervorkamen und auf einer felsigen Klippe die Silhouette des Tieres erblickten.

Unsere Beute war fünfmal so groß wie der größte Hirsch, den ich je gesehen hatte, mit einem Geweih, das breiter war als Carlys Körper und ihr Schwanz. Das hier war kein Reh, das man einfach an der Kehle packen und zu Fall bringen konnte. Das war ein gewaltiger Elchbulle.

Mitten in meiner Unentschlossenheit schoss die Kleine von uns weg, direkt auf den Elch zu.

Glaubte sie, sie könnte es allein mit einem so gewaltigen Tier aufnehmen? Ich hatte keine Ahnung, was Carly vorhatte, bis Hexenhasel mich an der Schulter anstieß und meine Aufmerksamkeit von der Kleinen ablenkte. Sie deutete in die entgegengesetzte Richtung. Aber wohin?

Dann sah ich es – einen Felsbogen auf dem Gipfel des Berges. Ein Art Weg, der von einem Bergrücken zum anderen führte.

Carly führte den Elch auf die eine Seite des Bogens, während Tante May den Rest von uns auf die andere Seite führte. Eine ideale Falle für eine Beute, die zu groß ist, um sie auf die einfache Art zu erlegen ... vor allem, falls sich der Mond wieder einmal hinter die Wolken schieben sollte.

Wir hatten zwar keine Kontrolle über das Wetter, aber immerhin verschwanden wir wieder in den Schatten. Carly trieb das Tier vor sich her, während der Rest von uns kreiste. Und genau im richtigen Augenblick verdrängten die Wolken das Mondlicht, während harte Hufe auf noch härteren Stein prallten.

Das Ende, als es kam, war fast enttäuschend. Schließlich war die Nacht jetzt stockdunkel, und nichts als Gerüche verrieten, was sich ereignet hatte.

Hufe. Krallen. Ein scharfes Kläffen. Ein Ausfallschritt nach vorne.

Meine Zähne streiften ein knochiges Vorderbein. Die Schulter einer Wölfin stieß hart gegen meine Seite.

Ich verlor den Halt ... stürzte vor Schreck über die Kante ... landete und kam auf einem schmalen Felsvorsprung zu stehen, der nicht mehr als einen Meter tiefer lag. Luft – und der Elch – zischten nur wenige Zentimeter von meiner Stirn entfernt an mir vorbei.

Ich klammerte mich an den Vorsprung, um mein Gleichgewicht wiederzuerlangen. Unter mir brüllte das Tier einmal, dann verstummte es, als es auf dem Boden aufschlug.

Über uns johlten die Ältesten vor Vergnügen. Ich hätte Carlys Erfolg am liebsten mit ihnen gefeiert, aber ich keuchte so schnell, dass mir schwindelig wurde.

Noch vor einer Sekunde wäre ich dem Elch fast von der Seite des Bergrückens gefolgt. Jemand hatte mich geschubst. Nun, ich hatte zumindest gedacht, dass mich jemand geschubst hatte. Jetzt war ich mir nicht mehr so sicher.

Langsam, ganz langsam, bahnte ich mir einen Weg über die Felsen, um dem Elch nach unten zu folgen.

DER ELCHBULLE WÜRDE unser Rudel tagelang ernähren ... vorausgesetzt, wir könnten ihn aus diesem Teil der Wildnis wegschleppen, bevor uns einsame Wölfe entdeckten. Wir wagten es jedoch nicht zu heulen und den Rest der Pelzlosen zu uns zu locken, und meine Verbindung zu Luke war auf diese Entfernung kaum noch zu spüren.

Um den Rest des Tierkörpers würden wir uns also später kümmern. Die anderen Weibchen und ich machten es uns erst einmal gemütlich, um zu schlemmen.

Es war über ein Jahrzehnt her, dass ich das letzte Mal auf vier Beinen gejagt und meine Beute roh und blutig verzehrt hatte. Aber ich war am Verhungern. Vielleicht war ich deshalb diejenige, die als Erste das zähe Fell aufschlitzte und Muskeln und Bänder freilegte. Vielleicht rutschten deshalb Fleischbrocken meine Kehle hinunter und setzten sich in meinem Bauch fest, nicht als kalte Klumpen, sondern als warme Glut.

Oder nein, das war es auch nicht. Die Wärme hatte sich mit dem ersten Hauch von Stolz, der von Hexenhasel ausgegangen war, entzündet. Dieser Funke hatte sich zu einem lodernden Feuer entwickelt, als Carly plötzlich aufrecht neben mir stand und sich auf ihre Beute stürzte, ohne darauf zu warten, dass jemand Älteres und Weiseres ihr die Erlaubnis erteilte, loszulegen.

In der Dunkelheit konnten wir einander kaum sehen, aber ich wusste genau, wo jedes Weibchen stand, ohne meine Nase zu heben und die Luft zu schnuppern. Die Jagd hatte ein Band zwischen uns geknüpft. Etwas so Großes und Mächtiges zu erlegen, hatte uns zusammengeschweißt. Gemeinsam fraßen wir, bis wir nicht mehr konnten.

Wir fraßen, bis ein raues Bellen über unseren Köpfen ertönte. Ein Bellen ... und dann, viel zu nah, ein unangenehmer Aufschlag.

Ich nahm die Beine in die Hand und rannte los, während ich auf dem blutigen Laub ausrutschte. Denn ich wusste irgendwie, was passiert war. Noch bevor sich meine Begleiterinnen bewegten und gleichzeitig aufseufzten. Noch bevor sich die Wolken teilten und das zum Vorschein kam, was von dem Felsbogen über uns herabgestürzt war.

Ein Wolf mit einem Fell so schwarz wie das von Luke. Ein Wolf, der sich nicht bewegte und dessen Körper durch den Sturz zertrümmert war.

Ich wäre vielleicht für immer erstarrt, wenn mich mein Pelz nicht nach vorne gestoßen hätte. Er zwang mich, meine Nasenlöcher zu öffnen, bis der Geruch des Rüden über meine innere Membran strömte.

Blut und Urin, der aus einer zerfetzten Blase während des furchtbaren Sturzes ausgetreten war. Trotzdem wäre mir aufgefallen, wenn sich unter dem furchtbaren Geruch Zimt verborgen hätte. Ich hätte bemerkt, wenn dies der Alpha des Rudels gewesen wäre.

Hexenhasel blickte von ihrem Platz auf, an dem sie kniete und eine Hand auf das Fell des Wolfes gelegt hatte. „Easton", teilte sie uns mit, „ist tot."

Kapitel 15

Tante May beugte sich über die Leiche und betrachtete stirnrunzelnd den Rüden, der noch vor ein paar Stunden versucht hatte, meinen Stiefel zu klauen. „Er war nicht gerade mein klügster Enkel." Ihre Worte waren kalt, aber ihr Geruch war erfüllt von Schmerz.

„Das ist alles meine Schuld." Carlys Tränen stiegen ihr in die Stimme. „Ich hätte uns nie in ein unbekanntes Gebiet führen dürfen ..."

„Sei ruhig. Das ist nicht deine Schuld." Das war Hexenhasel. „Niemand hat Schuld, außer Easton."

Obwohl kein lebender Wolf daran schuld war, war es doch unser aller Problem. Schließlich lag die Leiche eines Rudelmitglieds neben einem Elch, der – jetzt, wo die berauschende Freude verflogen war – eigentlich gar nicht hätte tot sein dürfen.

Denn wer, würden es heißen, hat das Beutetier aufgespürt? Wer würde wohl zugeben, es erlegt zu haben? Nicht Carly. Nicht, solange sie zur Rudelprinzessin herangezogen wurde.

Und galten die Regeln, die für eine junge Frau galten, auch für die Älteren? Ich wusste nicht genug über die Kultur der Werwölfe, um das zu durchschauen.

Ich erwartete, dass einer der genannten Ältesten das Kommando übernehmen würde, aber niemand meldete sich zu Wort. Stattdessen standen sie da, wie erstarrt durch ihren Instinkt, einem Mann die Führung zu überlassen.

Aber es waren keine Männer anwesend, abgesehen von dem Toten. Widerwillig wich ich ein wenig weiter in die Schatten zurück und versteckte meinen Pelz unter einem Felsvorsprung über meinem Kopf vor den Blicken der anderen.

In dem Augenblick, in dem meine Finger sich vom Pelz lösten, wurde die Umgebung, die für wölfische Augen noch grau erschienen war, für menschliche Pupillen pechschwarz. Trotzdem erinnerte ich mich daran, wo ich gestanden hatte. Ich drehte mich in die richtige Richtung und machte es Ruth nach, während ich Befehle herausbrüllte.

„Tante May, hol das Rudel. Du und ich waren auf der Jagd. Ich habe nicht gewusst, wo die Grenzen von Lukes Revier verlaufen und bin dir deshalb vorausgeeilt. Easton muss uns gefolgt sein, deshalb ist er gestürzt."

Es juckte mich in den Fingern, Eastons Weg zurückzuverfolgen, aber zuerst musste ich mich um die anderen drohenden Krisen kümmern.

„Ihr anderen schnappt euch Carly und begebt euch auf die andere Seite des Reviers. Werdet das Blut und den Geruch des Elchs los. Überlegt euch, was ihr im Schilde geführt habt, damit Carly nicht verstoßen wird."

Selbst als Teenager hätte sich Ruth dagegen gewehrt, dass ihr eine so beeindruckende Beute wie der Elchbulle weggenommen werden sollte. Doch Carly hauchte nur ein einziges Wort als Antwort: „Danke."

Ich hatte ihr das Statussymbol weggenommen – etwas, das den Pelzlosen weitaus mehr bedeutete, als ich zunächst angenommen hatte. Trotzdem war sie dankbar ...

Diese Vorstellung brachte mich in Rage. Mit diesem Rudel stimmte so viel mehr nicht, als ich anfangs angenommen hatte.

Und ich wollte es in Ordnung bringen. Sobald ich meine Zuschauerinnen los war.

Also spuckte ich meine letzten Worte härter aus, als ich es beabsichtigt hatte. „Beeilung. Zwingt mich nicht, es euch nochmal zu sagen."

EASTON WAR UNSERER Spur gefolgt. Nein, das war nicht ganz richtig. Er war meiner Spur gefolgt. Sobald ich mich von den anderen Weibchen getrennt hatte, um einen Bach zu überqueren, hatte er vorsichtig am Ufer entlang geschnüffelt, um sicherzugehen, dass ich ihm nicht entkommen konnte. Dann folgte er weiter meiner Fährte.

Eine solche Vorsicht zeugte nicht gerade von einem Schwachkopf. Doch als er den Felsbogen erreicht hatte, war er schon losgesprintet. Er war so schnell – warum? – unterwegs gewesen, dass er direkt über die Kante gestürzt war, wie der Elch vor ihm.

Nur dass er im Gegensatz zum Elch nicht auf der Flucht gewesen war. Er hatte mich verfolgt. War meiner Duftspur gefolgt, die sich in der Nacht zu verlieren schien, als ich auf einen Felsvorsprung einen Meter tiefer gestürzt war. Mein Geruch hatte sich dort deutlicher von dem der anderen Weibchen abgehoben als am Bachufer. Hatte Easton geglaubt, ich sei auf eigene Faust losgezogen? Dass er mich alleine einholen könnte? Sich ein Pfand schnappen? Der erste Herausforderer sein, der die Alphajagd einleiten würde?

Was auch immer seine Gedankengänge gewesen sein mochten, Easton hatte meine Witterung aufgenommen. Er war mir hinterhergesprungen ... und dann in den Tod gestürzt.

Und derjenige, der mich geschubst hatte, hatte irgendwie geahnt, dass Easton mir folgen würde?

Das ergab doch überhaupt keinen Sinn. Nichts von alledem. Also stand ich an der Stelle, an der Eastons Füße das letzte Mal festen Boden verlassen hatten, und beobachtete, wie die erste Morgendämmerung einen einsamen Wolf aus dem Wald schleichen ließ.

Der Rüde kam aus der Richtung der Straße, nicht aus der Richtung, in die die Weibchen aufgebrochen waren. Außerdem verriet mir etwas an dem Geruch, der von einer aufkommenden Brise zu mir herüberwehte, dass er nicht zu Lukes Rudel gehörte.

Aber er schlich nicht so, wie ich das von einem einsamen Wolf erwartet hätte. Stattdessen war jeder Schritt leise und kraftvoll zugleich. Er schritt zu dem Elch hinüber, schnupperte und ging dann weiter.

Also nicht an einer schnellen Mahlzeit interessiert. Er blieb auch nicht länger als einen Augenblick neben Eastons zerschundenem Körper stehen.

Mein Instinkt ließ mich erstarren, als der Fremde unter mir hin und her lief. Er suchte nach etwas, aber wonach? Ich war mir nicht sicher, bis er sich an Carlys schwächer werdender Fährte festhielt.

Denn das jüngste Mitglied unserer Gruppe war gestolpert, als sie den Bereich verlassen hatte, während sie mir noch einmal über ihre Schulter hinterhergeblickt hatte. Oder, was wahrscheinlicher ist, sie hatte einen letzten Blick auf ihren erlegten Elch geworfen. Und dieser Fährte folgte der einsame Wolf nun.

Sein Kiefer verzog sich zu einem Grinsen, seine Zunge hing heraus und seine Augen funkelten vor Vergnügen. Sabber tropfte auf den Boden unter ihm. Er bäumte sich auf, als er sich bereitmachte, ihrer Spur zu folgen ...

Da strömten auch schon die Pelzlosen ins Tal. Sie verscheuchten den Fremden so leicht, als wäre er ein Sperling gewesen. Innerhalb von Sekunden war der einsame Wolf verschwunden.

NIEMAND NAHM SOFORT Notiz von der Anwesenheit des einsamen Wolfes, nicht bei den zwei Leichen, die zur Wahl standen. Stattdessen scharten sich altbekannte Wölfe um die zwei Körper – den des Elchs und den von Easton. Luke war der Einzige, der mich dort oben wahrnahm. Sein Blick hob sich und traf meinen, als hätte er sich selbst durch meine Augen gesehen.

Luke kam ohne zu zögern auf mich zu und erklomm genau die Route, die ich beim ersten Mal heruntergekommen war. Er stieg noch einen letzten Felsblock hinauf, dann wandelte er sich.

Ich tat es ihm gleich und achtete darauf, dass die Wölfe unter uns nicht zu sehen waren. Ich ließ meinen Pelz auf den Stein zwischen uns gleiten und betrachtete das getrocknete Blut auf Lukes Brust.

Die Verletzung, die ich ihm am Hals zugefügt hatte, war viel schlimmer, als ich sie in Erinnerung hatte. Ich streckte meine Hand aus, um sie zu berühren, und wich einen

Augenblick zurück, bevor mein Finger die geschundene Haut berührte.

Dann lag seine Hand auf meiner und drückte meine Finger flach gegen die kaum verschorfte Oberfläche. „Es tut nicht weh."

Unwillkürlich stieß ich ein Schnauben aus, genau wie Ruth das auch getan hätte. „Natürlich tut es weh."

Lukes Lippe zuckte nur ganz leicht. Unter uns summte das Rudel interessiert. Sie hatten meine Anwesenheit und die Veränderung ihres Anführers in seine menschliche Gestalt bemerkt. Als nun sie sich ihrerseits wandelten, erhob sich ein elektrisches Knistern durch den frühen Morgennebel.

„Ich bin ja bereits letzte Nacht am Lagerfeuer vorbereitet worden." Lukes Blick bohrte sich für eine lange Sekunde in mich, bevor er mich an den Witz erinnerte, den wir im letzten Sommer zwischen uns ausgetauscht hatten. „Bei der Jagd auf Zombiegiraffen besteht immer Gefahr."

Während er sprach, funkelte die Sonne über dem Horizont und ließ seine Augen in leuchtendem Kobalt erstrahlen. Hatte ich erst eine einzige Nacht unter den Pelzlosen verbracht? Meine erschöpften Muskeln sprachen davon, dass diese Stunden eine Ewigkeit gewesen sein mussten.

Das Gleiche galt für die Leichtigkeit in meiner Brust.

Luke war hier. Der Tag begann sich aufzuhellen. Carlys Zukunft und der Ärger mit dem Rudel – beides konnte noch ein paar Minuten warten.

Trotz unseres Publikums stellte ich mich auf die Zehenspitzen und beugte mich so weit vor, dass meine Nasenlöcher Lukes Zimtduft einfangen konnten. Er war so würzig süß, dass er genauso gut ein Gebäckstück direkt aus dem

Ofen hätte sein können. Aber ich wollte ihn nicht lecken oder beißen. Ich sehnte mich nach einem Kuss.

Meine Lippen berührten seine ... doch Luke erwiderte den Gruß nicht. Stattdessen stand er regungslos da wie eine Statue. Hauchte eine Frage aus. „Bist du bereit, das schon so bald kundzutun?"

Unter uns rief jemand aufmunternde Worte. „Halte dich nicht zurück, Alpha!"

Eine andere Stimme war weniger ermutigend. „Ist das der Grund, warum du dich nicht für Michael entscheidest?"

Ich legte den Kopf schief, und Luke auch. Dadurch waren unsere Augen auf gleicher Höhe, und er zog seine Augenbrauen zusammen, so wie ich das bereits getan hatte.

„Ich habe gedacht, du hättest das verstanden." Seine Stimme ließ meine Knochen mit ihrer Eindringlichkeit vibrieren. „Ich habe dir das doch letzten Sommer erklärt."

Die Teile des Sommers, den ich mit Luke verbracht hatte, waren so deutlich in mein Gedächtnis eingebrannt, als wären sie mit einem Laser eingraviert worden. Für den jetzigen Augenblick schien jedoch keine Erklärung zuzutreffen.

Also schüttelte ich stumm den Kopf. Egal, worauf er sich bezog, ich hatte das Gefühl, dass ich das nicht hören wollte. Wir waren bereits wegen der Partnerbindung und der Sache mit der Schwertjungfer aus dem Tritt gekommen. Was musste ich noch über meinen Platz in Lukes Rudel erfahren?

Luke rieb sich die Kinnlade, seine Stimme war so tief, dass ich sie mehr fühlte als hörte, als er fortfuhr. „Die Pflichten eines Alphas?" Er hob die Augenbrauen. „Die Frage nach einem Erben?"

Kapitel 16

So ein veraltetes Wort. Und so ein belastetes. Ich wollte Luke bloß küssen und er musste gleich von Babys anfangen?

Ich stolperte rückwärts und hätte mich vielleicht zu Easton in der Tiefe gesellt, wenn Luke mich nicht am Arm gepackt hätte. Seine Finger gruben sich in meine Haut, als er mich wieder auf die Füße stellte.

„Das war dir nicht klar?"

Er sprach jetzt leise, die Worte waren nicht für das Rudel unter uns bestimmt. Aber ich konnte meine Gedanken nicht so weit ordnen, dass ich auf die gleiche Weise eine Antwort hätte geben können. Stattdessen schüttelte ich nur den Kopf und sah zu, wie die belustigten Fältchen auf beiden Seiten von Lukes Augen verschwanden.

„Als das Rudel zum Camp gekommen ist. Da habe ich dir doch alles erklärt. Und du hast mir geantwortet."

„Ich habe ein paar Bruchstücke aufgeschnappt. Der Empfang war lausig."

Luke zuckte zusammen. *„Und das andere auch. Mein Biss. Dein Biss."*

Unwillkürlich hob ich meine Hand und fuhr mit ihr über die schmale Narbe an einer Seite meines Halses. Für den Bruchteil einer Sekunde umhüllte mich Zimt. *„Instinkt."* Dann, als Lukes wortlose Enttäuschung den Zimtgeruch verdrängte, fügte ich hinzu. *„Ich begreife die Pflichten der Schwertjungfer ja. Sie soll verhindern, dass Pfänder gestohlen werden, damit es nicht zu einer Alphajagd kommt."*

„Das tust du nicht, nicht wirklich." Er schüttelte den Kopf und verzog grimmig das Gesicht. *„Ich habe angenommen, du hättest dich bewusst dafür entschieden. Aber das hast du nicht."*

Lukes Worte fielen auf mich wie zentnerschwere Gewichte und raubten mir den Atem. Das war also der Grund für seinen Kummer. Es hatte etwas mit Erben zu tun, aber auch mit einer Entscheidung.

„Ich habe mich bewusst dafür entschieden, dich zu beißen", versicherte ich ihm.

Aber das reichte nicht aus. Das spürte ich und das Rudel auch, auch wenn sie nicht mitbekamen, welche Worte zwischen uns hin und her gingen. Die Pelzlosen raschelten wie Blätter in der ersten Brise vor einem Orkan.

Diese Unterhaltung sollten Luke und ich nicht miteinander führen, während sie in der Nähe waren.

Und Luke kam damit klar. Obwohl ich seine Verzweiflung und sein Bedürfnis spüren konnte, zu erfahren, wofür ich mich entschieden hatte oder nicht, vergaß er sein Rudel nicht eine Sekunde lang.

Stattdessen blickte er zu Boden und sprach so leise, als ob er mit jemandem direkt neben sich sprechen würde. „Arthur, du übernimmst das Kommando, bis ich zurück bin. Sorgt dafür, dass der einsame Wolf verschwindet."

Dann ließ er meine Schultern los und sank auf vier Pfoten.

WIR LIEFEN SCHWEIGEND dahin. Weg vom Rudel, weg vom Tod, weg von Carlys Elchbullen.

„Was ...?“, begann ich an einer Stelle. Aber Luke schenkte mir keine Beachtung und beschleunigte, um schneller über das feuchte Laub zu jagen, in dem unsere Pfoten kaum Abdrücke hinterließen. Erst als Ruths geparktes Auto vor uns auftauchte, eine asphaltierte Straße, die in der nahen Ferne kaum zu sehen war, wurde er langsamer.

Luke erhob sich in seine menschliche Gestalt und ich folgte ihm, atemlos. Sein Schweigen war ansteckend. Ich ließ ihn in der Stille verharren, während er sich herumdrehte, um einen Schlüssel aus dem hohlen Inneren eines Baumstammes zu ziehen.

„Hier, steig ein.“ Luke hielt mir die Autotür auf. Er wartete geduldig, während ich dastand und die unbestimmte Einladung abwägte. Wenn er vorhatte, mich zu meinem eigenen Besten ein zweites Mal fortzuschicken, gefiel mir das nicht.

Als meine Füße wie angewurzelt stehen blieben, räusperte sich Luke und fügte hinzu: „Ruth hat mir gesagt, dass du dich nach Justice erkundigen möchtest. Wir werden fahren müssen, bis wir Empfang haben. Es ist ziemlich weit. Zu weit, um auf zwei Beinen zu gehen.“ Er hielt inne und fügte dann hinzu: „Und unterwegs können wir uns unterhalten.“

Ich warf einen Blick auf seinen Knöchel, der noch mehr geschwollen war als sonst. In der Nähe seines Rudels konnte Luke keine Schwäche zeigen. Also hatte er mit gerissenen Bändern gejagt. Er war mit dem verletzten Gelenk geflohen, als er mich von dem Felsbogen weggeführt hatte. Sein Bedürfnis, sich für ein paar Augenblicke hinzusetzen, entschied über meine Antwort.

„Einverstanden." Ich ließ mich auf den Beifahrersitz sinken und spähte in den Wald hinaus, während Luke zur Fahrerseite humpelte. Er zögerte einen Augenblick, bevor er sich zu mir setzte. Ich hatte den Eindruck, dass er erwartete, dass ich sofort wieder aus dem Auto springen würde.

Stattdessen umklammerte ich das Handy, das ich auf dem Sitz gefunden hatte, und zuckte zusammen, als mein Finger versehentlich den Einschaltknopf berührte und das Gerät lautstark zum Leben erwachte. Luke hatte Recht. Hier gab es keinen Empfang. Es gab jedoch noch Nachrichten von gestern, bevor wir das Funkloch erreicht hatten. Jeweils Dutzende von Bastion und Justice. Verzweifelt, fordernd. Alle hatten den gleichen Inhalt: Ging es mir gut?

„Ich werde nicht weniger von dir denken, wenn du verschwindest." Lukes Worte klangen locker und die Kleidung, die er vom Rücksitz geholt hatte, lastete schwer auf meinem nackten Oberschenkel. Er schlüpfte in eine Jeans und ein T-Shirt. Und wartete darauf, dass ich dasselbe tat. Sein Schweigen war ohrenbetäubend, als er das Auto startete.

Als Menschen konnten wir uns immer noch in Gedanken verständigen ... aber keiner von uns wollte das. Stattdessen war das einzige Geräusch das Rumpeln der Räder auf dem Asphalt und das melancholische Summen des Radios. Bis ich die Frage stellte, die mir nicht mehr aus dem Kopf ging.

„Können wir über" – jetzt war ich diejenige, die sich räusperte – „die Frage eines Erben sprechen?"

Ich merkte immer, wenn Luke sich unwohl fühlte, denn dann wurde er noch angespannter. Er wich der Frage aber nicht aus. Er warf nur einen Blick in meine Richtung und antwortete: „Ein Alpha ist stärker, wenn er einen hat."

Ich blinzelte. Dann nickte ich. „Und du hast keinen."

Dass ich dieses Thema zur Kenntnis genommen hatte, reichte aus, um die Schleusen für Lukes Erklärung zu öffnen, oder zumindest ein kleines Rinnsal entstehen zu lassen. „Nein." Er schüttelte den Kopf, schloss die Augen und öffnete sie wieder – schließlich fuhr er ja gerade. „Das Rudel ist stinksauer. Wahrscheinlich einer der Gründe, warum du und Ruth immer noch die einzigen seid, mit denen ich über die Rudelbindung in Kontakt treten kann."

„Wer sich über Gedanken mit seinem Rudel unterhalten kann, ist ein gefestigter Alpha. Verstehe." Seltsam, aber damit konnte ich etwas anfangen. Ich konnte auch verstehen, warum eine Gruppe, die von einem einzigen dominanten Anführer abhängig ist, wissen wollte, wie die Nachfolge geregelt ist.

Trotzdem gab es eine offensichtliche Lösung. „Michael?"

„Er möchte den Job nicht. Weder jetzt noch irgendwann." Lukes Fingerknöchel wurden weiß und seine Hände krallten sich fester um das Lenkrad. „Und ich zwinge ihn auch nicht dazu."

„Klingt fair."

Die Tatsache, dass ich nicht anfing zu fluchen oder ihn zurechtzuweisen, schien Luke zu ermutigen, denn diesmal erzählte er mir mehr, ohne dass ich ihn dazu drängen musste. „Der Erbe muss nicht unbedingt ein direkter Nachkomme sein, aber es sollte jemand aus einer verwandten Blutlinie sein. Wenn Carly sich paaren würde ..."

„Die ist doch noch ein Kind!"

Luke schürzte die Lippen, während er aus der Windschutzscheibe starrte, als würden wir uns durch den sechsspurigen Stadtverkehr schlängeln, anstatt mit sechzig Sachen auf einer völlig leeren Straße dahinzutuckern. „Die andere Möglichkeit bist du. Wir. Unser Kind. Unser fiktives Kind."

Wie offensichtlich ... und wie falsch. Aber vielleicht hatte ich missverstanden, was Luke gemeint hatte. „Du hast angenommen, dass ich dir Kinder versprochen habe, als ich mit Ruth zurückgekommen bin und mich entschieden habe, dich zu beißen. Kinder, die sich dein Rudel schnappen und zu kleinen Alphas heranziehen würde."

Gut, möglicherweise hat sich meine Stimme am Ende dieser Tirade um eine Oktave erhöht. So gründeten Woelfe keine Familien. So zogen Woelfe auch keine Kinder auf.

Der Duft von Zimt, der von meiner Haut aufstieg, war nicht mehr länger romantisch. Stattdessen fühlte sich unsere Gefährtenbindung wie ein Halsband an, das sich fest um meinen Hals schloss.

„In der Stadt gibt es einen Busbahnhof", antwortete Luke mit entschuldigender Stimme. „Ich kann Minze in meine Verletzung legen, dann wird Ruth zur Schwertjungfer, so wie schon für unseren Vater. Sie und ich können beide verstehen, warum du dich nicht auf dieses Schlamassel einlassen möchtest."

Jetzt waren wir wieder genau da, wo wir angefangen hatten. Luke war dabei, sich in ein Rudel pelzloser Verrückter zu stürzen, und stellte mich vor die Wahl, zu fliehen oder mich anzupassen.

„Ich …“, hob ich an, um dann zu erstarren, als das Auto eine Fehlzündung hatte.

Nein, das war keine Fehlzündung. Das war ein Gewehrschuss.

Und Luke stemmte sich mit aller Kraft gegen die Bremse.

Kapitel 17

Obwohl der Schuss so laut wie eine Kanone gewesen war, kam er nicht aus unmittelbarer Nähe. Oder zumindest glaubte ich das nicht. Es zersplitterte kein Glas. Das Auto rollte weiter, wenn auch nur langsam, was darauf schließen ließ, dass kein Reifen geplatzt war.

Aber Luke wandelte sich. Meine Hand griff gerade noch rechtzeitig nach dem Lenkrad, um uns auf den Seitenstreifen zu lenken, als ein Wolf aus Lukes Kleidung hervorbrach.

„Das ist aus Richtung des Rudels gekommen." Seine Worte in meinem Kopf waren messerscharf. *„Dabei sind Schusswaffen im Acostaclan schon seit der Zeit meines Großvaters verboten ..."*

Und schon wieder war eine willkürliche Regel aus dem Nichts aufgetaucht. Ich hätte ja aufgelacht, aber ich musste meine Lippen fest aufeinanderpressen, weil ich das Gefühl hatte, dass das Geräusch an Hysterie gegrenzt hätte. Ich brauchte unbedingt einen Ratgeber „Pelzlos für Dummys".

„Einsame Wölfe tragen oft Schusswaffen", fuhr Luke fort. *„Sie waren aber noch nie so dreist, tatsächlich eine zu benutzen ..."*

An diesem Punkt zerfiel unsere gedankliche Verbindung in Bilder. Luke musste bei seinem Rudel sein. Er musste ...

Ich griff über seinen pelzigen Körper und riss die Tür auf.

Luke sprang aus dem Auto, voller Anmut und Kraft. Doch bei der Landung knickte sein verletzter Knöchel unter ihm ein. Eine Millisekunde lang lag er keuchend auf dem Asphalt. Dann war er schon wieder auf den Beinen und spurtete los. Drei Beine flitzten voran, das vierte hielt er an seinen Bauch gedrückt.

„*Nimm das Auto*", rief er mir zu. „*Ich mach das schon.*" Unsere Verbindung wurde schwächer, als er hinter den Bäumen verschwand.

Er erwartete, dass ich fliehen würde. Dass ich ihn mit einem bewaffneten, einsamen Wolf – oder handelte es sich am Ende gar um mehrere? – alleine lassen würde. Ich öffnete meine Tür. Dann bewegte ich mich auf langsamen menschlichen Füßen auf die Fahrerseite. Dort stieg ich wieder ein.

In meiner Hand vibrierte das Handy. Zehn Nachrichten. Hundert. Luke hatte uns an den Rand des Funklochs gefahren, und nun waren die Sorgen eines ganzen Tages im Handumdrehen heruntergeladen.

Ich betrachtete die orangefarbenen Blätter und wählte das Familienmitglied an, um das ich mir am meisten Sorgen machte. Ich machte mir keine Mühe mit Smalltalk, sobald die Verbindung hergestellt war. Ich fragte einfach: „Geht es dir gut?"

Doch Justice antwortete nicht unmittelbar. Stattdessen unterhielt er sich mit Familienmitgliedern, von denen ich wusste, dass sie an seiner Seite sein mussten. „Sie lässt mich einen ganzen Tag lang an meinen Fingernägeln kauen und jetzt möchte sie wissen, ob es mir gut geht."

„Gib mir mal das Handy.“ Das war Bastion, schroffer als sonst. „Nein, warte. Stell auf Lautsprecher. Frag sie, wo sie ist.“

Der Klang ihrer Unterhaltung löste die Anspannung in meiner Brust. Und ohne diese hartnäckige Blockade, die mein Gehirn erstarren ließ, fiel mir die Entscheidung, ob ich gehen oder bleiben sollte, leichter.

Ich wusste immer noch so gut wie nichts über die Alphajagd, außer dass das Ganze wohl lebensgefährlich sein würde. Aber eines war mir klar: Bei der Jagd musste man rennen, und Lukes Knöchel war noch nicht in der Lage dazu.

Außerdem trieben sich dort einsame Wölfe herum, die Ärger machten. Carlys seelische Gesundheit hing an einem seidenen Faden. Und Ruth hatte genug Narben für mehrere Leben.

Zu alledem wollte ich einfach nicht gehen.

„Und?“ Jetzt sprach Justice mich direkt an.

„Ich komme schon klar“, teilte ich meinem Cousin mit. „Es ist eben kompliziert.“

„Ist es das nicht immer?“ Das war Grace. Mir wurde ganz warm ums Herz ... dann erstarrte ich, als sie hinzufügte: „Mit dir.“

„Grace.“ Bastions Tadel war sanft. Ich konnte mir vorstellen, wie er beide Augenbrauen hochzog, während Grace daraufhin ihre Augen verdrehte. Die Wärme ihrer Runde war wie ein Feuer, das mich näher zu sich zog.

Und doch ... Luke war in der Kälte des Waldes verschwunden. Er hatte ein Rudel, doch er vertraute keinem von ihnen.

Außer seiner Schwester. Und mir. Er vertraute mir.

Ich legte den Gang ein und in diesem Augenblick erdete mich das Brummen des Motors. Mitten auf der Straße machte ich eine höchst verbotene Kehrtwendung.

„Hört mal, ich habe gleich keinen Empfang mehr", warnte ich meine Familie. „Ich bleibe noch eine Weile hier. Könnt ihr meine Nachrichten abhören, falls es irgendwelche Hinweise auf den Pelz gibt?"

Anstatt zu antworten, verlangte Justice, der Anwalt, Fakten. „Wo ist hier?"

Bastion, der Dichter, war untypischerweise nicht bereit, sich der Ungewissheit auszusetzen. „Und wie lange ist eine Weile?"

Was auch immer Grace sagen wollte – wenn sie überhaupt irgendetwas sagen wollte – wurde durch die Vorwärtsbewegung des Wagens unterbrochen. Die Pelzlosen mögen zwar eher dem Mittelalter entsprungen sein, aber ich hatte eine Schwäche für mehr als einen von ihnen.

Also drückte ich das Gaspedal ganz durch und raste in Richtung von Lukes blutrünstiger Meute davon.

ZWEI SHIFTER IN MENSCHENGESTALT warteten auf mich, als ich an der abgelegenen Abzweigung, wo Ruth ihr Auto abgestellt hatte, wieder anhielt. Keiner von beiden war groß genug, um Luke zu sein – das konnte ich schon von weitem sehen. Der größere von beiden trug mein Schwert.

„Wo ist Luke?", forderte Ruth, als ich den Motor abstellte. Sie riss die Tür auf und winkelte ihren Körper an, um meinen Pelz zu verbergen.

Zu spät. Michaels Augen hatten sich bereits geweitet. Hatte er verstanden, was er da gerade gesehen hatte? Ich konnte nur hoffen, dass das nicht der Fall war.

Ich bemühte mich, meine Unsicherheit nicht zu zeigen, als ich den Pelz unter meinem Shirt verbarg und einen gedanklichen Fühler in Lukes Richtung ausstreckte. Kein Hauch von Zimt strömte aus meiner Schulter. Keine leisen Worte vibrierten in mir. Ich schluckte meine Erleichterung und Enttäuschung hinunter und fragte dann laut. „Er ist nicht hier?"

„Nein!" Michael trat zu Ruth und stellte sich neben sie. Mit geweiteten Augen fügte er hinzu: „Wir haben gedacht, er wäre bei dir!"

Bevor ich mich entscheiden konnte, wie ich antworten sollte, erhob sich hinter uns ein Heulen. Leise und abgehackt. Irgendetwas war passiert, und da Luke vermisst wurde, mussten wir die Folgen ausbaden.

Das bedeutete, dass ich dringend mehr wissen musste.

„Wer ist getroffen worden?", fragte ich die Geschwister.

Die beiden antworteten nicht, sondern tauschten nur einen angespannten Blick aus. Michaels Aufmerksamkeit richtete sich auf die Ausbuchtung unter meinem Shirt – irgendwann würde ich mich wohl oder übel mit seiner Erkenntnis auseinandersetzen müssen –, dann stürzte er auf vier Pfoten und verschwand in die Richtung, aus der das Heulen gekommen war.

In der Zwischenzeit zerrte mich Ruth aus dem Auto und verriet mir nichts von dem, was ich wissen wollte, sondern wiederholte nur, was ich bereits wusste. „Du kannst dich nicht vor ihnen wandeln, also hoffe ich, dass du auf zwei Beinen laufen kannst."

Sie war so schnell weg, dass ich kaum Luft bekam, um zu antworten, während ich hinterhersprintete, um sie einzuholen. „Vor wem?"

Ruth war mit einem Höllentempo unterwegs und hielt geschickt Zweige aus dem Weg, damit sie mir nicht ins Gesicht schlugen. „Carl ist hier, um Carly abzuholen."

„Carl?" Ich keuchte.

„Ihr Verlobter", erklärte sie, als ob das offensichtlich gewesen wäre.

Und vielleicht war es das auch. Hatte Lukes Nichte den Namen ihres Zukünftigen erhalten? Diese Vermutung machte die Verheiratung einer Vierzehnjährigen nur noch abscheulicher.

Irgendwo vor uns schallte ein Wolfsgeheul durch das herbstliche Laub. Sie hielten die Lautstärke aus Rücksicht auf die nahe gelegenen menschlichen Behausungen und möglicherweise auch auf die einsamen Wölfe niedrig, aber die Wucht der Geräusche jagte mir einen Schauer über den Rücken. „Er bedroht Carly mit einem Gewehr?"

Ruth schnaubte. „Natürlich nicht. Er ist ihr Verlobter." Sie sprang über einen Baumstamm und ließ dabei das Schwert, das sie bei sich trug, nicht einmal aus der Hand. „Muss ich dir das wirklich noch genauer erklären? Der Schuss war ein reines Machtgehabe. Ihm Carly jetzt zu übergeben – Monate früher als besprochen – bedeutet, dass wir als Rudel zu schwach sind, um ein Eindringen zu verhindern. Wenn wir uns allerdings weigern, riskieren wir, den Unmut von Carls ganzem Rudel auf uns zu ziehen."

Es war, als wäre Carly kein Mensch, sondern bloß ein Spielball. Zorn stieg in mir auf, so gewaltig wie der Felsbogen, der sich in der nahen Ferne über die Bäume erhob.

Wir hatten das Rudel fast erreicht, wenn wir davon ausgingen, dass sie noch dort waren, wo Luke und ich sie zurückgelassen hatten. Und ich hatte es nicht geschafft, die Situation, auf die wir zusteuerten, vollständig zu begreifen.

„Ruth, ich muss mehr wissen!", rief ich der verschwindenden Gestalt meiner Führerin hinterher.

Diesmal drehte sie sich zu mir um. Sie blieb wie angewurzelt stehen und spuckte einen Vorwurf aus, von dem ich genau wusste, dass er auf Lukes Tadel beruhte, als sie mich gestern zum ersten Mal hierhergeschleppt hatte.

„Alles, was du wissen musst, ist, dass das Rudel dem Alpha gehorcht ... und der Schwertjungfer." Sie ließ mein Schwert sinken und ihre bevorstehende Wandlung erfüllte die Luft mit Spannung. „Offenbar ist es deine Entscheidung, wie du mit Carl verfährst. Es steht dir frei, deine eigenen Regeln aufzustellen."

Kapitel 18

Ich trat aus den Bäumen und fand ein Rudel Wölfe vor, das sich um einen vollständig bekleideten Menschen scharte. In der Zwischenzeit war mein Pelz meinen Rücken hinaufgekrochen, bis er meinen Hals umschlossen hatte. Vielleicht war der Geruch des Schießpulvers deshalb so stark, dass er mir in die Nase stach.

Auch wenn die Verbesserung meiner Wahrnehmung hilfreich war, konnte ich nicht riskieren, dass mein Pelz zu sehen war. Also griff ich hinter mich und drückte den Pelz nach unten, bis er nicht mehr sichtbar war, und nutzte die verschenkten Sekunden, um mir ein Bild von der Lage zu machen.

Die Luft war voll von kaum zu bändigender Gewalt, aber niemand war tatsächlich in Gefahr. Niemand, außer Lukes Nichte, die viel zu nah an dem Fremden stand, den ich für Carl hielt.

Apropos Carl, es war fast so, als ob er meine Blicke auf sich gespürt hätte. „Und wer bist du?", rief er, als er sich umdrehte, um meinen Blick zu erwidern.

Anstatt sofort zu antworten, nutzte ich die Gelegenheit, ihn zu mustern. Der Mann sah nicht bedrohlich aus, obwohl er ein Schwert an der Hüfte trug und ein Gewehr in der Hand hielt. Schwarzpulver, stellte ich fest, als ich mir das altmodische

Ding ansah. Kein Wunder, dass der Knall so laut gewesen war, dass man ihn bei hochgekurbelten Fenstern aus mehreren Kilometern Entfernung hören hatte können.

„Was denkst du denn, wer ich bin?", antwortete ich und schritt langsam genug vorwärts, damit ich Zeit hatte, mir ein genaues Bild zu machen.

Das Alter des Fremden war genauso widersprüchlich wie die Wahl seiner Waffe. Carl war nicht älter als achtzehn, vielleicht sogar erst siebzehn. Er war kein schmieriger alter Sack, der sich eine Kinderbraut geangelt hatte, sondern ein gut aussehender, blonder Mann, dessen Körpersprache darauf hindeutete, dass er hier war, um das jüngste Mitglied unseres Rudels zu umwerben und nicht zu stehlen.

Seine Worte schienen diese Behauptung zu untermauern ... bis ich den scharfen Unterton bemerkte, der sich halb dahinter verbarg. „Ich glaube, du bist die, nach der Luke gesucht hat." Er legte den Kopf schief. „Es war nicht leicht, dich aufzuspüren."

„Wir hätten einen Willkommensteppich ausrollen sollen." Ich drehte mich herum, als ob ich die Bäume nach möglichen Standorten für den Eingangsbereich absuchen würde. „Ich weiß nicht genau, wo es am besten aussehen würde. Vielleicht da drüben?"

Wie ich gehofft hatte, lachte Carl. Aber das Geräusch trug nicht dazu bei, die Spannung zu lösen. Stattdessen traten die Wölfe – Lukes Wölfe – um uns herum von einem Fuß auf den anderen, als ob sie sich gegen einen starken Wind stemmen wollten.

Carl war alleine hier, aber er hatte unser Rudel in der Zange. Das war zwar etwas befremdlich, aber gut zu wissen.

„Ich glaube, ich mag dich", stellte Carl fest, während ich noch dabei war, mir dies Beobachtung zu vergegenwärtigen, „also muss ich dich warnen. Ich bin nicht der Einzige, der einsame Wölfe dafür bezahlt, Informationen über mögliche Schwachstellen unserer Nachbarn zu sammeln. Wenn du dich verstecken würdest – nur mal angenommen –, wäre es in deinem besten Interesse, Verbündete in anderen Rudeln zu haben. Verbündete wie mich."

Er hatte ein Gewehr in der Hand, eine wild dreinblickende Carly neben sich und ein Rudel, das ihm offenbar zu Füßen lag.

Kein Wunder, dass keiner der Wölfe um uns herum versuchte, sich auf ihn zu stürzen. Stattdessen zögerten sie und ihre Blicke huschten zwischen mir und Carl hin und her, während letzterer weiterredete. „Mein Vater, der Alpha, wäre sehr daran interessiert, zu erfahren, wo das Acostarudel seinen Bau hat."

Ja, Carl behielt die Oberhand. Aber er war auch pelzlos, was bedeutete, dass ich mit einem Bluff durchaus den Sieg davontragen konnte.

Ich ging also auf keine der Sticheleien des jungen Mannes ein. Stattdessen setzte ich selbst einen drauf. „In diesem Rudel sind keine Schusswaffen erlaubt", teilte ich ihm mit. „Aber du darfst deine behalten, wenn du nicht weißt, wie man mit dem Schwert umgeht."

CARL HATTE KEINEN GRUND, die Oberhand – Waffe und Worte – zugunsten meiner bevorzugten Waffe aufzugeben. Kein Grund außer der Angriffslust seines inneren Wolfes.

Also … Zeit, den Wolf aus seinem Versteck zu locken. Ich hob meine Klinge und machte einige Schritte nach vorne. Dabei ließ ich allerdings außer Acht, dass ich damit auch ein größeres Ziel für den gähnenden Lauf darstellte.

Allerdings waren Schwarzpulvergewehre langsame, schwerfällige Waffen, deshalb waren sie im Oktober während der frühen Jagdsaison auch zugelassen. Carl muss Schwarzpulver gewählt haben, um sich unter die Menschen in der Nähe zu mischen. Aber die Technik spielte mir auch in die Hände. Der Lauf fasst jeweils nur einen Schuss – und den hatte Carl benutzt, wie man an dem Knall erkennen konnte, der mich und Luke auf seine Anwesenheit aufmerksam gemacht hatte. Bis er nachgeladen hatte, hatten ihn die umstehenden Wölfe schon am Boden.

„Du hast wirklich Angst, eine Waffe zu benutzen, für die man Fähigkeiten braucht, nicht wahr?", stieß ich hervor und machte einen weiteren Schritt nach vorne, bis uns nur noch eine Schwertlänge trennte.

Ah, da. Die Augen meines Gegners verengten sich. Ein Wolfsflaum stieg fast unmerklich auf seinen Wangen auf.

„Angst?" Im Gegensatz zu Carls vorheriger Wortgewandtheit war dies das Geplapper eines Teenagers. „Hier, Carly, halt das mal."

Er ließ seine Muskete in die offenen Arme des Mädchens fallen, ohne einen Blick nach unten zu werfen, um sich zu vergewissern, dass sie auch wirklich aufgefangen wurde. Und Carly war geistesgegenwärtiger, als ihre großen Augen vermuten ließen. Sie sackte unter dem Gewicht zusammen und wich zurück, bis sie inmitten der sie umzingelnden Wölfe verschwunden war.

Sie war in Sicherheit. Wenn ich gewollt hätte, hätte ich Carl vom Haken lassen können.

Aber so waren die Pelzlosen nicht. Werwölfe waren dazu auserkoren, Drohungen auszusprechen und sich aufzuspielen ... und genau das musste ich jetzt auch tun, wenn ich nicht wollte, dass Carl zu Hause berichten würde, dass unser Rudel total am Boden liegt.

Vielleicht würde Carl aber auch gar nicht nach Hause gehen, sondern stattdessen seine Rudelkameraden herbeirufen, die sich gerade außerhalb der Witterungsreichweite aufhielten. War er an ein solches gedankliches Netzwerk angeschlossen, wie es Luke fehlte, und konnte er sich mit seinen Untergebenen allein über seinen Verstand verständigen?

„Er ist zwar nicht allein, aber sie lauern auch nicht im Hintergrund.“

Lukes Stimme ließ die Wärme in meine nackten Füße zurückkehren. Es war zwar erst ein paar Minuten her, dass wir das letzte Mal miteinander gesprochen hatten, aber ich spürte genau, dass etwas zwischen uns zerbrochen war. Etwas ... aber nicht das.

„Luke.“ Sein Name strömte wie eine Erlösung aus mir heraus. *„Wo bist du?“*

„Ich bin von ein paar einsamen Wölfen aufgehalten worden, aber ich habe Carls Fährte aufgenommen. Wenn du dort zurechtkommst, würde ich mir gerne sein Gefolge näher ansehen ...“

Lukes Worte klangen undeutlich, aber sein Vertrauen in meine Führungsqualitäten ließ meine Lippen nach oben zucken. Leider zogen sich Carls Augenbrauen als Antwort nach unten. Er dachte, ich würde ihn auslachen.

Na gut, das musste ich in Kauf nehmen. „Wenn ich gewinne", verkündete ich, „lässt du die Waffe verschwinden und befiehlst deinen Männern, sich nicht länger im Gebüsch zu verstecken."

„Meinen Männern?" Carls Schwert klirrte, als es sich aus der Scheide löste.

„Du glaubst doch nicht, dass Luke etwas so Offensichtliches in seinem Revier übersehen würde?" Ich hielt mein eigenes Schwert ruhig und wartete auf eine Gelegenheit.

Eine halbe Sekunde lang schien Carl eingeschüchtert. Nicht wegen meines Schwertes. Sondern von meinem Wissen.

„Ich hätte nicht gedacht, dass Luke die Rudelbindung nutzen kann", gab er zu.

Erster Punkt für mich. Ich grinste meinen Gegner an. „Vielleicht hast du uns einfach unterschätzt."

Leider erzielte mein Spott nicht die gewünschte Wirkung. Anstatt zurückzuweichen, ging Carl in die Hocke.

„Vielleicht hast du mich ja unterschätzt", antwortete er, während er sich im Krebsgang vorwärtsbewegte.

„Vielleicht", antwortete ich mit meinem besten pelzlosen Knurren. „Oder vielleicht auch nicht."

Ich wartete nicht darauf, dass Carl angriff.

Kapitel 19

Stattdessen schlug ich hart und schnell zu und nutzte die Schwerkraft, um mein Schwert in Richtung von Carls Schlüsselbein zu ziehen. Unsere Klingen trafen aufeinander, als er mich abwehrte ... nur knapp.

Er taumelte, und jetzt stach ich auf seinen ungeschützten Bauch ein. Mein Schwert schnitt durch den Stoff seines perfekt sitzenden Pullovers. Dem aufgeregten Gejohle hinter mir nach zu urteilen, hatte ich ihn wohl ein wenig bluten lassen.

Wäre mein Schwert noch ein wenig tiefer eingedrungen, wäre Carl außer Gefecht gesetzt gewesen, vielleicht sogar tödlich verwundet gewesen. Aber das war nicht meine Absicht. Der übermütige Junge war nicht ohne Grund mit Carly verlobt. Unser Rudel brauchte Verbündete. Am besten wäre es, wenn Carl am Leben bliebe, damit er diese Position ausfüllen konnte, bis wir weitere gleichgesinnte Freunde gefunden hatten.

Also drehte ich meine Klinge zur Seite und zerschnitt statt seiner Eingeweide lieber Carls Klamotten. Der Pullover franste weiter aus und Carl knurrte.

„Du Schlampe."

Er reagierte schneller, als ich erwartet hatte. Sein Schwert war leichter als meins und zudem deutlich wendiger. Ich war kaum in der Lage, seinen Hieben auszuweichen.

Als ich nach hinten stolperte, schnitt etwas Hartes und Scharfes in meinen nackten Fuß, aber ich schenkte dem Schmerz keine Beachtung. Ich hatte darauf gesetzt, diesen Kampf zu beginnen, also musste ich alle Register ziehen und ihn auch tatsächlich für mich entscheiden. Ich parierte und ahmte dann den gleichen Stoß nach, dem ich einen Augenblick zuvor zum Opfer gefallen war, nur, dass ich mich diesmal mit einem Keuchen auf ein Knie fallen ließ.

Die Blätter unter mir waren ganz matschig. Nein, das war nicht nur Matsch. Da war auch Blut. Von meinem aufgeschnittenen Fuß und von dem abgenagten Elchkadaver.

Vielleicht auch von Easton. Ich schluckte. Das Leben unter den Pelzlosen war brutal und vergänglich.

Währenddessen machte Carl einen langsamen Schritt nach dem anderen. „Du hättest auf deinen Alpha warten sollen", teilte er mir mit. „Das Rudel zu beschützen ist keine Frauenarbeit."

Hinter mir schwiegen die vierbeinigen Pelzlosen. Hielt Luke sie genauso in Schach, wie er in meinen Gedanken gesprochen hatte? Wahrscheinlich nicht. Stattdessen schien es, als ob sie einfach nicht an meinem Überleben interessiert waren.

Einem Rudelmitglied war es nicht egal, ob ich morgen wieder aufwache. „Carl, lass das!" Carly huschte in mein Blickfeld, eine Hand ausgestreckt, die andere mit dem Gewehr in der Hand. Dabei zuckten Carls Augen zur Seite ... und ich schlug zu.

Aber nicht mit meinem Schwert. Stattdessen stütze ich mich auf einem Arm ab und holte mit dem Bein aus, um ihm die Knöchel unter den Füßen wegzufegen. Ein zweiter Tritt schlug sein Schwert zur Seite, damit er sich nicht selbst – oder mich – auf der Klinge aufspießen konnte.

Dann erhob ich meine eigene Waffe und ließ sie über seine Halsschlagader gleiten. Nicht als Schnitt, sondern als Warnung.

„Jetzt", erklärte ich ihm, „wäre ein guter Zeitpunkt, um aufzugeben."

CARL WOLLTE AUFGEBEN. Das konnte ich in seinen Augen sehen.

Wäre ich eine Pelzlose gewesen, hätte ich meine Zähne gewetzt. Aber selbst als Woelfin lächelte ich noch. Ich öffnete schon meinen Mund, um Carl die Möglichkeiten aufzuzeigen, als Ruth sich einmischte.

„Darf ich mich einen Augenblick mit dir unterhalten, Schwertjungfer?"

Das Letzte, was wir brauchen konnten, war, Carl Zeit zu geben, sich wieder zu sammeln. Aber war es schlimmer, wenn wir uns anscheinend nicht einig waren?

Ich knirschte mit den Zähnen, aber ich nickte. „Natürlich." Dann blickte ich zu Carl hinunter: „Wenn du mich bitte entschuldigen würdest ..."

Ich drehte ihm den Rücken zu, obwohl sein Schwert zum Greifen nah war. Ich drehte mich um und folgte Ruth, bis wir weit genug vom Rudel entfernt waren, dass man uns sehen, aber vermutlich nicht hören konnte.

Dort begann Ruth zu sprechen ... allerdings nicht mit mir. Stattdessen richtete sie ihre Worte an ihren abwesenden

Bruder, obwohl ich den deutlichen Eindruck hatte, dass er sie durch die Rudelbindung hörte.

„Ich war bereit, deiner Gefährtin ihren Willen zu lassen, Luke. Aber wenn Carl uns finden kann, können das auch andere Rudel. Schluss mit dem Versteckspiel. Es ist an der Zeit, Carly zum Wohle des Rudels zu opfern."

„*Nein.*" Luke und ich bellten unsere Ablehnung im selben Moment, er leise, ich lauter, als ich beabsichtigt hatte.

Carl, das wusste ich, hätte das gehört. Doch das schien mir egal zu sein. Nicht, wenn Lukes Bereitschaft, sich für seine Nichte einzusetzen, für uns beide etwas Wichtiges bedeutete.

Dieser Anflug von Einigkeit verblasste jedoch im Angesicht von Ruths Unmut. „Dann ziehen wir mit dem Rudel ins Camp." Sie sprach langsam, als könne sie ihr Temperament kaum zügeln. „Es ist nah genug, um dorthin zu laufen. Außerdem ist es bei einem Angriff leichter zu verteidigen."

Ich konnte spüren, wie Luke den Kopf schüttelte. „*Die Zeit für das letzte Gefecht ist noch nicht gekommen. Das Camp gehört eindeutig mir. Sobald wir uns dort niederlassen, beginnt die Zeit, in der wir uns mit rivalisierenden Clans auseinandersetzen müssen.*"

Ruth war anderer Auffassung. „Die Uhr hat in dem Augenblick zu laufen begonnen, als der erste einsame Wolf uns gesichtet hat. Ein kontrollierter Rückzug ist besser als ein erzwungener Rückzug. Ohne Verbündete müssen wir an unsere Verteidigung denken."

Aber hatten wir wirklich keine Verbündeten? Immerhin war Carl zu uns gekommen. „Was ist, wenn", warf ich ein, „Carl sich nicht wegen Carly auf die Seite unseres Rudels schlägt, sondern weil er uns für so stark hält, dass er es sich nicht leisten kann, das nicht zu tun?"

Jetzt hatte ich die Aufmerksamkeit der beiden Geschwister. Mal sehen, ob sich der Gedanke, der mir durch den Kopf schoss, auch noch so vielversprechend anhören würde, sobald ich ihn ausgesprochen hatte.

„Wenn wir uns als mächtig darstellen, dann wird Carl diese Macht auch anerkennen. Anstatt abzuhauen, laden wir alle seine Gefolgsleute ein, sich uns anzuschließen. Wir schmeißen eine Riesenparty für sie."

Im Grunde war mein Plan eine größere Version des Schwertkampfes, den ich gerade gewonnen hatte.

„Das könnte klappen." Ruth begann auf und ab zu gehen, und ihre Worte wurden immer sicherer, je schneller ihre Füße wurden. „Wir können ja beides versuchen. Die Stärksten von uns können mit Carl und seinen Männern zum Zeltlager laufen, während die Schwächeren den langsamen Weg nehmen, ohne ihr Gesicht zu verlieren. Wir kennen das Gelände. Wir können Carl so heftig unter Druck setzen, dass er Angst hat, eine vorzeitige Paarung zu verlangen. Dann sieht es richtiggehend großzügig aus, wenn wir die Verlobung im Spiel lassen, um sie in ferner Zukunft zu vollziehen."

„Es wird Zeit brauchen, um Carls Meinung zu ändern", stellte Luke fest. *„Zeit, in der er sein Bestes tun wird, um uns auf ein Versprechen bezüglich Carly festzunageln."*

„Ich habe kein Ansehen mehr in diesem Rudel, falls du das noch nicht bemerkt hast." Ruths Blick glitt über mich. „Die Frage ist also, ob du und deine *Schwertjungfer* dieser Herausforderung gewachsen seid."

„Das bin ich", sagte ich laut. „Und Luke ist nicht mal da. Er hinterlässt eine verschlungene, beschwerliche Fährte zum Zeltlager. Eine, die unserem Rudel einen Vorteil verschafft und die Verhältnisse auf den Kopf stellt."

Da strömte ein ursprüngliches Gefühl von Luke zu mir. Enttäuschung darüber, dass ich mich auf die Seite seiner Schwester gestellt hatte. Das Wissen, dass ich ihn von mir stieß, nicht nur um des Rudels und Carlys willen, sondern um mir selbst ein wenig Luft zu verschaffen.

Seine einzige mündliche Antwort richtete sich jedoch sowohl an mich als auch an Ruth. *„Erledigt"*, sagte er uns. *„Schwester, pass bitte auf meine Schwertjungfer auf."*

Kapitel 20

Ich schickte Carl weg, um seine Männer zu versammeln und seine Waffe zurückzubringen, bevor er zu uns zurückkam. Erstaunlicherweise beschwerte er sich nicht weiter, auch nicht, als Ruth sich als seine Führerin anbot.

So blieb ich allein mit einem toten Elch, einem toten Werwolf und den meisten lebenden Mitgliedern von Lukes Rudel. Ich war mir nicht sicher, ob meine Macht ausreichen würde, wenn weder Luke noch seine Schwester da waren, um meinen Worten Nachdruck zu verleihen. Aber es gab keinen besseren Zeitpunkt als jetzt, um die Sache auf die Probe zu stellen.

„Wir müssen ein Festmahl vorbereiten", informierte ich die wartenden Shifter. „Wenn ihr letzte Nacht etwas erlegt habt, bringt die Reste ins Zeltlager zurück. Räumt auf. Bereitet euch darauf vor, die Gastgeber zu sein."

Ich hielt den Atem an und wartete. Und es klappte. Die Wölfe zogen in kleinen Gruppen ab.

Nun, zumindest einige. Andere schlichen sich dicht an mich heran, als ob sie abschätzen wollten, ob sie sich wohl ein Pfand klauen konnten.

„Diese Kleidung", fügte ich hinzu, laut genug, dass alle Anwesenden es hören konnten, „ist bloß geliehen. Der einzige Gegenstand, den ich im Augenblick besitze, ist ein Schwert.

Ich bin gerne bereit, über dessen Besitz zu verhandeln, genauso wie Carl und ich das bereits vorgemacht haben."

Da atmeten sie aus. Ein paar weitere traten zurück. Sie verschwanden im Gestrüpp.

Nur Michael blieb an Ort und Stelle und betrachtete meinen Bauch. Die Stelle, an der ich meinen Pelz versteckt hatte.

Es sah ganz so aus, als müsste ich mich eher früher als später mit diesem Thema befassen. Ich ergriff den Arm des Jungen, als er an mir vorbeiging. „Kann ich dich für eine Minute entführen?"

„Ich habe nichts falsch gemacht!"

Um uns herum konnte ich fast hören, wie Ohren gespitzt wurden. Die Pfandjäger waren noch nicht weg. Sie hatten sich lediglich ein wenig zurückgezogen.

„Unter dem Bogen", schlug ich vor. Dort, mit dem Gestein im Rücken, konnten wir einigermaßen sicher sein, nicht belauscht zu werden.

Michael nickte und folgte mir in die Deckung, aber seine Schritte waren steif. Hätte er sich in seiner Wolfsgestalt befunden, wäre seine Halskrause aufrecht in die Höhe gestanden.

Bei Woelfen wäre ich sanfter vorgegangen. Aber Michael war ein Pelzloser, also ging ich ihm direkt an die Gurgel. „Luke traut dir nicht."

„Denkst du, das weiß ich nicht?" Seine Augen blitzten auf, aber wenigstens sahen sie mich an. Seine Fäuste waren hüfthoch und fest geballt. „Seitdem ich mich geweigert habe, der Alpha zu werden ..."

„Das hat damit gar nichts zu tun", versicherte ich ihm. „Luke hat seine eigenen Probleme, aber er achtet deine Entscheidung. Er achtet dich. Genau wie ich."

Ich ließ die Wahrheit meiner Aussage einen Augenblick lang zwischen uns stehen, bevor ich mich dem eigentlichen Thema zuwandte, zu dem ich Michael hierhergebracht hatte. „Aber verhältst du dich auch so, um dir diesen Respekt auch zu verdienen? Oder hast du vor, auszupacken? Was du im Auto gesehen hast? Das ist Mädchenkram. Privat. Darüber möchtest du nicht sprechen."

„Nein." Michael runzelte die Stirn. Dieses Thema hatte er nicht erwartet. Ich hatte den Eindruck, dass er sich zwar für meinen Pelz interessiert hatte, aber nicht erkannt hatte, was es war. Jetzt hatte ich den Gegenstand viel interessanter gemacht.

Nun, dieser Plan war wohl gehörig nach hinten losgegangen. Aber vielleicht konnte ich aus meinem Scheitern immer noch was Positives zaubern. „Wenn du möchtest, dass Luke dir genauso vertraut wie ich ..." begann ich.

„Ja!" Michaels Unterbrechung war laut genug, um vom Gewölbe über uns widerzuhallen. „Ich beweise ihm, dass er mir vertrauen kann. Ich ..."

„Passe auf Carly auf? Bleibe an ihrer Seite, damit Carl ihr nicht zu nahekommen kann? Immerhin ist sie deine Nichte."

Damit würden wir zwei Fliegen mit einer Klappe schlagen. Ein männlicher Prellbock zwischen Carly und ihrem Verlobten und vielleicht vergisst Michael dann auch, was er gesehen hat und worauf ich ihn so ungeschickt aufmerksam gemacht habe.

Michael war bereit. „Das wird sie in den Wahnsinn treiben." Er verzog die Lippen, eine Geste, die der seines Bruders so ähnlich war, dass mir für einen Augenblick der

Atem stockte. „Als wir Kinder waren, habe ich sie immer rumkommandiert und ihr gesagt, dass sie tun muss, was ich sage, weil ich ihr Onkel bin."

Als ob sie keine Kinder mehr wären. Die Erkenntnis, dass ich mich genau wie Ruth verhielt, indem ich ein Kind als Spielball benutzte, ließ mich erschaudern.

Trotzdem ... es war der richtige Schritt. Zumindest war es der einzige Schachzug, der mir einfiel.

„Danke", sagte ich zu Michael und ließ meine Hand so lange auf seiner Schulter ruhen, wie ich dachte, dass er mich lassen würde. Dann schritt ich zurück zu den wenigen Rudelmitgliedern, die noch da waren: „Wer hilft mit, Easton nach Hause zu tragen?"

ALS ICH LUKES ZELTLAGER zum ersten Mal erblickte, zuckte ich zusammen. Eine traurige kleine Ansammlung von getarnten Zelten am Ufer eines schlammigen Baches. Nichts im Vergleich zu den ordentlichen Hütten des Camps. Die provisorische Siedlung würde uns vor Carl bestimmt nicht gut aussehen lassen.

„Was ist das Problem?" Victor kam neben mir zum Stehen. Eastons pelziger Körper erschwerte ihm das Gehen, aber Lukes Cousin hatte trotzdem mit mir Schritt gehalten. Unter anderem aus diesem Grund antwortete ich ihm aufrichtig.

„Das hier. Alles." Ich deutete mit meinem Arm im Kreis. Wir hätten genauso gut in einem Flüchtlingslager gelandet sein können.

Victors ohnehin schon abwehrende Haltung wurde noch kämpferischer. „Der Alpha hat uns doch gesagt, wir sollen uns bedeckt halten."

Ich hob meine Augenbrauen. „Carl wird jeden Augenblick hier sein. Und dann wird er denken, dass wir uns verstecken und Angst haben, gefunden zu werden."

„Das tun wir doch auch." Das war Carly, die sich neben mich geschlichen hatte, als ich am Rande der Lichtung zurückgeblieben war. Ich wollte ihr antworten, hielt dann aber inne, als Luke sich in meinem Kopf in das Gespräch einschaltete.

„*Ich hätte nicht geahnt, dass es so schlimm aussieht.*" Er war völlig außer Atem, und ich erkannte den Grund dafür, als plötzlich ein blutverschmierter Pelz durch mein Blickfeld peitschte.

„*Unterhältst du dich etwa mitten in einem Kampf mit mir? Das ist ja noch schlimmer als Simsen beim Autofahren.*"

Und doch war ich so froh, von ihm zu hören. Ich war froh, dass wir trotz äußerer und innerer Bedrohungen miteinander scherzen konnten.

Ungeachtet dessen, ob Luke die Gefühle und die Worte mitbekommen hatte, drehte er sich mit einem Schnaufen zur Seite. Dadurch streiften die Zähne des Gegners nur knapp seine Schulter, anstatt tief in seine Halsschlagader einzudringen. „*Das sind einsame Wölfe. Mit denen komme ich schon klar. Aber*" – er drückte sich flach gegen die Blätter, als die Pranken über ihn hinwegzogen – „*ich könnte mich etwas verspäten.*"

Da waren nicht nur ein paar Wölfe. Von hier aus konnte ich mehr Augenpaare sehen, als ein einzelner Wolf bewältigen konnte. *„Wir können ja zu dir stoßen"*, bot ich an. Vielleicht war es an der Zeit, die Sache zwischen uns zu klären.

„Nein." Er sprang wieder auf und seine Worte folgten dem Rhythmus seiner Schritte. *„Du hast Recht. Carl soll denken, dass er zum Camping eingeladen wird. Nicht in ein – wie hast du das genannt – Flüchtlingslager? Unterhaltet ihn. Haltet ihn auf. Und versprich bloß nichts über Carly."*

Wieder Befehle. Bevor ich antworten konnte, erfüllten gefletschte Zähne Lukes Sicht und die Verbindung zwischen uns löste sich auf. Seufzend richtete ich meine Aufmerksamkeit wieder auf den Pelzlosen an meiner Seite.

„Was macht ihr auf einem Campingtrip, wenn man nicht gerade auf der Jagd ist?", fragte ich. „Abends?"

Carly zuckte mit den Schultern. „Ich war nie zu sowas eingeladen. Das ... war kein angemessener Ort für eine Rudelprinzessin."

Die Worte waren nicht von ihr, das merkte ich. Carly war schon viel zu oft in die Schranken gewiesen worden. Kein Wunder, dass sie mit der Lautstärke einer Maus mit Kehlkopfentzündung sprach.

Victor hingegen war sich seiner Sache viel zu sicher. „Wir trinken Bier. Erzählen schmutzige Witze. Spielen um Geld." Er zuckte mit den Schultern. „Was denkst du denn?"

„Nun, das ist nicht angemessen." Ich zerbrach mir den Kopf und versuchte, mich an meine Schwester zu erinnern. Sie war ein Profi darin, den Schein zu wahren.

Aber unsere Verbindung war unterbrochen worden und ich merkte, dass ich nicht mal mehr in der Lage war, wie Grace zu denken. Auf der anderen Seite kam mir unaufgefordert Bastions spitzbübisches Grinsen in den Sinn. Bastion, der von

Zeit zu Zeit dunklen Stimmungen erlag, aber genau wusste, wie er sie wieder abschütteln konnte.

„Wie wäre es damit?", fragte ich meine zwei Shiftergenossen. „Nach dem Festmahl schicken wir Easton mit einem mitreißenden Tanz ins Jenseits."

Kapitel 21

Es stellte sich heraus, dass Tante May eine Fiedel besaß. Tief in einem der Zelte kramte Carly einen Stapel halbwegs vorzeigbarer Kleidung hervor.

Michael entfernte sich, um sich die Haare zu bürsten, was mich zum Schmunzeln brachte, weil es bewies, dass Jungs im Teenageralter genauso eitel sind wie die weibliche Spezies. Dann widmete er sich seiner Nichte mit der vollen Hingabe von jemandem, der die erste wichtige Aufgabe des beginnenden Erwachsenseins zu bewältigen hat.

Der Rest von uns sammelte Brennmaterial, um ein Lagerfeuer zu errichten. Und obwohl es sich seltsam anfühlen sollte, mit Pelzlosen zusammenzuarbeiten, schienen sie zu verstehen, was ich wollte, bevor ich überhaupt danach fragte. Trockene Äste tauchten zu meinen Füßen auf, zusammen mit einer Handvoll zerknüllter Zeitungen. Der steinerne Feuerkreis vergrößerte sich, während ich ihm den Rücken zuwandte. Und als Victor ein Streichholz anzündete, änderte sich die Stimmung auf dem Lagerplatz innerhalb eines Wimpernschlags von trostlos zu einfach nur trübe.

Und ... das musste genügen. Denn Ruth führte Carl und seine Männer bereits auf die Lichtung. „Schwertjungfer", rief der junge Mann mir zu. „Ich würde mich gerne mit dir unterhalten."

Sein Blick glitt an mir vorbei zu Carly, und Ruth senkte die Augenbrauen. Als ob sie mich hätte warnen sollen. Als ob ich mich so leicht in diese Falle locken lassen würde.

„Bald!", antwortete ich mit einem unbestimmten Wink in Richtung der gebratenen Elchstücke.

Indem ich so tat, als wüsste ich, wie man über einem offenen Feuer Nahrung zubereitet (ha!) und in einem Zelt auf der Suche nach nicht vorhandenen Haargummis verschwand, gelang es mir, Carls Gesprächsversuchen über eine Stunde lang zu entgehen. Dann holte Tante May ihre Fiedel heraus, jemand fing an, auf einen hohlen Baumstamm zu klopfen, und die Feier ging so richtig los.

Beim Tanzen mit meinem Cousin war es immer um laute Musik und bunte Lichter gegangen, alles nur Schein und nichts Besonderes. Bei den Pelzlosen war das anders. Sie brauchten keine Hilfsmittel, um den Wald in eine Bühne zu verwandeln. Sie bildeten einfach einen Kreis, in dem sie sich mit ausgefallenen Fußbewegungen bewegten, die mich zuerst verwirrten.

Dann ... verstand ich. Oder vielleicht haben sie auch den Tanz abgeändert, um mir zu gefallen. Es war fast so, als würden das Rudel und ich im Gleichklang atmen, unsere Füße blitzten auf, als die Sohlen in Richtung der Flammen stießen.

In einem Augenblick hielt ich Carlys Hand, während Michael auf der anderen Seite nickte und ihr versprach, an ihr zu haften wie Superkleber. Im nächsten Augenblick hatte sich die Reihe geteilt, neu aufgestellt und jetzt drehte mich einer von Carls Männern um das Feuer, getrennt von unseren beiden Rudeln.

Mein Partner war in Lukes Alter. Er war breiter als Carl, aber wendiger, als ich erwartet hätte. Ich hatte den leisen Verdacht, dass er mit dem Schwert an seiner Hüfte besser umzugehen wusste als Carl.

Er parierte jedoch eher mit Worten als mit Waffen. „Du und dein Gefährte, ihr macht euch ja ganz schön rar."

„Tatsächlich?" Ich drehte mich von ihm weg, bevor ich mich wieder an ihn heranzog. „Das ist mir gar nicht aufgefallen."

Die Lippen des Mannes verzogen sich leicht. „Gut, dass unser Rudel gerne jagt."

„Was genau jagt ihr denn so?"

Seine Antwort war ganz und gar nicht das, was ich erwartet hatte. „Junge Liebe", antwortete er ruppig, aber mit einem völlig aufrichtigen Gesicht. Entweder glaubte er selbst, was er da sagte, oder er war ein geschickter Schauspieler. Wie auch immer, als ich schwieg, führte er sein Anliegen weiter aus. „Carl ist total versessen auf Lukes Nichte. So weit weg von seiner Verlobten zu leben, tut weh."

Carl hatte also einen seiner Leute geschickt, um seine Drecksarbeit zu erledigen. Es wäre nützlich gewesen, wenn Luke mir etwas mehr über die Verlobungsbräuche erzählt hätte, bevor unsere Verbindung unterbrochen worden war.

Da ich darüber nicht Bescheid wusste, wich ich einfach aus. Ich vergrößerte den Abstand zwischen mir und meinem Tanzpartner und bereitete mich darauf vor, meine Hand freizu...

Aber Carls Gefolgsmann ließ mich nicht los. Stattdessen drückte er meine Hand fester, seine Worte waren höflich, aber dennoch unmissverständlich.

„Nicht so schnell, wenn es dir nichts ausmacht, Schwertjungfer."

Und ... ich stolperte. Oder besser gesagt, jemand hat mir ein Bein gestellt. Ich war mir zu 99% sicher, dass es ein Fuß und kein Stein war, der sich um meine Beine gewunden hatte.

Wie auch immer, meine Hand löste sich aus dem Griff meines Partners und ich stürzte zu Boden. Dann tauchte eine faltige Schulter unter meiner Achselhöhle auf.

„Wenn du uns entschuldigen würdest", sagte die nach Hexenhasel duftende Älteste zu Carls Handlanger, „aber sie ist erschöpft."

Und diesmal hatte er gar keine andere Wahl, als mich gehen zu lassen.

IM SCHEIN DES LAGERFEUERS merkte ich, dass ich tatsächlich erschöpft war. Selbst wenn ich den durch Schlafmittel hervorgerufenen Schlaf während meiner Entführung mitgezählt hätte, hatte ich mich schon fast einen Tag nicht mehr ausgeruht. Ich versuchte, mich nicht an Hexenhasel anzulehnen – schließlich schien sie viel zu schwach zu sein, um mich zu stützen. Aber in meinem Kopf drehte sich alles, also musste ich entweder ihre Unterstützung annehmen oder ich würde auf mein Gesicht fallen.

„Warte einen Augenblick", bat ich und schloss meine Augen, während ich versuchte, mein Gleichgewicht wiederzufinden. Außerdem war ich mir nicht sicher, wohin meine Begleiterin mich führen wollte ...

Es war fast so, als hätte sie meine Unsicherheit gehört. „Du musst schlafen."

Ich öffnete meine Augen und wurde von ihrem Lächeln beruhigt. Ich hatte keine Ahnung, wie Hexenhasel hieß, aber das spielte auch keine Rolle. Was wichtig war, war: „Das Rudel …"

„Das Rudel wird ein paar Stunden ohne deine Aufmerksamkeit auskommen. Es sei denn, du möchtest dabei sein, wenn Easton ins Feuer geht?"

Ich erschauderte. Ich sollte das zwar wollen, und doch war es nicht so.

„Wird man mich vermissen?"

„Haben sie Luke vermisst?"

Ich warf einen Blick auf die Pelzlosen, die um das Lagerfeuer herumstanden. Sie schienen ihren Alpha nicht zu vermissen, und seine Abwesenheit machte es leicht, die Auseinandersetzung mit Carl auf morgen zu verschieben.

Tatsächlich würde es zum gleichen Ergebnis führen, wenn ich ins Bett ginge. Niemand konnte mich auf ein Versprechen festnageln, wenn ich fest schlief.

Auch Luke und ich würden unsere Differenzen nicht ausräumen können, wenn er zurückkäme, während ich schlief.

„Komm doch mal mit, Kleines." Hexenhasel schob die Klappe eines Miniaturzeltes hoch, das kaum groß genug für eine Person war. Darin befanden sich ein Schlafsack und ein Kissen – es sah wie im Himmel aus. „Wisch dir die Füße ab, bevor du reingehst."

Sie klang wie eine Mutter, also gehorchte ich ihr. Ich nahm das Handtuch, das sie mir anbot, und schrubbte den schlimmsten Matsch zwischen meinen Zehen weg. Dann kroch ich in die flauschige Wärme, ohne mir auch nur die Mühe zu machen, meinen Schwertgürtel abzuschnallen.

Die Musik war hier leiser, meine Erschöpfung noch tiefer. Ich blinzelte ... und vergaß, meine Augen wieder zu öffnen. Erst als die ersten klagenden Schreie Eastons Eintauchen in die Flammen des Lagerfeuers ankündigten, wurde ich halb wach. Dann holte mich der Schlaf so sehr ein, dass ich für mehrere Stunden alles andere vergaß.

Ich hätte auch noch länger geschlafen, wenn nicht ein warmer Atem über meine Wangenknochen gestrichen wäre. Es war stockdunkel, keine Musik war zu hören. Die Party war vorbei ... und jemand befand sich in meinem Zelt.

ICH GRIFF NACH MEINEM Schwert und überlegte, wie ich die Klinge aus dem Schlafsack ziehen konnte, ohne mir dabei die Kehle aufzuschlitzen. Dann schlängelte sich mein Pelz meinen Rücken hinauf, bis es meine Sinne schärfen konnte.

Zimt hüllte mich ein. Schwarz verwandelte sich in ein schemenhaftes Grau in Form von breiten Schultern. Ich lächelte und ließ meine Augen wieder zufallen, als ich meinen Gefährten begrüßte.

„Luke."

Starke Arme umschlossen mich, nur der Schlafsack war zwischen uns. Irgendwie hatte Luke es bis ins Zelt geschafft, ohne mich zu wecken. Und jetzt schmiegte sich mein Körper an seinen.

„Honor." Lukes Atem strich über die nach Zimt duftende Narbe an meinem Hals.

Der würzige Duft von ihm – von uns – umgab mich. Das Bewusstsein bebte in meinem Unterleib. Lukes Haut war nur einen Millimeter von meiner Haut entfernt.

Mein Pelz drückte gegen meinen Rücken und flehte mich an, ihm noch näher zu kommen. Und doch ... tat ich es nicht. Stattdessen übergoss ich uns beide mit dem sprichwörtlichen Eimer Eiswasser. „Wir haben unser Gespräch noch nicht zu Ende geführt."

Er seufzte und ließ mich los. „Nein, das haben wir nicht."

Und da war es. Woelfin und Werwolf. Die Unterschiede zwischen unseren Welten gähnten weit wie ein Ozean zwischen uns.

Ich hätte nicht gedacht, dass zwei Leute in einem so kleinen Zelt liegen können, ohne sich zu berühren, aber Luke und ich schafften es. Ich konnte seinen Duft nicht mehr riechen.

Worte waren das einzige, was mir einfiel, um uns näher zu bringen. Also versuchte ich es damit. Zögernd. Fast zu leise, um mich selbst sprechen zu hören.

„Ich habe mir immer vorgestellt, dass Grace und ich Partner finden würden", murmelte ich. „Das machen Zwillingswoelfe so. Sie wählen ein anderes Zwillingspaar als Partner, warten ein paar Jahre und werden dann im selben Jahr schwanger."

Luke brummte. Er hörte zu, ohne mich zu unterbrechen. Meine Worte, die mir so leise vorkamen, waren wahrscheinlich eine ganz normale Lautstärke für Pelzlose.

Ich verdrängte das Aufflackern des Unbehagens, das dieser Gedanke auslöste, schloss meine Augen und ließ mich von der Dunkelheit einhüllen. „Unsere Kinder", fuhr ich fort, „würden einander so nahe stehen wie Grace und ich Justice und Bastion. Wir würden eine Familie mit vier jungen Woelfen gründen, die in benachbarten Häusern ein und aus gehen und kaum den Unterschied zwischen Mutter und Tante kennen."

Ich war froh über die Dunkelheit. Ich hatte noch nie laut geträumt. Das fühlte sich viel vertrauter an als ein Kuss. Vertrauter als das, worüber wir uns auf diese umständliche Art und Weise unterhielten.

Noch vertrauter wurde es, als Luke die Wahrheit aussprach, die ich mir bis jetzt nicht einmal selbst eingestanden hatte. „Du möchtest keine Welpen – Kinder – haben, bevor du dich nicht mit Grace versöhnt hast."

„Und du brauchst sofort einen Erben. Nicht eine behutsam aufgebaute, liebevolle Familie." Das Loch in meinem Magen fühlte sich groß genug an, um hindurch zu fallen. „Du hast völlig Recht gehabt und ich nicht. Ich hätte wegbleiben sollen. Oder gestern verschwinden. Ich mache doch alles bloß noch schlimmer."

„Nein. Du machst nie irgendetwas schlimmer."

Der Abstand zwischen uns schmolz dahin. Lukes Handflächen legten sich um meine Wangen, als ob er mich küssen wollte.

Er tat es nicht, aber seine Worte waren umso süßer. „Ich bin froh, dass du zurückgekommen bist. Ich bin so froh, dass du hier bist, Honor. Beide Bedürfnisse, sowohl die des Rudels als auch die von dir, sind berechtigt."

Ich öffnete meine Augen und wünschte, ich könnte im Dunkeln so gut sehen wie er. Stattdessen atmete ich einen Hauch von Zimt ein. Ich konzentrierte mich auf das Flüstern seines Atems auf meiner Stirn, als er mich näher zu sich zog.

„Wir regeln das mit Carl zusammen", versprach er. „Und wenn sich die Frage nach dem Erben stellt, werden wir einen anderen Weg durch den Sumpf finden."

Kapitel 22

Ich schlief in Lukes Armen bis weit nach Sonnenaufgang. Die Vögel zwitscherten über uns, aber das Lager der Werwölfe blieb still. Kein Wunder. Ich war die Erste, die die Feierlichkeiten verlassen hatte. Alle anderen hatten noch viele Stunden Schlaf nachzuholen.

Luke und ich hatten uns zwischen einem Seesack, den ich noch aus dem Camp kannte, und dem feuchten Stoff der Zeltwand eingeklemmt. Von der Stelle, an der Luke sich hinter mir wie ein großer Löffel krümmte, ging eine warme Ausstrahlung aus. Und rundherum Zimt. Süßer Zimt. Abgestandener Zimt. Der leiseste Hauch von Zimt, der nach Schuhleder roch. Gut, dass ich dieses Gewürz liebte.

Allerdings glich meine Kehle jetzt Sandpapier. Ich konnte kaum noch schlucken. Also schlüpfte ich vorsichtig aus dem Schlafsack und legte ihn über meinen Zeltkameraden. Dann schnappte ich mir mein Schwert und trat mit meinen nackten Füßen durch die Türklappe hinaus.

Meinen müden Augen kam die Lichtung wie die Nachwehen einer Schlacht vor. Überall lagen Körper – Wölfe und Menschen – auf der Wiese verteilt. Aber sie atmeten noch. Sie waren nicht tot. Sie schliefen bloß. Ich schätze, in den Zelten war nicht genug Platz für alle.

Und ... ein Plastikkrug mit Wasser stand nur einen halben Meter von mir entfernt auf dem Boden. Einen langen Augenblick lang war ich damit beschäftigt, den Durst zu stillen, der sich schon seit Stunden angestaut hatte. Dann senkte ich den Krug und erblickte einen wachen Wolf, der mich vom Rand der Bäume aus beobachtete.

Er hatte die für Wölfe typische graue Färbung, eine Mischung aus allen Schattierungen von Weiß bis Schwarz, mit der sich das Tier leicht in den Winterwald einfügen konnte. Aus dieser Entfernung hätte der Vierbeiner wirklich jeder sein können ... wenn da nicht die weiße Blesse in der Mitte seiner Schnauze gewesen wäre.

„Bastion?" Wasser spritzte mir auf die Zehen. Ich hatte den Krug fallen lassen.

Das konnte doch nicht mein Cousin sein. Nicht hier, im geheimen Zeltlager der Pelzlosen.

Außerdem grüßte er mich nicht. Stattdessen machte der graue Wolf auf dem Absatz kehrt und trottete zurück in den Schatten der Baumkronen. Innerhalb einer Sekunde war er außer Sichtweite.

ICH MUSSTE UNBEDINGT in meine Wolfsgestalt schlüpfen und mein Schwert vor den Pfandjägern in Sicherheit bringen. Schade, dass sich diese beiden Bedürfnisse gegenseitig ausschlossen.

Die Lösung lag natürlich hinter mir. Im Inneren des Zeltes.

Ich versuchte, den Reißverschluss so leise zu öffnen, wie zuvor. Aber meine Gedanken waren bei dem grauen Wolf und ich rutschte mit meinen Fingern ab.

„Honor?" Lukes Stimme war ein halb verschlafenes Grummeln. Er öffnete jedoch nicht die Augen und setzte sich auch nicht auf, um mich zu begrüßen.

Aber wenn er tatsächlich wach war, gab es keinen Grund, leise zu sein. Ich riss mir die Klamotten vom Leib und ließ mein Schwert darauf fallen. „Bin gleich wieder da", versprach ich. „Macht es dir etwas aus, auf mein Schwert aufzupassen?"

Ich hatte mit einer Auseinandersetzung gerechnet, aber der Lauf zum und vom Camp muss ihn mehr mitgenommen haben als erwartet. Ich erhielt bloß ein verschlafenes Nicken, als ich mir den Pelz um die Schultern schlang und zu den Bäumen spurtete.

Der Beobachter war Bastion gewesen. Ich roch seine Duftspur so frisch, als wäre er direkt vor mir gestanden. Aber mein Cousin war schnell. Selbst bei vollem Lauf konnte ich seine fliehende Gestalt nicht sehen.

Das heißt, bis ich direkt in ihn hineinlief. Nein, nicht in ihn. In seinen Bruder.

„Honor." Justice schien manchmal kalt und gefühllos zu sein. Aber nicht in diesem Augenblick. Er hob mich hoch, obwohl ich in meinem Fell steckte und ganz matschig war. Dann drückte er mich so fest an seine Brust, dass ich mir ziemlich sicher bin, dass ich seinen maßgeschneiderten Anzug total ruiniert habe.

„Lass uns nie wieder so im Ungewissen." Ein Schlag auf die Schulter, dieses Mal von Bastion.

Er hatte sein Fell abgestreift, und ich hatte Mühe, ihm zu folgen. Aber mein Pelz war widerspenstig. Als ich mich wandelte, waren statt zwei nun drei Familienmitglieder zu sehen.

„Honor. Deine Garderobe muss dringend überarbeitet werden."

Natürlich musste sie das. Ich war nackt, abgesehen von meinem Pelz. Trotzdem schnappte ich mir meine Zwillingsschwester und umarmte sie noch fester, als Justice mich umarmt hatte. „Wie habt ihr uns gefunden?" murmelte ich in ihr Haar.

„Das war nicht schwer." Justice tat das, was er am besten konnte – er gab Sachinformationen weiter. „Grace hat den Song im Radio gehört, als wir uns gestern unterhalten haben. Der Song ist relativ ungewöhnlich. Nur zehn Sender hatten ihn in dieser Stunde auf ihrer Playlist."

Meine Lippen zuckten. Justice ließ eine gigantische Aufgabe immer so einfach klingen. „Und das hat gereicht, um mich aufzuspüren?"

Grace zuckte mit den Schultern, aber sie schob mich nicht weg. Stattdessen ließ sie zu, dass ich sie weiter umarmte, während Justice die Leerstellen ergänzte.

„Wir haben auch Karten zu Rate gezogen. Haben uns die Abdeckung des Handynetzes angeschaut. Mit Hilfe von Luftbildern haben wir Orte ausfindig gemacht, die groß genug sind, dass sich ein Rudel Pelzlose dort verstecken kann. Als wir dann auch noch festgestellt hatten, dass Luke in der Nähe seines vertrauten Territoriums bleiben wollte, wurde die Sache deutlich einfacher."

Ich hätte meine Zwillingsschwester am liebsten für immer in den Arm genommen, aber sie begann sich zu verkrampfen. Um mein Glück nicht zu strapazieren, drückte ich sie noch einmal und ließ sie dann los.

„Danke." Ich grinste jeden von ihnen abwechselnd an. Zwei Cousins und ein Zwilling zusammen ergaben eine Familie.

Wenn da nicht die Pelzlosen hinter den Kulissen gewesen wären. Ich schluckte die überschäumende Freude hinunter und versuchte, mich so geschäftsmäßig zu verhalten wie Justice. „Ich habe alles unter Kontrolle. Aber ihr könnt euch gar nicht vorstellen, wie schön es ist, euch zu sehen. Es bedeutet mir unheimlich viel, dass ihr nach mir gesucht habt."

Justice senkte die Augenbrauen, als ob er nicht ganz verstand, wofür ich ihm dankte. „So ist das in der Familie."

Bastion nickte. „Natürlich würden wir ..."

Seine Stimme verstummte ... und dann war er plötzlich ein Wolf. Er stand vor mir und knurrte, als ein anderer Wolf den Pfad entlang auf uns zusprintete.

„DAS IST DOCH BLOSS L..." Moment mal. Nein. Das war nicht Luke. Stattdessen war das Fell dieses Tieres so blass wie seine Haare in Menschengestalt. Sein Knurren war das eines pelzlosen Wolfes.

Ich trat vor meine Familie und nahm keine Notiz von meiner Nacktheit. Das war zwar nicht Luke, aber die Sache war überschaubar. „Victor, ganz ruhig."

Lukes Cousin richtete sich auf, seine Wut war in jeder Bewegung zu spüren. „Ich rieche eine Waffe."

„Und du wirst gleich eine Kugel zwischen deinen Augäpfeln spüren, wenn du nicht aufpasst." Justice war neben mir, bevor ich ihn aufhalten konnte. Die gleiche Pistole, die er im Central Park gezogen hatte, richtete er nun auf Tante Mays mürrischen Enkel.

Damals im Big Apple war eine Waffe verboten gewesen. Hier war eine Waffe eine Beleidigung des Alphas. Die Luft wurde spannungsgeladen, als Victors Wolf sich darauf vorbereitete, wieder aus seiner menschlichen Haut zu schlüpfen.

„Victor." Ich ahmte Ruth nach und verlieh meiner Stimme einen peitschenartigen Klang. Wie ein Wolf. Mein Pelz zappelte in meinen Armen.

Und genau den sah sich Victor an. „Sie haben ihn dir schon gegeben?" Sein Gesicht verzog sich vor Verwirrung. „Wir haben doch noch gar keine Zeit gehabt, es zu gerben. Du hast es angenommen?"

Ich hatte keine Ahnung, wovon er da überhaupt sprach. „Ich kann selbst gerben."

Und schon war Justice' Waffe vergessen. Victor grinste mit wolfsscharfen Zähnen und anzüglicher Zufriedenheit. „Das Fell meines Bruders ist das optimale Pfand, um die Jagd einzuleiten."

Zu meinen Füßen knurrte Bastion und reagierte auf Victors Verhalten, obwohl er nicht verstand, was da gerade vor sich ging. Aber ich verstand es. Man hatte mit mir gespielt. Ich hatte den Besitz eines zweiten Gegenstandes zugegeben.

Schwert und Pelz ergaben zwei zu stehlende Pfänder. Das war schon ein Drittel auf dem Weg, einen Alpha zur Jagd zu zwingen. Bevor Lukes Knöchel so weit war, dass er auf ihm laufen konnte. In Carls Beisein.

Aber der Schaden war bereits angerichtet. Das würde mir wenigstens einen Grund geben, meinen Pelz offen zu tragen ...

Es war also an der Zeit, Victor den Laufpass zu geben. Zurück zum Lager zu gehen. Eine große Show abziehen und sich über das Geschenk von Eastons Pelz freuen.

„Seid ihr mit einem Auto gekommen?" fragte ich meine Familie.

Justice hob wegen des abrupten Themenwechsels die Augenbrauen, aber der Zwillingssinn funktionierte zwischen mir und meiner Schwester. „Natürlich", antwortete Grace. „Was meinst du denn, wie wir hierhergekommen sind?"

„Wir müssen von der Straße runter", erklärte ich ihr und war dankbar, dass sie verstanden hatte, was ich brauchte. „Victor zeigt euch, wo ihr parken könnt. Justice, du kannst deine Waffe drinnen lassen. In Lukes Revier wird nicht geschossen."

Victor machte einen Schritt vorwärts, bis er sich direkt vor mir aufgebaut hatte. „Ich schätze, wir beide haben noch etwas Anderes zu erledigen."

„Willst du mir etwa den Pelz deines Bruders aus den Händen reißen? Bist du zu feige, um mir in einem ehrlichen Kampf das Schwert zu entreißen?"

Mit dem Wörtchen *feige* brachte ich Victor genauso auf die Palme, wie ich erwartet hatte. „Ich habe keine Angst vor dir, Schwertjungfer."

„Dann verhalte dich auch so."

Einen langen Augenblick lang hielt Victor meinen Blick fest und ich meinen Atem an. Dann hoben und senkten sich seine nackten Schultern in einem lockeren, muskulösen Zucken.

„Heute, heute Nacht. Das macht keinen Unterschied. Vielleicht nehme ich dir auch dein Schwert und Eastons Haut ab. Ich werde dir die Haare abschneiden und sie dann an die anderen verteilen. Ich bin nicht der Einzige im Rudel, der denkt, dass Luke nicht das Zeug zum Anführer hat."

Dieses Mal ließ ich Victor seine Großspurigkeit durchgehen. Schließlich tat er das, was ich wollte.

Ich überließ meine Familie sich selbst und kehrte in die Richtung zurück, aus der ich gekommen war. Es war an der Zeit, mich im Zeltlager um Eastons Pelz zu kümmern.

Kapitel 23

Sobald Victor außer Sichtweite war, wandelte ich mich und sprintete los. Zurück durch den Wald. Zurück durch ein Lager voller murmelnder, erwachender Shifter. Zurück in das geöffnete Zelt, in dem Luke gerade begann, sich aus dem Schlaf zu winden.

Ich schloss die Zeltklappe, streifte meinen Pelz ab und wandte mich dem nach Zimt duftenden Pelzlosen zu. *„Kannst du mich hören?",* fragte ich und suchte in seinen Augen nach Anzeichen dafür, dass unser gedanklicher Kanal wieder offen war.

„Natürlich." Er schlüpfte aus dem Schlafsack, nackt und dreckig. Schlammspritzer und Blattreste zierten seine wohlgeformten Muskeln. Es muss nicht leicht gewesen sein, gestern vom Camp hin und her zu laufen. Doch als mein Blick auf Lukes Knöchel fiel, begann ich innerlich zu strahlen.

Sein verletztes Gelenk sah tatsächlich besser aus als beim letzten Mal, als ich es untersucht hatte. Mein Finger fuhr über die deutlich abgeschwollene Haut ...

Dann stieß Luke ein Zischen aus und ich zuckte zusammen. „Habe ich dir wehgetan?"

Das wollte ich ihn eigentlich nicht fragen, aber die Wärme seiner Hand, die meine Finger gegen seinen Knöchel drückte, ließ mich für den Bruchteil einer Sekunde zusammenzucken. „Niemals", versprach er. „Mach weiter mit dem, was du da tust."

Seine Lippen waren so nah, dass ich ihn fast schmecken konnte. Schnell räusperte ich mich, zog meine Hand weg und blinzelte mich zurück in die Gegenwart. Richtig. Victor. Pelze. Pfänder.

„Meine Familie ist da. Und ich bin dabei, einen ganz offensichtlichen Fehler zu begehen", teilte ich Luke mit, schlang meinen Pelz um meine Mitte und zog mir dann geliehene Kleidung darüber an. *„Du musst mir vertrauen."*

Er zuckte nicht zurück, sondern nickte nur. *„Ich vertraue dir doch immer. Möchtest du mir die Einzelheiten verraten?"*

„Besser, wenn deine Überraschung ehrlich ist."

Dann wandte ich mich ab und kroch aus dem Zelt, um die Spur zum Pelz von Lukes totem Cousin aufzunehmen.

„HONOR!"

Carly entdeckte mich, bevor ich die Hälfte des Lagers umrundet hatte. Sie umklammerte ein Fellbündel, während Spuren von Tränen an ihren Wangen zu sehen waren. War sie etwa bedroht worden? Sicherlich war sie nicht übers Ohr gehauen worden. Sie kannte die Falle, die sie gerade im Begriff war zu legen.

Die Frage war nur, ob Carly und der, der sie dazu angestiftet hatte, wussten, dass Eastons Wolfsfell mehr als nur ein einfaches Pfand war. Wussten sie, dass ich eine Woelfin war, die sich nicht von ihrem eigenen Pelz trennen konnte, ohne ihre Fähigkeit zur Verwandlung zu verlieren?

Diese Frage konnte ich noch nicht beantworten. Ich konnte lediglich mögliche Gegner in meiner Nähe halten und das Spiel der Pelzlosen mitspielen.

Zu diesem Zweck lächelte ich und machte einen Schritt auf die nicht ganz so unschuldige Trägerin des Pelzes zu. „Carly." Sie zuckte zusammen, also deutete ich mit einem Nicken auf den Pelz und tat mein Bestes, um ihr den Verrat so leicht wie möglich zu machen. „Was ist das?"

„Das ist" – sie schluckte – „von Easton."

„Ein Geschenk, um dich im Rudel willkommen zu heißen." Diese Erklärung kam von einem Rüden, den ich zwar schon öfters gesehen hatte, dessen Namen ich aber nicht kannte. Er war älter als Carl, aber jünger als Luke. Unscheinbar. War er der graue Wolf, der sich Easton und Victor angeschlossen hatte, als sie an dem Tag, an dem ich sie zum ersten Mal getroffen hatte, versucht hatten, ein Pfand zu stehlen?

Aber spielte das überhaupt eine Rolle, wenn sich das halbe Rudel in unserer Nähe aufhielt und genau wusste, was hier vor sich ging?

„Ich fühle mich geehrt." Ich war mir ziemlich sicher, dass alle Anwesenden den Atem anhielten, während ich meine Hände nach dem Pelz in Carlys zitternden Armen ausstreckte.

Sie drückte das Fell wie ein Kätzchen an sich und einen Augenblick lang befürchtete ich, dass sie mit mir darum kämpfen würde. Dann stieß jemand hinter mir ein Knurren aus. Carly sprang auf und ließ dabei los. Anschließend schlüpfte sie zurück in die Menge und hinterließ nicht mehr als einen Hauch von Reue.

Und mein zweites, leicht zu stehlendes Pfand – ein besonders grausames Pfand. Das Fell war noch blutig, wo es von Eastons Körper abgetrennt worden war. Jemand hatte zwar versucht, die schlimmsten Blutspuren wegzuwaschen, aber das war nicht besonders gelungen.

Dies war nicht das Überbleibsel eines Tieres. Es stammte von einem intelligenten Wesen.

Mir drohte es den Magen umzudrehen, aber ich zwang mich zu einem Lächeln und legte mir das furchtbare Zeug über eine Schulter. „Danke", sagte ich zu den stummen Pelzlosen, die um mich herumstanden. Ich wandte mich um und hielt Ausschau nach dem Shifter, der Carly so erschreckt hatte.

Doch niemand begegnete meinem Blick. Niemand grinste so wie Victor. Bedeutete das, dass der offensichtliche Übeltäter – Lukes machthungriger Cousin – der Drahtzieher gewesen war? Es schien zu weit hergeholt, anzunehmen, dass er auch für die Bärenfalle und den Tod seines Bruders verantwortlich war …

Eine Sekunde bevor Luke mich von hinten am Hals berührte, warnte mich der Duft von Zimt. „Hier." Ein Schnappen, als die Magnete, die ich für verschwunden gehalten hatte, den blutigen Pelz um meinen Hals schlossen. „Ich habe sie aus dem Feuer geholt."

Zum ersten Mal wich ich vor Lukes Fingern zurück. Vier Pfänder, nicht zwei. Ich musste ihm in die Augen schauen, um zu verstehen, warum er seinen Rudelkameraden so offen von den Magneten erzählt hatte, die sie doch stehlen wollten.

„Besser, sie haben etwas zu klauen, bevor sie anfangen, Teile deines Körpers abzuschneiden." Seine Worte wurden von einem Hauch von Zimt begleitet, dann folgte eine Umformulierung meiner eigenen Bitte von vor ein paar Augenblicken. *„Bei dem, was ich vorhabe, musst du mir aber auch vertrauen."*

„Möchtest du mir die Einzelheiten verraten?" Ich schleuderte ihm seine eigenen Worte entgegen.

Ich hatte den Eindruck, dass er mit den Schultern zuckte, obwohl er sich nicht bewegte. *„Besser, wenn deine Überraschung aufrichtig ist. Ich möchte nicht, dass sie das für einen unfairen Kampf halten."*

KAMPF. Meine Hand wanderte zum Griff meines Schwertes, während Luke sich an die Menge vor uns wandte.

Ich für meinen Teil suchte die Gesichter ab und hielt Ausschau nach einem ganz bestimmten. Carl. Doch der war nicht da. Soweit ich das beurteilen konnte, war auch keiner seiner Männer hier. War das der Grund, warum Luke so offen damit umging? Versuchte er, sein Rudel zu beruhigen, bevor der Spitzel in unserer Mitte zurückkehrte, wohin auch immer er gegangen war?

Was auch immer der Grund war, Luke nahm sich kein Blatt vor den Mund. „Es scheint, dass eine Alphajagd bevorsteht." Seine Stimme war laut genug, um auch auf der anderen Seite der Lichtung gehört zu werden. „Ich dachte, ihr hättet vielleicht Lust auf ein kleines Aufwärmen. Eine Prüfung. Eine Gelegenheit, die Macht unseres Clans zu demonstrieren."

„Zieh dein Schwert", riet er mir, trat von mir weg und zog damit die Aufmerksamkeit des Rudels auf sich. Unauffällig befolgte ich seinen Rat.

„Carl und seine Männer haben großes Interesse an einem Wettrennen mit den besten meiner Krieger", erklärte Luke, während er auf und abging. Er war nicht mehr der Gentleman, den ich kennengelernt hatte. Stattdessen wirkte er größer.

Stärker. Es war kein Hinken zu sehen, als er hin und her schritt. „Ich habe letzte Nacht die Spur von hier bis zum Camp gelegt."

Da begannen die bisher schweigenden Pelzlosen untereinander zu murmeln. Sie wussten, dass etwas bevorstand. Das wusste ich auch, obwohl mir nicht genau klar war, was.

Trotzdem lief mir der Schweiß in Strömen den Rücken hinunter und ich fühlte mich unwohl. Es wäre schön gewesen, wenn Luke sich dreißig Sekunden Zeit genommen hätte, um mich aufzuklären.

„Natürlich ist es nicht fair, so viele von euch hinzuschicken, wenn Carl nur eine Handvoll hat, die ihm dabei helfen, zu gewinnen."

Je lauter das Geschwätz der Menge wurde, desto leiser wurde Lukes Stimme. Und diese Taktik ging auf. Bald schon sprach er in die Stille hinein.

„Ich könnte zwar die Besten von euch auswählen, aber warum überlasse ich diese Aufgabe nicht meiner Schwertjungfer? Wer eine halbe Minute gegen Honor besteht, wird das Wettrennen im Namen unseres Clans bestreiten."

Er hielt inne und drehte sich langsam herum, um den Blicken zu begegnen, die einer nach dem anderen zu Boden sanken. „Und natürlich", beendete er, „dürft ihr jedes Pfand, das ihr in dieser Zeit erbeutet, behalten."

Kapitel 24

Ganz ohne Vorwarnung griffen sie an. Zwölf auf einmal. Die meisten wandelten sich und entledigten sich ihrer Kleidung, während sie auf mich zustürmten. Drei stürzten sich bewaffnet auf mich. Einer mit Messern, zwei mit Schwertern.

„Eine halbe Minute. Das schaffst du."

Lukes Stimme in meinem Kopf riss mich aus der Starre, in der ich mich befunden hatte. Richtig! Ich war die Schwertjungfer. War das der Grund, warum Ruth all diese Narben hatte?

Eine Sekunde bevor ich unter ihren Angriffen zu Boden gegangen wäre, hob ich mein Schwert. Ich schlitzte eine menschliche Nase auf. Zerschnitt das Ohr eines Wolfes. Stahl klirrte gegen Stahl.

„Sechsundzwanzig Sekunden."

Luke zählte langsam und leise herunter, während ich um mich schlug und aufstöhnte. Reißzähne gruben sich in meine Wade und ich wirbelte so schnell herum, dass mein Schwert ohne Rücksicht auf ihre menschliche Gestalt durch die Körper fegte.

Plötzlich schrie jemand auf und fiel hin. Hatte ich ihn umgebracht? Das hatte ich doch gar nicht gewollt ...

„Nicht dein Problem. Neunzehn. Achtzehn."

Die Menge um mich herum lichtete sich. Offenbar schreckte diese Raserei alle ab, außer die Blutrünstigsten. In einer kurzen Pause suchte ich den Boden nach Spuren von Leichen ab.

Fehlanzeige. Alle, die ich verletzt hatte, waren in der Lage, sich aus der Gefahr zu befreien. Trotzdem zuckte ich zusammen, als ich Grace' Gesicht am Rande der Menge erblickte. Sie war aufgetaucht, während ich kämpfte, und ihr Gesichtsausdruck verriet, dass sie über meine Taten zutiefst bestürzt war. Ich ...

„Hinter dir!" Ich wirbelte herum, als ein Messer in Richtung meiner Niere flog.

Trotz meines Publikums musste ich grinsen. Diesen Kniff hatte ich lange einstudiert. Ich schlug das Messer in einem 90-Grad-Winkel zur Seite und machte einen Hechtsprung, um den Griff zu erhaschen, als er auf den Boden stürzte.

Jetzt hielt ich mein Schwert mit einer Hand und das erbeutete Messer in der anderen. Diese Haltung war, ehrlich gesagt, nicht ganz so wirkungsvoll wie die, die ich zuvor eingenommen hatte. Aber die zwei Klingen erfüllten den Zweck, den Luke erreichen wollte. Sie ließen mich wie eine knallharte Kämpferin aussehen. Bis auf die letzten drei Wölfe machten alle einen gewaltigen Schritt zurück.

„Zwölf. Elf."

Die verbleibenden Kandidaten fletschten ihre Zähne und knurrten. Zwei Graue und ein Schwarzer.

Lukes Stimme in meinem Kopf klang belustigt. *„Vielleicht ist es an der Zeit, ein bisschen mit ihnen zu spielen. Es wäre schön, wenn wir heute noch jemanden hätten, der gegen Carl antritt."*

„Du hättest mich vorwarnen können."

Ich habe eher gespürt als gesehen, dass er mit den Schultern zuckte. *„Es ist viel wirkungsvoller, wenn das Rudel sieht, wie du von hinten aufholst. Ich möchte, dass sie es sich zweimal überlegen, ob sie dich angreifen. Außerdem habe ich genau gewusst, dass du das Zeug dazu hast."*

Lukes Zuspruch wärmte mich und auch sein Plan leuchtete mir ein. Als noch neun Sekunden übrig waren, spielte ich mit den verbliebenen Wölfen. Ich tänzelte in ihre Reichweite und wieder heraus. Schwang Schwert und Messer in gefährlich aussehenden Bögen, während Lukes Countdown für den Rest des Clans hörbar wurde.

„Sieben. Sechs. Fünf. Vier. Drei. Zwei. Eins."

Meine verbliebenen Gegner fielen keuchend auf ihre Hintern. Ein Grinsen machte sich auf meinem Gesicht breit.

Ich hatte meine erste Prüfung als Schwertjungfer mit nur ein paar kleinen Blessuren überstanden. Lukes Stimme in meinem Kopf war wie eine Hand, die mir die Haare von der schweißnassen Stirn strich. *„Du warst großartig. Du warst ..."*

Da unterbrach eine Stimme von hinten mein Strahlen. Victor, selbstgefällig und zufrieden.

„Bin ich jetzt endlich dran?"

ICH KNALLTE SO HART auf die Erde zurück, dass meine Zähne hätten klappern müssen. Gerade noch war ich überglücklich gewesen. Und im nächsten Augenblick schnappte ich nach Luft, weil das Adrenalin des Kampfes verflogen war.

Konnte ich das so schnell erneut schaffen? Das bezweifelte ich stark.

Aber ich war die Schwertjungfer. Also hob ich meine Klinge und ärgerte mich darüber, dass die Spitze schwankte. „Eine halbe Minute", teilte ich Victor mit, „dann kannst du dich den harten Jungs im heutigen Wettrennen anschließen."

Er trat vor, das Schwert im Anschlag.

Victors Haltung ließ darauf schließen, dass er nicht nur ein Schwert besaß, sondern auch wusste, wie man es zu benutzen hatte. Ich hob die Spitze meiner eigenen Klinge an, um der von seinen Augen angedeuteten Spur zu folgen.

„Genug!"

Lukes Gebrüll schoss durch mich, durch unsere Rudelkameraden und durch den Wald. Vögel ergriffen die Flucht. Das Fell der Shifter in Wolfsgestalt sträubte sich.

Und ich machte einen Schritt zurück, mein Blick fiel auf den matschigen Boden. Das konnte ich gar nicht verhindern. Und die anderen auch nicht, wie man an den schlurfenden Füßen um mich herum hören konnte.

Zuvor hatte ich Lukes Kraft als souverän und verlockend empfunden. Aber dieses Beispiel für die Fähigkeiten eines Pelzlosen löste in mir eine tiefe Unsicherheit aus. Das ganze Rudel mit reinem Zwang zu überwältigen, war einfach nicht in Ordnung.

„Die Show ist vorbei", fuhr Luke fort, und seine Worte klangen wie Paukenschläge in meinem Kopf, während sie gleichzeitig laut für alle zu hören waren. *„Ich entscheide, wer das Rennen macht."*

„Luke, lass gut sein", widersprach ich. Oder versuchte es zumindest. Worte kamen keine zustande, nicht mal gedanklich zwischen uns.

Stattdessen waren die einzigen Geräusche auf dem Lagerplatz die Namen, die aus Lukes Mund kamen, zusammen mit einem eiskalten Schwall von Macht. *„Arthur."* Ein Nicken zu dem Wolf, dem Luke die Verantwortung überlassen hatte, als wir zu unserer Unterredung ins Auto gestiegen waren. *„Victor"*. Der offensichtliche Unzufriedene.

Ich wusste schon, worauf das hinauslaufen würde. Luke würde unsere streitlustigsten Rudelkameraden wegschicken, damit der Rest von uns in Ruhe das Lager abbauen konnte. Sobald Ruth wieder auftauchte, würde sie wahrscheinlich als Anführerin in die Wettkampfgruppe aufgenommen werden ...

... Wodurch das Vertrauen, das Luke gerade in mich gesetzt hatte, untergraben würde.

Ich verengte meine Augen. Obgleich ich keine Pelzlose war, wusste auch ich, dass ein Alpha seine Rudelkameraden nicht anschreien sollte, wenn sie die Schwertjungfer herausfordern. Ich sollte doch das Überdruckventil des Rudels sein. Angesichts der Spannung in der Luft, die mich zu erwürgen drohte, gab es hier eindeutig Druck, der abgelassen werden musste.

Und Luke hat diesen Druck aufgestaut, um mich zu schützen. Nett ... aber so würde unsere Partnerschaft nicht laufen.

Stattdessen kämpfte ich gegen den Zwang, der mich festhielt. Ich wehrte mich, bis sich mein Pelz von meiner Haut löste und sich in meinem Shirt niederließ.

Diese Trennung erlaubte es mir, den ersten großen Atemzug zu machen, seit Luke angefangen hatte, seine Vorschriften aufzustellen. Zimtgeruch umfing mich, dieses Mal nicht süß, sondern voller Warnung. Doch ich schenkte dem keine Beachtung und warf laut ein: „Ich komme natürlich auch mit."

Ein eisiger Wind schlug mir entgegen. Zimtzucker gefror zu kristallinen Splittern, die sich in die verheilte Verletzung an meinem Hals bohrten.

Luke war stinksauer, aber er beherrschte sich so weit, dass seine Antwort lautlos erfolgte. *„Ich lasse dich bestimmt nicht allein in die Gefahr gehen."*

Meine Nasenflügel weiteten sich. Eine selbstherrliche Bemerkung zu viel.

Ich riss meinen Willen weiter von unserem gemeinsamen Zimt weg, sodass er keine Gelegenheit bekam, mich zu überwältigen. *„Nicht deine Entscheidung, Alpha."*

Das letzte Wort meiner Antwort lag wie ein Messer zwischen uns. Ob Luke dieses Messer jedoch aufgehoben hätte, blieb meiner Fantasie überlassen. Denn in diesem Augenblick trat Carl aus den Bäumen. Carl und Ruth und alle seine Gefolgsleute. Wo auch immer sie gewesen waren, jetzt waren sie wieder da.

Der jugendliche Alpha nahm die gesenkten Köpfe und die gebeugte Haltung von Lukes Rudelkameraden mit Interesse zur Kenntnis. Aber er äußerte sich nicht zu dem, was er da gerade unterbrochen hatte. Stattdessen begann er mit einer Beanstandung.

„Ich habe dich schon überall gesucht, Rudelführer. Deine Schwester hat gesagt ..."

Luke blinzelte kurz und ich spürte den Augenblick, in dem er sich aus unserer Verbindung zurückzog, genau wie ich. Aber ich hatte schon verstanden, was hier gespielt wurde. Vor unserem Rudel hätte Luke mir bestimmt eine Abfuhr erteilt. Das konnte er sich aber nicht leisten, wenn Carl im Publikum saß.

Stattdessen war seine Stimme so locker wie meine, als er Carl ansprach. „Ich war doch die ganze Zeit hier."

Dann erhob Luke seine Stimme ... und seine Augen zur Sonne. „Apropos Zeit: Es ist ein langer Weg zum Camp, wenn ihr noch vor Einbruch der Dunkelheit ankommen wollt. Alle können meiner Spur folgen, aber Carl kennt sich in dem Gebiet nicht aus. Eine halbe Stunde Vorsprung für seine Gruppe scheint da nur angemessen."

Einen Augenblick lang hielten die beiden Alphas ihre Blicke aufeinander gerichtet. Dann senkte sich der Blick des jüngeren Rüden zu Boden.

„Mögen die besten Wölfe gewinnen", antwortete Carl knapp und wandelte sich in seine Wolfsgestalt.

ICH HATTE EINE HALBE Stunde Zeit, um diese brodelnde Angelegenheit zwischen mir und Luke zu klären. Doch anstatt seinen Blick zu erwidern, zog ich Ruth zur Seite. „Ich brauche jemanden, der auf meine Pfänder aufpasst." Während ich noch sprach, packte ich Eastons blutiges Fell aus und drückte es in ihre Arme, die Magnete lagen auf dem Fell. „Jemand vertrauenswürdiges. Stark. Geschickt."

Anstatt zu antworten, packte Ruth mich am Ellbogen und zog mich von den lästigen Shifterohren weg. „Du bist eine

Idiotin", stellte sie fest, sobald es sicher war, Klartext zu reden. „Victor wird das nicht durchgehen lassen. Du bist da draußen leichte Beute."

Sie stellte sich also auf die Seite ihres Bruders. Vorhersehbar. Also unterbrach ich sie, so wie sie mich schon einmal unterbrochen hatte. „Ich komme schon klar."

Obwohl Ruth ein Schnauben von sich gab, unterbrach sie mich nicht, als ich fortfuhr. „Hör zu, du musst mir noch einen weiteren Gefallen tun, außer meine Pfänder aufzubewahren. Werde Eastons Pelz los. Verbrenne ihn. Vergrabe ihn. Ist mir egal. Er muss verschwinden, damit ich meinen eigenen Pelz an dessen Stelle verwenden kann."

„Ja, sag mir bloß, wie ich die Aufgabe erledigen soll, die du mir bereits übertragen hast. So macht man sich Freunde."

Ruth verdrehte die Augen und deutete dann mit ihrem Kinn über meine Schulter. „Oh, und übrigens, wir haben Besuch. Wenn du glaubst, dass du als Schwertjungfer überlebst, musst du lernen, gleichzeitig zu reden und zuzuhören."

Ich wirbelte herum und sah mich einer anderen starken Frau gegenüber. Einer, die wusste, dass ich auch von ihr einen Gefallen brauchte. Eine, die – zum ersten Mal in vier Monaten – unseren gemeinsamen Zwillingssinn erkannt haben muss.

Ich dagegen hatte Graces Annäherung nicht als Wärme in meinem Bauch gespürt. Ich hätte nicht einmal gewusst, dass meine Schwester anwesend gewesen war, wenn Ruth mich nicht darauf aufmerksam gemacht hätte.

Es gab so viel zu sagen, aber die halbe Stunde Pause wurde schon knapp. Also kam ich gleich zur Sache. „Grace, ich möchte, dass du Carly mit nach New York nimmst. Michael auch, wenn er einverstanden ist."

„Was soll das?" Lukes Stimme in meinem Kopf war nicht gerade erfreut, aber sie war da.

Na ja, zumindest schwach. Die Worte knisterten und flackerten, wie damals, als er mich zum ersten Mal gebissen hatte. Trotzdem verstand ich, was er damit gemeint hatte, und ich musste hoffen, dass er mich auch verstand.

„Ich bin eine Woelfin, kein Werwolf", brachte ich hervor. *„Carly und Michael sind noch halbe Kinder. Die beiden sollten nicht in diesen Schlamassel verwickelt werden."*

„Und wenn ich anderer Meinung bin?"

„Du möchtest doch, dass ich meine eigenen Entscheidungen treffe. Dies ist eine davon."

Lukes Schweigen verriet, dass er sie nur widerwillig hinnahm. Grace' Reaktion war auch nicht gerade herzlich.

„Du schickst mich weg. Schon wieder."

„Nein." Ich machte einen Schritt nach vorne. Dann ergriff ich ihre Hand und erwartete fast, dass sie sie mir wieder aus den Fingern reißen würde.

Stattdessen entspannte sich ihre Hand in meiner und sie gab mir die Gelegenheit, alles zu erklären. „Ich vertraue dir hier etwas sehr Wichtiges an", teilte ich ihr mit. „Wenn Luke und ich die Sache hier nicht in Ordnung bringen können, ist es gut möglich, dass Pelzlose nach Carly und Michael suchen. Ich habe gehört, wie du mit Messern auf die Zielscheibe in deinem Schlafzimmer geworfen hast. Du schaffst das schon. Du bist die Einzige, der ich zutraue, Kids zu beschützen, die sich nicht selbst beschützen können."

Einen Augenblick lang war ich überzeugt, den falschen Weg eingeschlagen zu haben. Hatte ich Grace' Ärger falsch verstanden? War unsere Zwillingsbeziehung an etwas Anderem zerbrochen als an meinem Versagen, ihre Stärken einzusetzen?

Dann verzogen sich ihre Lippen zu einem katzengleichen Lächeln. „Einverstanden. Wenn du mir aber im Gegenzug auch einen Gefallen tust."

„Alles, was du möchtest."

„Nimm Bastion mit. Zu diesem Wettrennen. Der Jagd. Was auch immer es ist."

Lukes Zwischenruf war dieses Mal kaum zu verstehen. *„Sogar deine Schwester erkennt, wie gefährlich das ist. Bitte überlege dir das noch mal, Honor. Lass mich Ruth als Schutz mitschicken."*

Es war jedoch schon viel zu spät, um sich das Ganze nochmal zu überlegen. Vom Lagerplatz ertönte lautes Heulen. Die Zeit war um und Victor hatte keine Lust, geduldig zu warten.

„Meine Entscheidung", antwortete ich Luke, während ich meine Hand fest auf die Narbe über meinem Schlüsselbein presste, *„hat sich nicht geändert."*

„Dann kümmere ich mich darum, Bastion mitzuschicken."

Seine Worte waren so kalt wie die Überreste des Lagerfeuers von letztem Abend. Sie schwebten in meinen Kopf und wieder hinaus wie gefrorene Asche, die ein Sturm weggefegt hat. Ich hatte den untrüglichen Eindruck, dass sich etwas Unwiederbringliches zwischen uns verändert hatte.

Aber ich konnte mich jetzt nur mit der Person beschäftigen, die direkt vor mir stand.

„Einverstanden", sagte ich zu meinem Zwilling. „Und ... danke."

Kapitel 25

„Was hast du dir dabei bloß gedacht?" Michaels Fauchen erregte meine Aufmerksamkeit, als ich mich in Lukes Zelt in meine Wolfsgestalt wandelte.

„Das habe ich tun müssen!"

Ich streckte meine Nase aus der Tür und lauschte dem Gespräch. Zu einem anderen Zeitpunkt hätte ich die Jugendlichen ja zur Rede gestellt. Aber ich konnte mir nicht leisten, meinen Pelz zu zeigen. Stattdessen vertraute ich Grace, dass sie sich um die Jugendlichen kümmern würde, während ich auf sechs pelzige Wesen zuging, die sich bereits auf der anderen Seite des Lagerplatzes versammelt hatten. Bastion war tatsächlich vor Ort, zusammen mit Victor, Arthur und drei Wölfen, deren Namen ich nicht mitbekommen hatte.

„Danke", wandte ich mich an Luke. Aber es war, als wäre da eine Mauer zwischen uns errichtet worden. Entweder hatte er mich nicht gehört oder er hatte keine Lust, mir zu antworten.

Stattdessen sprach Luke laut zu allen sieben von uns. „Ringt um den Sieg, aber passt auf euch auf. Und vergesst nicht, dass ihr alle im gleichen Rudel seid."

Doch niemand außer mir hatte wirklich zugehört. Die Rüden hatten bereits begonnen, sich um ihren Platz in der Rangordnung zu balgen.

Und, na gut, ich habe auch nicht wirklich zugehört. Stattdessen richtete sich mein Blick auf Luke. *„Alles in Ordnung?"*, fragte ich. *„Luke? Kannst du mich hören?"*

Doch er antwortete nicht. Stattdessen wandte er sich an die aufgeregten Teilnehmer: „Los."

Und sein Kommando schnalzte uns wie ein abgerissenes Gummiband um die Ohren.

TROTZ LUKES ERMAHNUNG verhielten wir uns nicht wie ein Rudel. Eine ausgeprägte Duftspur deutete darauf hin, dass Carl und seine Leute in geschlossener Formation durch den Wald gestürmt waren. Im Gegensatz dazu zankte sich unsere Gruppe darum, wer die Führungsposition übernehmen sollte. Der erste Anwärter verstauchte sich den Knöchel, als er gegen einen Baumstamm geschubst wurde. Der nächste landete in einem Dornenbusch.

Vielleicht hätte ich um die Führung kämpfen sollen, aber ich besaß nicht Lukes Fähigkeit, Rudelkameraden mit einem einzigen Blick erstarren zu lassen. Ich konnte auch nicht in meine menschliche Gestalt wechseln und das Wort ergreifen, ohne meinen Pelz zu zeigen. Stattdessen ließ ich die Pelzlosen ihre Aggressionen ausleben und blieb gerne mit Bastion zurück, bis wir eine Lichtung erreichten, die uns den Blick auf die Landschaft unter uns freigab.

Dort war Carls Rudel gerade noch als ein weit entferntes Flackern zu erkennen, das auf einen Highway zusteuerte. Die Route folgte Lukes Zimtgeruch — das spürte ich im Bauch, meine Nase roch nichts davon —, aber dieser Weg verlief im

Zickzack, bevor er fast einen Kilometer nördlich von ihrer jetzigen Position unter dem Highway hindurchführte.

„Hast du eine Schleife eingebaut, um das Rennen zu verlängern?", fragte ich Luke und war enttäuscht, aber auch nicht wirklich überrascht, als ich keine Antwort erhielt. Unsere Verbindung war über größere Distanzen ziemlich instabil und wir hatten uns nicht gerade im besten Einvernehmen getrennt.

Also folgte ich meinem Bauchgefühl. Ich drängte mich an den Pelzlosen vorbei und folgte dem schnurgeraden Weg zu unserem Ziel.

Dummerweise war der direkte Weg für meine Rudelkameraden weniger offensichtlich. Bastion folgte mir blindlings, aber die anderen hatten nichts weiter als den Geruch von Lukes Vorbeikommen als Anhaltspunkt. Kein Wunder, dass Victor sich wutentbrannt auf mich stürzte, als ich einen schrägen Winkel einschlug. Seine Zähne bohrten sich in meine Haut und ich jaulte auf. Damit hätte ich rechnen müssen, aber ich hatte meine Deckung fallen lassen ...

Bastions Körper knallte in Victors Seite, wodurch seine Zähne aufflogen und wir in zwei unterschiedliche Richtungen davonflogen. Ich überschlug mich und die Welt drehte sich, selbst als ich an einem Felsen zum Stehen kam.

Über mich gebeugt stand mein sanftmütiger Cousin und knurrte, als wolle er jeden anderen angreifen.

Einen langen Augenblick lang stellte sich Victor ihm entgegen, sein Fell war bis zum Rücken aufgerichtet. Von dort, wo ich lag, konnte ich mindestens drei andere Pelzlose sehen, die bereit waren, einzuspringen und zu beenden, was Victor begonnen hatte.

Aber ... das taten sie nicht. Stattdessen wies Victor nach einigen Sekunden der Einschüchterung die Situation mit einem Räuspern zurück. Dann wandte er sich ab, um Carl und seinen Kollegen auf dem offensichtlichen Weg zu folgen.

Pelzlose fielen einer nach dem anderen hinter ihm ein. Sie warfen nicht einmal einen Blick auf mich und Bastion. Sie machten sich nicht mal die Mühe, meinen Cousin anzurempeln oder mir auf den Schwanz zu treten.

Stattdessen reihten sie sich im Gänsemarsch auf.

Ich legte den Kopf schief und wartete darauf, dass Arthur die Nachhut bildete. Stattdessen schlich er auf mich zu und schnupperte an den Blutstropfen, die aus meiner Schulter quollen. Er schnüffelte ... und leckte dann daran.

Ich rappelte mich auf und bereitete mich auf weitere Angriffe der Pelzlosen vor. Aber Arthur ließ sich nicht darauf ein. Sein Geruch war mild und doch tief, als ob scharfes Schießpulver durch jahrelange, hart erkämpfte Erfahrung zu Salznebel geworden wäre. Er stand fest und ruhig neben mir, und ich brauchte einen beschämend langen Augenblick, um zu erkennen, dass er darauf wartete, dass ich die Führung übernahm.

Ich legte meinen Kopf schief. Unter der Oberfläche verliefen Wellen, die ich nicht verstand. Warum Victor sauer gewesen war, als ich versucht hatte, alleine loszuziehen. Warum Arthur jetzt bereit war, mit seinen Verwandten zu brechen und sich stattdessen mit einer nahezu Fremden zu verbünden.

Ich vermutete, dass das alles mit den Dominanzkämpfen der Pelzlosen zu tun hatte. Rollen der Schwertjungfer, in die ich nicht eingeweiht worden war. Aber der einzige sichere Weg, das herauszufinden, war ...

Ich legte den Kopf schief. Sandte eine weitere Frage aus.
„Luke?"

Keine Antwort. Der Abstand zwischen uns war größer als die zwei oder drei Kilometer, die ich an diesem Morgen gelaufen war.

Trotzdem schien Arthur Lukes Vertrauen zu genießen. Und im Gegensatz zu Victor hatte er sich entschieden, zu mir zu halten. Als wir im Trab den Hang hinunterglitten, dehnte sich meine Brust aus, während zwei meiner Mitstreiter mir auf dem schnellsten Weg zu unserem gemeinsamen Ziel folgten.

DER REST DES TAGES verging wie im Flug, wir rannten, rannten, rannten. Hier und da hielten wir für einen Augenblick an, um Wasser aus einem Bach zu trinken oder nach einem besonders anstrengenden Aufstieg zu verschnaufen. Aber jedes Mal verkürzten die Hinweise auf das Vorankommen von Carls Gruppe unsere Ruhepausen. Wir waren fast schon so weit, ihm den Weg abzuschneiden, aber noch nicht ganz. Ohne Worte, aber im Gleichschritt, beschleunigten wir drei unsere Schritte.

Die Sonne stand schon tief am westlichen Himmel, als wir um einen Felsen herum bogen und alten Urin witterten. Lukes Revier. Wir hatten den äußersten Zipfel der Route erreicht, die er und ich an jenem goldenen, später blutgetränkten Tag gelaufen waren, bevor Luke der Anführer des Acostarudels wurde.

Die Anspannung fiel von meinen Wolfsschultern ab. Ich war mir ziemlich sicher, dass wir vor Carl gelandet waren, was bedeutete, dass wir den Wettbewerb gewonnen hatten. Ruth und Luke hätten genug Zeit gehabt, um den Rest des Rudels ins Camp zu bringen. Es wäre zwar schöner gewesen, wenn Victor und seine Kumpane hier dabei gewesen wären, aber abgesehen davon war das Rennen gut gelaufen.

Trotz meiner besten Vorsätze, den Mund zu halten, reckte ich mein Kinn in die Höhe und ließ ein aufgestautes Heulen los. Bastion war der erste, der antwortete. Bastion, der den ganzen Tag über schweigend mit mir Schritt gehalten hatte. Seine Stimme verstärkte meine und ließ unsere Töne höher und höher werden.

Dann gesellte sich Arthur zu uns. Und, viel zu nah, um sich sicher zu fühlen, weitere Wölfe. Einer nach dem anderen, nach dem anderen.

Carl oder Victor oder beide hatten sich gut geschlagen. Und meine Gruppe war noch nicht ganz im Camp angekommen.

Zum Glück kannte ich das Gelände gut, obwohl ich es bisher erst einmal durchquert hatte. Ich kannte die Hindernisse und Abkürzungen dank meines ausgeprägten Muskelgedächtnisses, das aus dem Biss in meiner Schulter zu pulsieren schien. Auch wenn Luke gerade nicht mit mir sprach, war unsere Gefährtenbindung noch intakt.

Ich wusste also, dass die Schlucht dort drüben den offensichtlichsten Weg zu unserem Ziel versperrte. Wenn wir nach rechts abbogen, konnten wir über einen umgestürzten Baumstamm klettern und einen leichten Hinterhalt legen, um unsere Verfolger aufzuhalten. Vielleicht könnte ich ja Carl ablenken und mich mit Victor zusammentun ...

Ich rannte mit Vollgas los und achtete auf die umgestürzte Kiefer direkt vor mir, über die ich springen musste, als *ich* in den Hinterhalt geriet. Eine menschliche Hand ragte aus dem Gebüsch und schnappte nach mir. Mein Rücken knallte gegen einen Baumstamm. Das Knurren in meinem Kielwasser verstummte, was darauf hindeutete, dass Arthur und Bastion ebenfalls überwältigt worden waren.

Als ich wieder zu Sinnen kam, musterte mein Entführer mich selbstgefällig. Carl sah nicht mehr wie ein gepflegter Geschäftsmann aus. Dreck bedeckte seine Wangenknochen, er war völlig nackt und seine Augen funkelten mit der Wildheit des Wolfes.

Seine Worte waren zwar oberflächlich betrachtet ruhig, aber sie verrieten die Bedrohung durch Reißzähne und Klauen, die er nicht länger zu verbergen versuchte.

„Schwertjungfer. Es ist an der Zeit, dass wir beide eine Gelegenheit finden, uns mal miteinander zu unterhalten."

Kapitel 26

Als ich mich nicht sofort wandelte, schüttelte Carl mich so fest, dass meine Knochen krachten. Die Luft war wie geladen, als er einen Befehl knurrte. *„Wandelt euch.“*

Bastion und ich hielten unsere Wolfgestalt mit Müh und Not aufrecht. Doch aus dem Augenwinkel sah ich, wie Arthur zum Menschen wurde.

Schweiß perlte von der Stirn des älteren Mannes und er ballte die Fäuste, als er versuchte, seine wölfischen Fähigkeiten wiederzuerlangen. Als dies nicht gelang, stieß Arthur voll Zorn aus: „Was für ein Wolf bringt Waffen zu einem Pelzkampf mit?“

Ah. Deshalb hatten Bastion und Arthur also so schnell klein beigegeben.

Die Sonne funkelte auf dem Metall in den Händen von Carls Lakaien. Hatten sie ihre Waffen vor dem Start zurückerhalten, um abwechselnd einen Teil des Rennens auf zwei Beinen zu laufen? Oder hatten sie einfach einen Rudelkameraden zurückgelassen, um ihr Arsenal ins Camp zu bringen?

Das Wie spielte keine Rolle. Was zählte, war, dass diese Waffen keine Schwarzpulvergewehre waren. Es waren tödliche Halbautomatikwaffen, und eine davon wurde gerade gegen Bastions Wolfskopf gedrückt.

Mein Pelz zuckte auf meinem Rücken und wollte sich losreißen, damit ich für meinen Cousin sprechen konnte. Aber ... würde es Bastion wirklich helfen, wenn ich in diesem Augenblick meine Identität als Woelfin preisgeben würde?

Wohl eher nicht. Carl war da anderer Meinung.

Heißer Atem schlug mir ins Gesicht, als sich mein Entführer näher an mich heranlehnte. „Muss ich dir erst beweisen, dass ich nicht bluffe, Schwertjungfer? Wen soll ich zuerst ausschalten? Den alten Mann? Den Wolf?"

Plötzlich klickte etwas Metallisches. Wurde da eine Waffe gesichert? Ein Abzug betätigt?

Ich kläffte auf und Carl lächelte. „Ja, das dachte ich mir schon. Wandle dich. Dann unterhalten wir uns mal. Ich lasse deine Männer gehen. Das ist das Zivilisierteste, was man tun kann."

Zivilisiert. Ich hätte ja zu gerne gelacht, aber mir fehlten die richtigen Stimmbänder. Stattdessen rief ich in Gedanken verzweifelt nach Luke.

Denn jetzt war der ideale Zeitpunkt für Verstärkung. Unsere stillschweigende Verständigung war in diesem Augenblick nicht bloß ermutigend, sie war lebenswichtig.

Und ... sie war verschwunden. Luke antwortete nicht. War er noch zu weit weg? Zu beschäftigt? Zu sauer? Oder hatte der Eissplitter in meinem Hals bleibende Auswirkungen?

Was auch immer der Grund war, Arthur, Bastion und ich waren auf uns allein gestellt.

Erneut umhüllte mich elektrische Spannung. „Das ist deine letzte Chance", knurrte Carl. Seine Geduld war am Ende und ich hatte keine Möglichkeit, die Angelegenheit zu entschärfen.

Nur ... Arthur offenbar schon.

„Glaubst du wirklich, eine Rudelprinzessin würde sich vor unser aller Augen wandeln?", fragte er mit bissiger Stimme.

Wusste der ältere Pelzlose von meinem Pelz? Ich warf einen prüfenden Blick in Arthurs Richtung, aber Carl hatte bereits zustimmend genickt. Offenbar war weibliche Scham eine berechtigte Rechtfertigung, selbst bei einem Überfall.

In der Zwischenzeit wurden Bastion und Arthur von uns weggeführt. Ich hatte meinen Kopf noch gedreht, um ihnen nachzusehen, als Carl mich ohne Vorwarnung losließ. Meine Pfoten schlugen unsanft auf dem Boden auf, doch ich hätte einfach drauflos sprinten können ...

... wenn Bastion und Arthur nicht mit einer Waffe bedroht worden wären. Ich hob den Kopf, um Carls Blick zu erhaschen, und deutete mit dem Kinn auf die Rückseite eines Baumes.

„Bitte sehr", stimmte Carl leichthin zu. Wir wussten beide, dass er die Oberhand hatte, aber er erinnerte mich trotzdem daran. „Du solltest nur wissen, dass deine Freunde bitter bereuen werden, wenn du abhaust."

ICH BIN NICHT ABGEHAUEN. Stattdessen blickte ich angestrengt in den Wald und hoffte, dass es dort keine Augen gab, die mich sehen konnten, während mein Pelz von der mit Gänsehaut bedeckten menschlichen Haut abglitt.

Dieser Wald war viel zu offen, als dass ich mich wohlfühlte. Wo war ein Dornenbusch, wenn man einmal einen brauchte?

Ich konnte meine Wandlung nicht verbergen, aber ich konnte meinen Pelz buchstäblich zudecken, sobald ich wieder menschlich war. Also fegte ich die Blätter von einem

Quadratmeter Boden beiseite und verstaute den Pelz darunter, während ich laut genug sprach, um – so hoffte ich – das Rascheln meiner Arbeit zu übertönen. „Was ist eigentlich so wichtig, dass du uns überfallen hast?", fragte ich und drückte meine Verärgerung deutlich aus. Die Pelzlosen war nicht gerade für ihre Diplomatie bekannt, also konnte ich genauso gut ehrlich zu Carlys Verlobten sein.

„Das schien die einzige Möglichkeit zu sein, bei dir eine Audienz zu bekommen", antwortete Carl von der anderen Seite des Baumes. Ich hatte schon fast damit gerechnet, dass er um den Stamm herumschleichen würde, während ich mit dem Wandeln beschäftigt war, aber er hatte sich wie ein Gentleman verhalten, um meine Schamhaftigkeit zu schützen ... während er gleichzeitig die Waffen auf Bastion und Arthur gerichtet hatte.

Der Gedanke, dass mein Cousin in Gefahr war, reichte aus, um meine Gedanken wieder auf das Wesentliche zu lenken. Was hatte Carls Handlanger nochmal gesagt, während wir getanzt hatten? Richtig ...

„Ich nehme an, es geht um Carly?", fragte ich. „Lass mich raten. Du möchtest mir sagen, dass du so verliebt bist, dass du kein weiteres Jahr warten kannst, bis du endlich den Bund mit ihr schließen kannst. Du möchtest, dass ich mich bei Luke dafür einsetze, dass der Termin für eure Hochzeit vorverlegt wird. Ist das so in etwa richtig?"

„Nicht ganz." Carls Stimme wurde so leise, dass ich ohne die Hilfe meines Pelzes kaum ein Wort verstehen konnte. „Ich mag die Kleine, sicher, aber darum geht es nicht. Ich bin ein Zweitgeborener!"

Der letzte Teil war lauter, als er es vermutlich beabsichtigt hatte. Ein Rascheln in der Nähe deutete darauf hin, dass seinen Männern diese Äußerung unangenehm war.

Ich hingegen lächelte über den Beweis, dass ich Carl auf den Zahn gefühlt hatte … dann zwang ich mich zu einem finsteren Ausdruck, um möglichst düster zu wirken. „Das war mir nicht bewusst. Du musst dich in einer schwierigen Lage befinden."

Carl seufzte und nun klang er gereizt. „Ganz recht. Solange unser Vater lebt, bin ich als Reserve von Wert. Aber nach seinem Tod bin ich eine Bedrohung für die Autorität meines Bruders."

Ich stieß ein Brummen aus und hoffte, Carl würde weiterreden. Als er das nicht tat, wollte ich ihm auf die Sprünge helfen. „Das wirst du mir erklären müssen. Ich kann dich ja gut verstehen, aber ich weiß nicht, wie ich dir helfen kann."

„Verbündete", antwortete Carl unverblümt. „Ich erkenne, dass euer Rudel vor dem Aus steht, aber ich bin bereit, darauf zu wetten, dass du und Luke am Ende die Oberhand behalten werdet. Ich unterstütze eure Unabhängigkeit, wenn ihr mir Carly als Pfand übergebt. Ein Versprechen, mir beizustehen, wenn die Zeit gekommen ist."

„Wenn die Zeit gekommen ist, um …?"

„Um meinen Bruder auszuschalten."

Ich blinzelte und ließ seine Worte in meinem Kopf noch einmal sacken. Hatte ich das falsch verstanden? Hatte er tatsächlich gerade gesagt …?

Die Pelzlosen, erinnerte ich mich. *Andere Welt. Andere Regeln.*

Und da Bastion und Arthur in Gefahr waren, musste ich mitspielen. „Wenn wir dich unterstützen? Gibst du Carly dann Zeit, erwachsen zu werden?"

„Erwachsen zu werden?"

Jetzt war Carl wirklich verdutzt. Ich knirschte mit den Zähnen. Musste ich das jetzt wirklich laut aussprechen?

Die Antwort lautete offenbar ja. Als Carl schwieg, erzählte ich weiter. „Die Kleine ist vierzehn. Würdest du ihr noch ein paar Jahre Kindheit gönnen, bevor du von ihr erwartest, dass sie mit dir Sex hat?"

„Nein." Carl stand auf der anderen Seite des Baumes, aber ich konnte fast den Unglauben in seinem Gesicht sehen. „Was redest du da? Carly ist im gebärfähigen Alter. Ihr Kind wird Lukes Erbe sein, wenn du nicht bald ein Baby bekommst. Es könnte ein paar Versuche brauchen, um einen brauchbaren männlichen Nachkommen zu bekommen. Carly und ich müssen unverzüglich damit anfangen."

VOR EINER STUNDE HÄTTE ich mich ja noch damit abgefunden, dass Carl und Carly gut zusammenpassen könnten, wenn sie erst einmal ein paar Jahre älter ist. Jetzt hingegen wäre ich am liebsten wieder in mein Fell geschlüpft, um den Baum herumgesprungen und hätte Carl die Kehle herausgerissen.

Stattdessen räusperte ich mich und versteckte mich hinter meinem Gefährten. „Du weißt, dass ich das nicht zu entscheiden habe. Luke wird tun, was er für richtig hält ..."

Ich schaffte es nicht, meinen Satz zu beenden. Stattdessen jaulte ich auf, als mein Kopf nach hinten geschleudert wurde.

Meine Haare drohten, ausgerissen zu werden, als mich jemand Neues in die Mangel nahm.

Ich wehrte mich. Selbstverständlich. Ich rammte meine Ferse gegen die Schienbeine meines Gegners ... nur waren seine Schienbeine nicht dort, wo ich sie erwartet hatte.

Stattdessen streifte mein Fuß durch die Luft, wodurch ich aus dem Gleichgewicht geriet. Ich schrie auf, weil der Griff um meine Locken das Einzige war, was mich noch aufrecht hielt.

„Ich habe dir doch gesagt, dass sie das sagen würde."

Ich konnte seine Worte wegen des tosenden Blutes in meinen Ohren kaum verstehen. Aber ich ahnte, wer da gesprochen hatte. *Victor.* Er und Carl waren Kumpel?

Es war schwer, an etwas Anderes zu denken als an den Schmerz, als Victor mein Haar an den Wurzeln ausriss.

Von der anderen Seite des Baumes aus fragte Carl mich weiter aus, als ob ich nicht gerade langsam und qualvoll skalpiert worden wäre – durch das Wechselspiel meines eigenen Körpers mit der Schwerkraft. „Ist das deine endgültige Antwort?"

Ich hasste die Tatsache, dass ich nach Luft schnappte und zappelte wie ein Fisch auf dem Trockenen. Das Zappeln erfüllte jedoch einen Zweck. Ein Fuß fand sicheren Boden, und dieser Halt reichte aus, um mich etwas hören zu lassen, das viel bedrohlicher war als das Ausreißen meiner eigenen Haarwurzeln.

Zerbrechende Stöcke. Ein Ächzen. Alles aus der Richtung, in die Bastion und Arthur verschleppt worden waren.

Natürlich würde mein Cousin versuchen, mir zu helfen ... ganz zu schweigen davon, dass er mit überlegener Waffengewalt zu kämpfen hatte. Ich hatte zwar keinen Schuss gehört, aber ich musste dem Ganzen trotzdem unbedingt ein Ende setzen.

„Nur über meine Leiche wirst du dich mit Carly verpaaren", stieß ich hervor, als ich mich in Victors Armen drehte.

Schließlich konnte mich eine Hand in den Haaren nicht länger ausbremsen, solange ich meine Füße unter Kontrolle hatte. Jetzt, wo ich soweit war, war der brennende Schmerz erträglich.

Gut, fast erträglich. Ich konnte kaum atmen, als ich Victor ein Knie in die Leistengegend rammte und mich dann losriss, wobei ich eine Handvoll Haare hinter mir ließ.

Aber es hatte geklappt. Victor stöhnte und sackte zusammen. Da er mich nun nicht mehr an den Haaren festhielt, konnte ich mich frei bewegen.

Es gab nur ein kleines Problem. Victor war direkt auf meinen mit Blättern bedeckten Pelz gestürzt.

Von der anderen Seite des Baumes rief Carl eine Frage. Da bellte ein Wolf – Bastion, den würde ich überall erkennen. Er war frei. Und Arthur auch? Davon musste ich ausgehen.

Denn ich hatte keine Zeit, meine Meinung zu überdenken. Es hörte sich an, als kämen Dutzende von Füßen auf unseren Standort zu.

Ich warf einen Blick auf Victor, der sich auf dem Blattwerk krümmte, das mein abgewetztes Wolfsfell verbarg. So ungern ich es auch zugab, es war sicherer, meinen Pelz abzulegen, mich mit Arthur und Bastion zusammenzutun, sobald wir unsere Verfolger abgeschüttelt hatten, und dann zurückzukehren, sobald unsere Gegner weitergezogen waren.

Und wenn ich Glück hatte, würde vielleicht sogar Luke kommen und uns helfen.

So oder so, als Erstes mussten wir uns aus den Fängen unserer Feinde befreien. Also sprintete ich in den Wald, ohne auf mein flaues Gefühl im Magen Rücksicht zu nehmen, und ließ sowohl meinen Pelz als auch eine ordentliches Büschel Haare zurück.

Kapitel 27

Ein scharfer Stock bohrte sich in meine Ferse, aber das beachtete ich nicht weiter. Ich hatte kaum einen Augenblick Vorsprung, und schon hallte das Gebüsch wider vom Gepolter der Verfolger.

Und nicht nur hinter mir. Überall um mich herum. Hatten Carl und Victor Verstärkung angefordert? Das wollte ich gar nicht so genau wissen.

Ich wollte Bastion und Arthur finden ... aber das musste warten, bis ich meine Verfolger los war. Als Erstes würde ich mich wie ein Wildtier verhalten und auf dem Boden in Deckung gehen.

Zum Glück haftete das geborgte Wissen über das Gelände immer noch an mir wie ein Hauch von Zimt. Ich folgte dem Geruch des unvergessenen Gewürzes bergab zu einem Bachufer, das so steil war, dass ich mich in dem dort entstandenen Hohlraum zusammenkauern konnte. Lehmwände zerbröckelten, als ich mich mit einem Sprung in Sicherheit brachte. Eisiges Wasser klatschte gegen meine nackten Waden.

Hier unten überdeckte das Plätschern des sich bewegenden Wassers die Schritte der Wölfe in der Nähe. Ich konnte nicht hören, ob sie kamen ... und vielleicht konnten sie auch nicht hören, dass ich ging?

Das war meine einzige Chance, deshalb ergriff ich sie. Ich schlitterte über Steine und verfing mich an Wurzeln, bis meine Fingernägel schwarz umrandet und meine Zehen ganz weiß waren. Dann marschierte ich stromaufwärts, was sich wie eine Ewigkeit anfühlte, aber wahrscheinlich weniger als anderthalb Kilometer war.

Da. Eine schwache Erinnerung an Luke, der während eines plötzlichen Gewitters in einer morschen Buche Schutz gesucht hatte. Das Ufer war fast zu hoch, um hier hochzuklettern. Ein Wolf hätte es schaffen können, aber ich war bloß ein Mensch ...

Nein, auch ohne meinen Pelz war ich eine Woelfin. Ich rammte meine Füße in die Uferböschung, krallte mich an der Erde fest und zog mich mühsam Zentimeter für Zentimeter aus der Rinne, die durch die Kräfte des Wassers entstanden war.

Oben lag ich mit geschlossenen Augen da, lauschte und hörte nur ein entferntes Rascheln. Die Wölfe waren auf der Jagd, aber sie hatten mich noch nicht gefunden.

Ich öffnete die Augen und erspähte die glatte graue Rinde einer Buche, die Luke nur allzu bekannt war.

Der Unterschlupf sah genau so aus, wie ich ihn mir vorgestellt hatte. Leider war ich als Mensch größer, als Luke als Wolf gewesen war. Es gab nicht wirklich genug Platz, um hineinzupassen, aber ich schaffte es. Ich zwängte mich in die feuchte Dunkelheit und wandte mich ein weiteres Mal mit meinen Gedanken an Luke.

Denn als ich durch das eiskalte Wasser des Baches lief, wurde mir klar, dass Bastion, Arthur und ich nicht die Einzigen waren, die in Gefahr waren. Wenn Victor bereit war, sich mit Carl zu verbünden, war er mehr als nur ein verstimmter Rudelkamerad. Das Ganze sah immer weniger nach der

Vorbereitung einer Alphajagd aus und immer mehr nach einem handfesten Coup.

Also schickte ich wortlos Bilder in Lukes Richtung. Ich teilte ihm mit, dass Carl und Victor sich gegen uns verbündet hatten. Erwähnte meine Haarsträhne, die als erstes Pfand galt, in der Annahme, dass Victor immer noch vorhatte, eine Alphajagd auszurufen, anstatt hinterrücks zuzuschlagen.

Der Austausch war befreiend, wie eine heilsame Träne in den Armen eines geliebten Menschen. Aber die Wärme des Austauschs verblasste, als niemand antwortete.

Während ich einsam und verlassen dasaß, war der Wald der Dunkelheit erlegen.

Ich konnte kaum einen Schimmer grauen Himmels durch das Blätterdach erkennen, und jetzt hatte ich auch keinen Pelz, den ich mir um den Hals legen konnte, um besser sehen zu können.

Stattdessen fröstelte ich, als die Vorboten der Pelzlosen durch den dunkler werdenden Wald zogen. Geheule. Rufe. Schritte. Keiner von ihnen war besonders weit entfernt.

Ich war nicht entkommen. Ich hatte lediglich einen Aufschub der Hinrichtung erwirkt ... und das auch nur für mich.

Bastion und Arthur waren irgendwo da draußen. Zusammen, hoffte ich. Vielleicht wurden sie ja wieder gefangen genommen. Ich hatte darauf gesetzt, dass Victor und Carl aufgeben würden oder dass Luke auftauchen würde, um das Problem zu lösen. Aber nun war es an der Zeit, dorthin zurückzukehren, wo ich hergekommen war, meinen Pelz zurückzuholen und Bastion und Arthur selbst zu retten.

Also lauschte ich, während sich die nächsten Schritte näherten, wartete noch eine halbe Minute und schlüpfte aus meinem Versteck.

Als sich meine Augen daran gewöhnt hatten, hellte sich der Wald ein wenig auf. Das war auch gut so, denn meine Sinne waren lediglich menschlich. Das Mondlicht würde ausreichen, um mich davor zu bewahren, gegen Baumstämme zu laufen. Auf der Suche nach einer bestimmten Fährte, die mir der Geruch von Zimt versprochen hatte, fing ich mir jedoch an ziemlich unglücklichen Stellen Dornen auf der Haut ein.

Ich hatte keine Zeit, die Dornen schonend zu entfernen, also zog ich weiter. Ich ließ meine Zehen in die feuchte Erde sinken, während ich mich in Richtung meines Ziels bewegte. Wolfsnasen würden schon bald meine Spur aufnehmen, vermutete ich. Trotzdem würde es helfen, aus der entgegengesetzten Richtung zu kommen, aus der ich aufgebrochen war. Ich könnte ...

Da starrten mich plötzlich Wolfsaugen aus der Nacht an.

ICH HATTE KEINE WAFFE. Kein Schwert, kein Messer, nicht einmal ein Wolfsfell oder Krallen.

Stattdessen kroch ich in der Hocke durch das Laub auf der Suche nach Sand, den ich dem Wolf, der mich gefunden hatte, in die Augen schleudern konnte. Leider war das Laub hier sehr dicht. Meine Finger versanken eher in weicher Fäulnis als in körniger Erde. Ich weitete meine Suche aus und suchte diesmal nach einem kräftigen Ast.

„Honor."

Arthurs Gemurmel – mehr ein Lufthauch als ein Wort – ließ meine Finger erstarren. Sein nackter Körper schimmerte blass in der zunehmenden Dunkelheit. Der Wolf an seiner Seite drehte den Kopf … und zeigte Bastions weißgestreifte Schnauze.

Nur mit Mühe gelang es mir, meine eigene Stimme im Zaum zu halten. „Ihr seid in *Sicherheit*." Am liebsten hätte ich meinen Cousin gepackt und ihn fest gedrückt. Stattdessen begnügte ich mich damit, näher an ihn heranzurücken und mit meiner Hand einmal kräftig über seinen Kopf zu streichen.

Trotz der Blätter, die ich wahrscheinlich auf seinem Fell verteilte, schmiegte sich Bastion für einen Sekundenbruchteil an meine Finger, bevor Arthur sich räusperte. „Was machen wir jetzt?"

„Das ist … kompliziert." Ich schob mich an ihm vorbei und folgte dem Wildwechsel, der sich mit einer anderen Fährte kreuzte und mich zurück zu der Stelle führte, an der ich meinen Pelz versteckt hatte.

Doch dann legte Arthurs Hand sich auf meine Schulter und hielt mich auf. „Nichts für ungut, Schwertjungfer. Aber vielleicht solltest du lieber in deine Wolfsgestalt schlüpfen?"

Ich hätte am liebsten laut aufgelacht. Natürlich sollte ich eine Wölfin sein. Außerdem sollte ich auch noch mein Schwert, ein Handy und meinen *Pelz* haben.

Bastion an meiner Seite winselte, als hätte er zumindest einen Hauch von meinen Gedanken mitbekommen. Hatte er mich so gefunden? Unsere Bindung war zwar nicht ganz so ausgeprägt wie der Zwillingssinn, aber sie war dennoch ein Vorteil.

Arthur hingegen entpuppte sich eher als Hindernis. Ich versuchte, mich unter seiner Hand hervorzuwinden, aber seine Finger drückten immer fester zu, bis sie meine Schulter einklemmten. „Luke hat mich beauftragt, dich zu beschützen", fuhr er fort. „Und diese Richtung ist nicht sicher."

„Sie ist nicht sicher, aber das ist unumgänglich. Ich" – ich blickte auf Bastion – „habe etwas Wichtiges zurückgelassen."

„Was auch immer du zurückgelassen hast, es ist nicht wichtiger als dein Leben." Arthur schob mich in die Richtung zurück, aus der ich gekommen war. „Noch einmal, Schwertjungfer, ich empfehle dir dringend, dich zu wandeln."

Ich würde es also auf die harte Tour machen müssen. Ich hasste die Vorstellung, das einzige Mitglied von Lukes Rudel zu verletzen, das zu mir gehalten hatte, als ich mich von Victor gelöst hatte. Aber Blessuren heilen und Arthur würde mir verzeihen ...

Ich drehte mich ganz leicht zur Seite. Doch bevor ich Arthur über meine Schulter werfen und ihn zu Boden schleudern konnte, wandelte sich Bastion. Er gab sich keine Mühe, seinen eigenen Pelz zu verbergen, der sich von seiner Haut löste.

„Was sie dir sagen möchte", informierte mein Cousin Arthur und streichelte seinen Pelz, als wäre er eine Hauskatze, „ist, dass Honor ihr Wolfsfell zurückgelassen hat."

Kapitel 28

„Scheiße." Wenigstens ließ Arthur mich los, bevor er auf und ablief und fluchte. „Scheiße, Scheiße, Scheiße, *Scheiße*!"

Ich hob eine Augenbraue und sah Bastion an. „War das nun wirklich nötig?" Den veralteten Begriff für unseren Pelz zu benutzen, war bestimmt nicht gerade hilfreich.

„Er ist ein Freund", erwiderte Bastion. „Und wir brauchen Freunde, die wissen, was los ist."

Ob Arthur wirklich ein Freund war oder nicht, blieb abzuwarten. Im Augenblick konnte ich seine bullige Gestalt kaum erkennen, als er im Kreis um uns herumlief, sich die Haare raufte und immer ausgefallenere Schimpfwörter ausstieß.

Außerdem war er ungefähr so laut wie ein Bär, der gerade aus dem Winterschlaf erwacht war. Unsere Gegner schienen den Lärm noch nicht mitbekommen zu haben, aber es war nur eine Frage der Zeit, bis eine Patrouille auf uns aufmerksam werden würde ...

Gerade als ich widerwillig zu meinem ursprünglichen Plan zurückkehren wollte, Arthur aus dem Verkehr zu ziehen, wandte er sich mir zu. „Und der Alpha hat davon gewusst?" Er wedelte mit den Armen herum und deutete sowohl auf mich als auch auf Bastions Pelz.

„Ja, natürlich." Luke wusste natürlich von meiner Geschichte, als er mich gebissen hat.

Plötzlich packte mich Arthur an beiden Armen und zog mich nach vorne, damit er seine Nase in mein Schlüsselbein drücken konnte.

Seine Haut war kalt an meiner, während sein heißer Atem viel zu nah war. Bastion streckte die Hand aus, um Arthurs Griff zu lösen, aber ich schüttelte den Kopf.

Ja, wir waren alle nackt und ein Pelzloser drückte sein Gesicht an meine Brust. Aber der Geruch von Zimt, der in meiner Halsbeuge auf mich wartete, wurde immer stärker, je länger wir auf Tuchfühlung waren. Für den Bruchteil einer Sekunde konnte ich sogar Luke am anderen Ende der Verbindung spüren.

„Wo bist du?", fragte er. Er schrie, aber die Worte waren so leise, dass ich sie kaum hören konnte.

„Im Camp. Nun ja, fast. Und du?"

Meine Worte wurden zu mir zurückgeworfen, als hätte ich meine Antwort in einen heftigen Sturm geschrien. Keine Antwort von Luke. Hatte er mich überhaupt gehört?

In der Zwischenzeit ließ Arthur mich sanfter los, als er mich anfangs festgehalten hatte. Seine Augenbrauen – so gut ich das in der Dunkelheit erkennen konnte – wirkten fragend.

„Also." Er kratzte sich am Bart, dann nickte er. „Ja, also holen wir deinen ..." Er fuchtelte unsicher mit den Armen herum.

„Wolfsfell", ergänzten Bastion und ich gemeinsam. „Pelz", fügte ich hinzu und nannte ihm damit den moderneren Ausdruck.

DANACH SPRACHEN WIR nicht mehr viel, weil wir nicht mehr konnten. Bastion und Arthur wechselten wieder zu ihrer Fellgestalt und schwärmten aus, um nach Schwierigkeiten Ausschau zu halten, während ich mich auf zwei Beinen zu unserem Ziel vorarbeitete.

Die Entfernung war mir kurz vorgekommen, als ich in einem Adrenalinrausch vor Angst geflohen war. Der Rückweg dauerte hingegen zehnmal so lang.

Zuerst hatte ich noch gedacht, wir hätten Glück gehabt. Denn aus der Richtung der hohlen Buche, die jetzt gute anderthalb Kilometer hinter uns lag, ertönten Rufe. Dann häuften sich vereinzelte Rufe an der Stelle, an der unsere Gegner meine Spur aufgenommen haben mussten.

Das war sowohl schlecht als auch gut. Schlecht – sie waren mir auf der Spur. Gut – es würde eine Weile dauern, bis sie meine derzeitige Position erreicht hätten.

Außerdem war der Mond bereits über dem Horizont aufgegangen, sodass ich meine Geschwindigkeit deutlich erhöhen konnte. Ich war also gerade dabei, den zweiten Wildwechsel entlang zu laufen, als Bastions Körper gegen mein Schienbein knallte.

„Was ...?"

Seine Zähne an meinem Knöchel drückten kräftig genug zu, um mich zu warnen. Wir waren nicht mehr allein hier draußen.

Schon gut, ich hab's kapiert. Ich ließ meine Hand auf seine Halskrause sinken und er ließ von mir ab. Gemeinsam gesellten wir uns zu Arthur und zwängten uns in den Schatten eines breiten Baumstamms.

Eines vertrauten Baumstammes. Die zerklüftete Rinde und die abrupte Krümmung in drei Metern Höhe ließen mich vermuten, dass wir meinem Pelz näher waren, als mir bewusst war.

War das der Grund, warum Bastion mich aufgehalten hatte? Er war in seiner Wolfsgestalt und schwieg, also konnte ich mich nur dicht an die Wölfe auf beiden Seiten schmiegen und dem Wald zuhören.

Lange Zeit war das auch alles, was ich hörte – Wald. Das Rascheln von Blättern. Der markante Ruf eines Käuzchens. Dann ... Stimmen, die gerade nah genug waren, um die Worte zu verstehen.

„Sie war in ihrer Wolfsgestalt. Sie kann kein Pfand bei sich gehabt haben."

Carl. Ich hatte angenommen, er wäre mit dem Rest seiner Verbündeten unterwegs, um in der hohlen Buche zu schnüffeln. Stattdessen schien er mit seinen Füßen durch das Laub zu schlurfen wie ein verspieltes Kind.

In Victors Stimme war nichts Spielerisches zu hören, als er antwortete. „Er sollte sich hier befinden. Irgendwo in der Nähe. Finde ihn und Carly gehört dir."

Als sich das Rascheln verstärkte, lief mir ein Schauer über den Rücken. Nicht nur wegen der Bedrohung für Lukes junge Cousine – die war sicher in New York City bei meiner Schwester. Aber mein Pelz nicht, und zwischen den Bäumen war ein Lichtschimmer aufgetaucht.

Als ob jemand eine Taschenlampe angemacht hätte. Als ob sie wüssten, dass ich einen Pelz hatte und auf der Jagd danach war ...

Ich machte einen Schritt nach vorne, aus dem Schatten des Baumstamms heraus, hinter dem wir kauerten, in das Mondlicht. Wir waren zu dritt und sie zu zweit. Anders als vorhin, als ich geflohen war, verfügten wir jetzt über den Vorteil der Überraschung.

Als Arthur mich mit dem Rücken gegen den Baumstamm drückte und mir die Hand auf den Mund legte, rutschte Bastion nicht nach oben, um ihn aufzuhalten. „Falls du das nicht riechen kannst, sie haben Waffen." Arthurs Stimme war nur ein Hauchen. „Und zwei andere Shifter als Verstärkung. Der Trick, mit dem Bastion und ich uns das erste Mal befreit haben, wird kein zweites Mal klappen. Jetzt da rauszugehen wäre Selbstmord."

Meinen Pelz zurückzulassen, damit er gefunden würde, wäre genauso schlimm. Ich biss in seine Handfläche, aber Arthur wich nicht mal mit der Wimper zurück. Die Pelzlosen müssen an übermenschliche Schmerzen gewöhnt sein.

Und dann stand Bastion auf zwei Beinen da ... und gab Arthur recht. „Honor, hör mir zu. Wir müssen uns zurückziehen. Ich hole ihn dir zurück, versprochen."

Zwischen uns lag die Erinnerung an den vergangenen Sommer. Die Erinnerung an meinen Cousin, der mit dem Tod gerungen hatte, während ich versucht hatte, seinen Pelz wiederzuerlangen, und dabei fast gescheitert wäre.

„Wir bringen ihn zurück", stimmte Arthur zu. „Oder vielleicht finden sie ihn ja gar nicht."

Das war zu viel der Hoffnung. Von der anderen Seite des Baumstamms kam ein Freudenschrei, gefolgt von Victors schadenfroher Stimme. Seine Worte jagten mir einen Schauer über den Rücken.

„Sie hat also Recht gehabt."

Kapitel 29

Victors Finger auf meinem Pelz bohrten sich wie Dolche in meinen Magen. Aber alles, was ich denken konnte, war: *Sie?*

Das einzige weibliche Mitglied des Acostaclans, das gewusst hatte, dass ich eine Woelfin war, war Ruth. Ruth war auch diejenige, die dafür eingetreten war, Carly zum Wohle des gesamten Rudels aufzugeben.

Ruth hatte im Namen des Clans gekämpft, als ihr Vater noch Alpha gewesen war. Sie hatte Michael unterstützt, bis klargeworden war, dass der Junge nicht Rudelführer sein wollte. War es so abwegig zu denken, dass sie sich eine andere Marionette als Herrscher aussuchen würde – einen wie Victor, der mit Carl verbündet war – wenn ihr Geschlecht ihr die tatsächliche Führungsrolle verwehrte?

Ich konnte sogar mit ihr mitfühlen ... bis ich an Lukes Reaktion auf den Verrat seiner Schwester dachte. Selbst ohne meinen Pelz fletschte ich die Zähne.

Aber ich war schon zu lange in Gedanken versunken. Auf der anderen Seite des Baumes gesellten sich jetzt weitere Stimmen zu denen von Victor und Carl. Unsere Gegner kamen immer näher. Wie Arthur schon gesagt hatte, waren es viel zu viele, als dass wir es zu dritt unbewaffnet mit ihnen hätten aufnehmen können.

Und ich hatte nicht vor, Ruths Schuld oder Unschuld aufzudecken, indem ich nackt im Wald herumstand. Nein, wir würden uns neu aufstellen. Wir würden zum Camp aufbrechen, wo Luke auf uns warten sollte. Wir würden ihn vor Ruths möglichem Verrat warnen und dann zurückkehren, um meinen Pelz zu holen, sobald wir die Situation unter Kontrolle gebracht hatten.

Bastion meldete sich eine Millisekunde, nachdem ich meine Entscheidung getroffen hatte, zu Wort. „Sind wir uns also einig?"

Ich nickte. Arthur, der mich die ganze Zeit über festgehalten hatte, lockerte seinen Griff Finger für Finger.

Leider machte die Entscheidung, sich zurückzuziehen, die Ausführung des Plans nicht weniger riskant. Ich wühlte mich durch die Erinnerungen – Lukes, meine, unsere gemeinsamen – auf der Suche nach einer Route, die für Victor und Carl schwer zu verfolgen sein würde. Denn es würde nicht lange dauern, bis jemand Wind von unserer Spur bekommen würde und ...

„Da drüben!" Der Ruf kam so nah, dass ich mich umdrehte und eigentlich erwartete, einen Pelzlosen zu sehen.

Doch niemand war in Sicht, aber die Stimme war von dem Weg gekommen, den wir genommen hatten, um hierher zu gelangen. Mit ihren Werwolfsnasen würden sie unseren derzeitigen Aufenthaltsort in kürzester Zeit erschnüffeln.

Jetzt war unsere Zeit endgültig abgelaufen.

ICH WEISS NICHT MEHR genau, wie wir beim zweiten Mal entkommen sind. Nein, das stimmt nicht ganz. Ich sehe

Erinnerungsfetzen. Eisiges Wasser. Ein Tal voller Bäume, die von einem heftigen Sturm umgerissen worden waren. Wir sprangen von einem waagerecht daliegenden Baumstamm zum nächsten, bis unsere Fährte weniger ein Pfad als vielmehr ein Rätsel war.

Aber nur die Hälfte meiner Aufmerksamkeit galt der Gegenwart. Die andere Hälfte verbrachte ich damit, mir vorzustellen, wie Luke reagieren würde, sobald er herausgefunden hatte, dass Ruth ihr Versprechen, meine wahre Herkunft geheim zu halten, gebrochen hatte. Ich strengte meinen Geist an und versuchte, mit ihm Kontakt aufzunehmen, obwohl es hinter meinen beiden Augen schmerzhaft pochte.

„Luke, bist du da?" Ich passte meine Worte an das Stampfen der Füße auf dem Asphalt an. Wir waren auf der Straße und rasten so schnell dahin, dass meine Fersen von jedem Aufprall schmerzten. *„Bist ... du ... da? Luke?"*

Bastion und Arthur hätten mich leicht überholen können, da sie sich ja in Wölfe wandeln konnten. Aber ich war derjenige, die den richtigen Weg kannte und es war wahrscheinlicher, dass die Gefahr hinter uns auftauchte, als vor uns. Obwohl wir unsere Verfolger schon vor einer Stunde abgehängt hatten, lief Bastion neben mir her, während Arthur hinter mir blieb.

Sie liefen leichtfüßig mit, während jeder meiner Schritte zu einem wahren Kraftakt wurde. Sollte ich zusammenbrechen oder weiterlaufen? Es war nicht gerade angenehm, als Mensch vor Wölfen wegzulaufen. Trotzdem ... wir waren entkommen.

Für den Augenblick.

Ich war um Haaresbreite davon entfernt, zusammenzubrechen, als der riesige Metallbriefkasten des Camps vor uns in Sicht kam. Also zwang ich meine Füße, ein bisschen schneller zu laufen. Beim Einbiegen in die Einfahrt war das Heulen so weit entfernt, dass ich es fast für melodische Hintergrundmusik halten konnte und nicht für die furchteinflößende Ankündigung von tödlichen Absichten.

Kamen unsere Gegner näher? Schwer zu sagen. Trotzdem ließ ich es zu, dass ich langsamer wurde, während ich mir meinen Weg durch das Unkraut bahnte.

Denn auf Schotter konnte ich auf keinen Fall rennen. Nicht, wenn meine Füße bei jedem Schritt pulsierten. Außerdem lagen die Hütten, die ich von meiner Zeit hier kannte, gleich hinter der nächsten Kurve. Wir waren fast zu Hause ...

Auf jeden Fall nah genug, dass Luke mich hätte hören müssen. Also streckte ich zum tausendsten Mal die Hand aus, um mit ihm Kontakt aufzunehmen. *„Sei vorsichtig mit Ruth. Ich weiß, dass sie deine Schwester ist, aber ...“*

Ich erhielt keine Gelegenheit, den Gedanken zu Ende zu führen. Denn jemand auf zwei Beinen und nackt trat aus den Bäumen zwischen mir und den Hütten.

Jemand Vertrautes und Weibliches. Vernarbt. *Ruth.*

Ich erkannte Lukes Schwester sofort, aber ihr Gesichtsausdruck irritierte mich für eine Sekunde. Statt ihres üblichen griesgrämigen Gemüts erstrahlte sie vor Freude.

Sie strahlte Triumph aus. Weiblichkeit. Eine Kraft, die so stark war, dass sie eher zu schweben als zu laufen schien.

Dann trafen sich unsere Blicke und ihr Gesicht verfinsterte sich, als sie Worte aussprach, die ich noch nie zuvor aus ihrem Mund gehört hatte. „Honor, es tut mir leid."

Die Bestätigung für ihren Verrat traf mich wie ein Schlag in den Magen.

Kapitel 30

Arthur drängte sich zwischen uns, bevor ich antworten konnte. Von hinten sah er aus wie Luke, mit seinen breiten Schultern und seiner Zielstrebigkeit. Also ließ ich ihm den Vortritt. Ließ ihn die Frage stellen, auf die ich keine Antwort haben wollte.

„Was tut dir leid?"

„Die Pfänder." Honor sprach zu ihren Füßen. „Drei Stück. Zu viele. Aber das reicht nur zur Hälfte, um eine Jagd zu erzwingen. Und vielleicht ist ja auch niemand zurückgekommen, um sie zu holen ..."

Drei anstelle von zwei? Hatte Ruth von den Magneten und dem Schwert gesprochen, die ich ihr anvertraut hatte, und nicht von meinem menschlichen Haar und meinem Pelz? Wollte sie es so aussehen lassen, als wäre sie nicht diejenige gewesen, die Victor den Hinweis gegeben hatte, dass ich eine Woelfin war?

Arthur schüttelte den Kopf, während ich noch versuchte, mich durch das Labyrinth von Ruths Gedankengängen zu arbeiten. „Nicht drei. Fünf." Seine Fäuste ballten sich. „Wir haben zwei Pfänder im Wald verloren. Und du weißt, was das bedeutet."

Ruths rasselnder Atem war entweder sehr gutes Schauspiel oder ehrliche Verzweiflung. „Dass das letzte Pfand im Spiel ist."

Sie wandten sich mir zu, zwei Pelzlose, die genauso angestrengt dreinschauten. Ich breitete die Arme aus, um meine Aussage zu untermauern. „Ich habe nichts mehr, was man mir abnehmen könnte, also könnt ihr diesen Ausdruck getrost sein lassen."

„Du selbst bist das letzte Pfand." Arthur streckte die Hand aus, als wolle er mich an den Schultern packen. Ich wich aus, während er mit Ruth sprach, als ob ich gar nicht da gewesen wäre. „Wir können nicht riskieren, dass Honor gefangen genommen wird. Ich nehme den Wagen des Rudels und bringe sie von hier weg ..."

Ich war vorbereitet auf seinen zweiten Versuch, mich zu überwältigen. Schnell schob ich meine Arme zwischen seine, als er sich nach vorne streckte. Dann verdrehte ich mich und wehrte seinen Versuch, mich zu packen, ab. „Daraus wird nichts. Ruth, wo ist Luke?"

Bastion war jetzt neben mir, in seiner Wolfsgestalt und knurrte. Seine Gegenwart verschaffte mir den nötigen Spielraum, um mich auf Ruths Antwort zu konzentrieren, anstatt mich vor einem weiteren wohlmeinenden Angriff zu schützen.

„Ich habe den Clan zusammengetrommelt." Ihr Blick löste sich von meinem. „So habe ich auch deine Pfänder verloren. Ich hatte sie bei mir, als ich Grace, Tante May und die Kinder an ihrem Auto abgesetzt habe."

Ich wollte zwar den Rest hören, aber schon das hörte sich nicht richtig an. „Tante May ist mit meiner Schwester fortgegangen?"

„Eine Rudelprinzessin sollte eine weibliche Verwandte als Anstandsdame haben." Ruths gesenkte Augenbraue zeigte mir, dass ich eine Idiotin war, weil ich das nicht verstanden hatte, ohne dass man mir das sagen musste.

Na gut. Wie auch immer. Die Regeln der Pelzlosen waren im Augenblick nebensächlich. Es war an der Zeit, wieder zur Tagesordnung überzugehen. „Fahr fort."

Jetzt klang ich wie ein Werwolf. Aber es klappte.

„Luke hat mich angerufen, als ich auf halbem Weg zurück war. Es war ein Notfall. Einsame Wölfe haben sich zusammengetan und versucht, das Rudel in eine Sackgasse zu treiben. Ich bin als Wölfin losgezogen, um sie einzuholen."

Sie wischte sich mit einer Hand über die Stirn und murmelte vor sich hin. „Das ist keine Entschuldigung."

Ruth schien ehrlich betroffen zu sein von dem, was meiner Meinung nach ihr kleinster Fehler gewesen war. Vielleicht lag ich also mit meiner Vermutung daneben?

Trotzdem war es verdammt praktisch, dass sie sich im Camp aufhielt, während der Rest des Rudels vor unseren Feinden auf der Flucht war. Und warum sollten sich einsame Wölfe, die von Natur aus Einzelgänger waren, zusammentun? Waren sie dazu von Carl bestochen worden? Als Ablenkung, während Ruth das letzte Pfand an sich nahm?

„Du hast meine Frage nicht beantwortet. Über Luke. Wo ist er jetzt?"

Mein Tonfall muss härter gewesen sein, als ich beabsichtigt hatte, denn Arthur schaute mich fragend an. Bastion knurrte. Ruths Nasenflügel flogen auf, aber ihre Stimme war ruhig, als sie antwortete.

„Ich weiß nicht genau, wo Luke ist. Die einsamen Wölfe sind gegen Mittag über uns hergefallen. Sie müssen die Schwäche unseres Clans gerochen haben. Luke hat ein

Ausweichmanöver unternommen. Er hat mich hierhergeschickt, um auf dich zu warten und dir zu helfen, mit Carl fertig zu werden."

„Ach, hat er das?" Ich kaufte ihr das nicht ab, aber ich konnte mir auch nicht vorstellen, warum Ruth eine so verworrene Geschichte erfunden haben sollte. Vielleicht für Arthur? Wenn ja, dann schien es zu klappen. Der ältere Mann blickte zwischen uns hin und her, als wüsste er nicht, wem er glauben sollte.

Ich hatte also nur noch Bastion als verlässlichen Verbündeten. Meine Füße pochten. Zurück zur Hauptstraße zu laufen würde zwar anstrengend werden, aber ich würde es tun. Die Frage war nur: Wohin sollte ich von dort aus weiterlaufen?

Anstatt zu antworten oder anzugreifen, wie ich eigentlich von ihr erwartet hatte, reckte Ruth ihr Kinn hoch und schnupperte in der Luft zwischen uns. „Du glaubst, ich lüge." Dann kniff sie die Augen zusammen und erhob ihre Stimme. „Justice! Komm doch mal raus."

Das war eine seltsame List. Noch seltsamer war es, als mein Cousin aus der Richtung der Hütten antwortete. „Bin schon auf dem Weg."

War Justice in ihren Plan eingeweiht? Ich schüttelte den Kopf. Das war nicht möglich.

„Und bring mein Handy mit", rief Ruth zurück. Dann, etwas leiser: „Luke ist zu weit weg, aber du kannst ihn selbst anrufen. Das Letzte, was ich gehört habe, war, dass er und die Omas einen Pickup kurzgeschlossen haben."

Justice tauchte aus der Dunkelheit auf, das Handy in der Hand. Aber er gab es Ruth nicht, obwohl sie mit den Fingern herumfuchtelte.

Stattdessen sah er mich mit schmerzverzerrtem Gesicht an. „Grace hat gerade eine Anfrage für einen Videochat geschickt. Ich habe angenommen. Sie möchte sich *jetzt sofort* über die Scheidung unterhalten."

DAS WORT *Scheidung* raubte mir für einen Augenblick den Atem. Kein Wunder, dass ich mich kaum an das Handy klammern konnte, das mir Justice übergab.

Ich schluckte und schaute mich nach meinem Publikum um. Alle außer Justice verfügten über ein hochsensibles Wolfsgehör. Ich glaubte nicht, dass ich es schaffen würde, dieses Gespräch zu führen, wenn so viele Leute mithörten.

Die Hütten waren zu weit weg, als dass meine wunden Füße mich hätten dorthin tragen können, aber der verlässliche Kombi des Rudels wartete keine drei Meter von uns entfernt. Ich richtete meine Frage an Ruth: „Meinst du, ich könnte mir kurz mal dein Auto ausleihen?"

„Nur zu." Die Schlüssel wirbelten durch die Luft auf mich zu. Ich fummelte mit dem Handy herum, um den Schlüsselbund zu erwischen. Am Ende blickte ich wieder in Graces anklagende Augen, als das Handy kopfüber auf der Erde landete.

Den Stoffregalen hinter ihr nach zu urteilen, hatte meine Schwester es zurück in ihre Wohnung geschafft. Zu schade, dass sich ihr Temperament zu Hause nicht gebessert hatte.

„Das ist dringend." Ihre Augen weiteten sich bedeutungsvoll.

„Nur eine Sekunde", versprach ich. Bildete ich mir das nur ein, oder war das Gesicht meines Zwillings noch verkniffener als das von Justice? Dies würde kein einfaches, angenehmes Gespräch werden.

Jeder Kieselstein in der Gegend drückte gegen meine aufgeschürften Füße, als ich mich zum Kombi durchschlug. Es war eine Erleichterung, auf den Fahrersitz zu rutschen und den Schlüssel im Zündschloss so weit zu drehen, dass das Radio zum Leben erwachte.

Wieder einmal lief ein schwermütiger Song mit einem Text über verlorene Liebe und verpasste Gelegenheiten. Meine Hand hob sich, um den Schalter umzulegen und die Ablenkung abzuschalten, doch dann zögerte ich, als mir einfiel, dass ich meine Ruhe haben wollte. Stattdessen steckte ich das Handy in die Halterung auf dem Armaturenbrett und nahm das Unvermeidliche hin.

„Also gut, Grace, ich höre."

Die Antwort hätte von meiner Schwester kommen sollen, aber das Timbre war tiefer und der Ton böser. „Das hat ja lange genug gedauert."

DAS WAR NICHT GRACE. Ich setzte mich aufrechter hin. Lehnte mich nach vorne, als die Kamera wild herumschwenkte, bevor sie auf Lukes Großtante landete.

Ihr Gesicht war von den gleichen Narben und Falten gezeichnet, die ich in Erinnerung hatte. Aber ihre Augen waren begeistert von dem, was sie vorhatte. Oh, und habe ich schon das Messer erwähnt, das an den Hals ihrer Urenkelin gedrückt wurde?

Tante May wartete einen Augenblick und vergewisserte sich, dass ich alles mitbekommen hatte. Wie Carlys Hand nur wenige Zentimeter vor der Messerklinge schwebte. Das Zittern der Lippen des Mädchens, als sie versuchte, angesichts der tödlichen Bedrohung durch ihre eigene Verwandte ruhig zu bleiben, was ihr nicht gelang.

Sie. Ich blinzelte. Victor hatte also doch nicht von Ruth gesprochen.

„Ich sehe, wir verstehen uns." Die alte Frau lächelte, als sich die Puzzleteilchen in meiner Erinnerung zusammenfügten. „Dann kann ich mir die Erklärungen sparen, hm? Ich muss keine hektischen Fragen nach dem Warum und Wer und Wie beantworten?"

Ich wollte ihr versichern, dass ich alles verstanden hatte. Wollte zu den Verhandlungen übergehen – es musstc doch Verhandlungen geben, sonst hätte Tante May Grace nicht den Auftrag gegeben, anzurufen.

Aber die Kamera zitterte leicht, als hätte meine Schwester Schwierigkeiten, ihre eigenen Gefühlsregungen unter Kontrolle zu halten. Oder bereitete sie gerade einen Angriff vor?

Wenn ich es mit jemand anderem zu tun gehabt hätte, wäre ich für Unterstützung dankbar gewesen. Aber Tante May, so vermutete ich, würde nicht zögern, Carly einen Finger abzuhacken, um zu beweisen, dass sie es ernst meinte. Nicht, wcnn das, was ich über die Vergangenheit zu vermuten begann, wahr war.

Leider verfügte Grace nicht über die Erfahrung von Tagen mit dem Acostarudel, um ihr Handeln zu beeinflussen. Also forderte ich Tante May heraus, anstatt verständnisvoll zu nicken. „Du hast also Easton über die Klippe geführt."

Tante Mays Lächeln wurde breiter und zeigte ihre wolfsscharfen Zähne. „Und ich habe auch die Bärenfalle aufgestellt. Und meinem Neffen damit den Bauch aufgerissen. Doch leider war Lukes Vater zu stark für mich, sonst hätte ich die Sache schon damals zu Ende gebracht. Aber du möchtest etwas über Easton wissen?" Sie zuckte mit den Schultern. „Der Junge hat nicht auf mich gehört, als ich ihm erklärt habe, dass die Zeit für Pfänder noch nicht reif war. Er wäre zu einer Belastung geworden."

Ich konnte ja verstehen, dass sie so dachte ... wenn sie in einer verdrehten Welt lebte, in der Machtgewinn alles war. „Wie hast du das angestellt?"

Sie zuckte mit den Schultern. „Ein einfacher Hüftstoß, um dich von der Seite des Felsvorsprungs zu stoßen, dann eine verzweifelte Aufforderung an unser Rudel, dass mein Enkel doch bitte ein wenig schneller laufen möge. Du hast doch nicht etwa gedacht, dass du und Luke die Einzigen seid, die sich auf diese Weise miteinander verständigen können, oder? Eine Großmutter hat eine besondere Verbindung zu ihren Enkeln."

Eine besondere Verbindung ... und keine Skrupel, sie umzubringen, wenn sie nicht mehr von Nutzen waren. „Verstanden", erwiderte ich. „Und was möchtest du im Austausch für Carly?"

„Einen fairen Tausch." Tante May zuckte mit den Schultern. „Komm nach New York und wir tauschen. Du gegen sie."

Ich schluckte.

„Hast du denn gar nicht gemerkt, dass ich dich immer im Visier hatte? Victors Kerl war leider nicht schnell genug, um sich auch noch das letzte Pfand zu schnappen, bevor du Verstärkung holen konntest. Aber das ist auch gut so. Ein Spiel ist doch umso spannender, wenn der Verlierer erst eine Zeit lang in Schach bleibt, bevor ich den König schachmatt setze."

Den König schachmatt setzen ... das heißt, Tante May wollte mich benutzen, um Luke zu entmachten. Das wiederum führte zurück zur Alphajagd. Eine erbitterte Auseinandersetzung zwischen den Rudelmitgliedern, die mit Toten und einem neuen Alpha an der Spitze enden würde.

Und ich konnte das nicht verhindern. Denn ich war nicht Ruth. Aber ich weigerte mich, Carly zu opfern. Stattdessen ließ ich meine Hand zurück in meinen Schoß sinken. „Wann? Wo?"

Während ich sprach, zerbrach ich mir den Kopf, um mir eine andere Lösung einfallen zu lassen – keine leichte Aufgabe, wenn Tante May im Hintergrund kicherte. Das Problem war nur, dass sie mich ganz schön in die Enge getrieben hatte. Da sie Carly mit dem Messer bedrohte und ich hier im Camp unter Beobachtung stand, konnte ich nicht riskieren, die möglichen Verbündeten zu warnen, die nur ein paar Schritte von mir entfernt dastanden. Ich hatte also überhaupt keine Verbündeten mehr.

Nein, das war falsch. Meine Verbindung zu Luke konnte das Problem lösen. Ich streckte mich nochmal nach ihm aus und drängte so heftig, wie ich konnte, um die Verbindung zwischen uns zu herzustellen. Und ich fand ...

... ein großes, fettes Nichts. Die erste, zaghafte Annäherung zerplatzte wie eine Seifenblase, sobald sich unsere Gedanken berührten.

„Ich erwarte dich morgen Nachmittag hier", fuhr Tante May fort. Carly hatte Tränen in den Augen, aber ich nahm keine Rücksicht auf den Schmerz des Mädchens, sondern konzentrierte mich auf ihre Großtante. „Sagen wir so gegen zwei? Ich brauche meinen Schönheitsschlaf, und du und Victor braucht Zeit, um nach New York zu kommen."

Ich zuckte bei der Erwähnung ihres überlebenden Enkels zusammen. Wenn Victor den gleichen Trip unternahm, bedeutete das, dass ich Recht gehabt hatte über ...

„Ja, Liebes. Das ist die Alphajagd. Victor wird dich einfordern, er wird sich mit dir verpaaren, das Rudel wird unter seiner Führung zusammenkommen und ich ziehe dabei die Fäden. Und jetzt lass den Motor an. Und melde dich bei niemandem, bis du hier bist. Wenn doch, wird die süße kleine Carly den Preis dafür bezahlen."

Kapitel 31

Ich drehte den Schlüssel im Zündschloss und fuhr los, wobei ich Ruths Fäuste auf der Motorhaube und Justice' lautstarke Fragen ausblendete. Sobald ihre Zehen außer Reichweite waren, gab ich Gas. Und hielt erst an, als ich so weit entfernt war, dass mich niemand mehr einholen konnte. Selbst dann blieb ich nur lange genug stehen, um im Kofferraum nach neuen Klamotten zu wühlen.

Es gab nicht viel zur Auswahl. Eine alte Socke, die ich als Lappen benutzt hatte, als ich das Öl kontrolliert hatte. Eine Windjacke, die einem Mann gehört haben muss, denn sie reichte mir fast bis zu den Knien.

„Das reicht", beschloss ich und ließ die Socke zurück, während ich mir die Windjacke überstreifte. Dann tippte ich die Adresse von Graces Wohnung in eine Kartenapp ein und klemmte mich wieder hinters Steuer.

In den nächsten zwölf Stunden versuchte das halbe Rudel, mich anzurufen. Nun, das stimmt nicht ganz. Aber es gab jede Menge verpasste Anrufe. Und SMS, von denen ich einige aus den Augenwinkeln mitbekommen habe.

Ich kam aber nicht in Versuchung, sie zu beantworten. Erst als Luke sich meldete.

„Honor, wo bist du? Wir können das gemeinsam in Ordnung bringen."

Ich krallte meine Hände um das Lenkrad, um zu verhindern, dass sie zur Seite rutschten und ohne meine Erlaubnis antworteten könnten. Die Wahrscheinlichkeit war groß, dass Victor nicht der Einzige im Rudel war, der Tante Mays Willen nachkam. Wenn sie jemanden hatte, der Luke über die Schulter schaute, ob er wohl unerlaubten mit mir in Verbindung trat, wollte ich nicht für Carlys Tod verantwortlich sein.

Stattdessen fuhr ich gerade schnell genug, um nicht von der Polizei angehalten zu werden, und achtete darauf, dass ich immer das zweitschnellste Auto auf der Straße war. Mein Magen knurrte ... und irgendwann hörte er auf zu knurren. Nach einer Weile hörten auch die Nerven in meinen Füßen auf, mich jedes Mal zusammenzucken zu lassen, wenn ich fester auf das Gaspedal drückte. Ich war zu erschöpft, um den Schmerz zu spüren.

Sobald ich den Lincoln Tunnel erreicht hatte, war ich wie betäubt. Hupende Autos jagten mir genügend Adrenalin ein, sodass ich mich durch den abgedrehten Verkehr schlagen konnte. Ich parkte das Auto planlos, wohlwissend, dass es abgeschleppt werden würde, aber das war mir egal.

Zitternd legte ich meinen Finger auf die Klingeltaste. „Grace", krächzte ich. Die Tür öffnete sich und ich stolperte hindurch, halb in der Erwartung, dass Tante May drinnen auf der Lauer lag.

Stattdessen war es meine Schwester, die die Treppe zu mir herunterpolterte. „Sie sind weg!" rief Michael, der ihr folgte. „Ich habe versucht zu riechen, wo sie hin sind! Aber ich habe sie am Ende des Blocks verloren!"

Ich blinzelte. „Wie spät ist es?"

„Du bist nicht zu spät." Grace trug mich halb die Treppe hinauf. „Tante May ist gleich nach eurem Gespräch verschwunden. Sie hat gesagt, dass sie sich heute Nachmittag meldet. Bis dahin kannst du dich in meinem Bett ausruhen. Ich wecke dich rechtzeitig."

Plötzlich befand sich eine weiche Matratze hinter mir. Ich ließ mich darauf fallen und betrachtete die Wasserflecken an der Decke.

„Mach die Augen zu", forderte Grace.

Und ich gab nach.

ICH TRÄUMTE VON LUKES Rudel. Sie stürmten massenhaft von der Ladefläche eines Pickups auf die Leute zu, die ich im Camp zurückgelassen hatte. *„Wo ist sie?"*, verlangte Luke.

„Hier!", antwortete ich. Aber das Wort konnte nicht mal ich selbst hören. Ich fuchtelte mit der Hand vor meinem Gesicht herum. Und sah nichts. Ich war nicht mehr in Luke drin, so wie zuvor. Stattdessen war ich so ungreifbar wie ein Geist.

Ruth hingegen hatte Luke gehört und antwortete. *„Wenn ich wüsste, wo Honor ist, würde ich mich dann noch im Camp herumtreiben?"*

Luke fuhr sich mit der Hand durch die Haare, die Locken verfingen sich in seinen Fingern. *„Honor würde nicht einfach abhauen."*

„Es ist ganz schön hart, als Köder für die Jagd herzuhalten", entgegnete Ruth. *„Ich sage ja nicht gern, dass ich es dir gesagt habe, aber ... ich habe es dir ja gesagt. Es ist besser, sie gehen zu*

lassen und sich jemand Stärkeren zu suchen. Ein Alpha muss die Bedürfnisse des Rudels an erste Stelle setzen."

Was auch immer Luke antworten wollte, ich konnte es nicht hören. Denn ich war nicht neben ihnen. Sie waren nicht mal da, nicht wirklich. Das war alles bloß ein Traum.

Im Halbschlaf hörte ich ein Rascheln von der anderen Seite von Graces Wohnung. „Sollen wir sie aufwecken?" Das war Michael. „Sie wird Zeit haben wollen, um sich ihre Waffen auszusuchen!"

„Honor braucht mehr Schlaf." Das war Grace. „Es ist erst eine Stunde her."

„Vielleicht sollten wir in Honors Wohnung einbrechen, um ihre Klamotten zu holen!"

Ich lächelte fast über Michaels Versuch zu helfen. Und in der Stimme meiner Schwester konnte ich ein echtes Lächeln hören, als sie antwortete. „Sie kann doch meine nehmen."

Die Tatsache, dass ich meine Schwester und Lukes Bruder gehört hatte, bedeutete, dass ich nicht träumte. Und trotzdem sah ich mit geschlossenen Augen Lukes strahlend blaue Augen, die sich in meine bohrten.

„Ich bin in Graces Wohnung", versuchte ich ihm zu sagen. *„Tante May hält Carly als Geisel fest und Victor steckt da auch mit drin. Ich selbst tausche demnächst mit Carly. Eine Rettung wäre jetzt nicht schlecht."*

Sein Gesichtsausdruck veränderte sich nicht. Stattdessen verschwand sein Gesicht in der Dunkelheit. Meine verkrampften Muskeln entspannten sich und das Pochen in meinen Zehen ließ nach.

Ich konnte nichts tun, außer zu schlafen.

Dann rüttelte die Hand meines Zwillings an meiner Schulter. „Es ist Zeit, Honor."

Für eine Sekunde kuschelte ich mich enger in ihr Kissen und weitete meine Nasenflügel. Ich wartete darauf, dass mich der Zimtduft einhüllte.

Schließlich hatte Lukes Duft jeden anderen Traum von ihm bestimmt. Das Versprechen, dass die Träume einen Hauch von Wahrheit enthalten hatten. Eine greifbare Erinnerung an das, was Luke und ich miteinander teilten.

Der Zimtduft war dabei gewesen, als Carly und Michael vor einer Woche in meinen Träumen gezankt hatten. Das war eine tatsächliche Erinnerung von Luke gewesen, wie ich feststellen musste, als ich seine Nichte persönlich getroffen hatte.

Dieser Traum musste ähnlich sein. Zumindest hoffte ich das verzweifelt.

Ich schnupperte noch fester. Entschlossen, suchend.

Doch alles, was ich roch, war Graces Haarspülung, nach der das Kissen duftete.

MEIN MUND SCHMECKTE nach Abwasser. Nun, nicht wörtlich, aber ich hatte den leisen Verdacht, dass ich am Ende des Tages wissen würde, wie Abwasser schmeckt.

Denn wo würde sich Tante May in New York City wohl verkriechen? Wahrscheinlich irgendwo, wo es dunkel und feucht und muffig war.

„Hier." Grace drückte mir eine Tasse Tee in die Hand. Nicht irgendeine Tasse, sondern die, die Bastion mir jeden Morgen gebracht hatte, als wir noch nebeneinander gewohnt hatten und eigentlich nur entfernte Nachbarn gewesen waren. „Trink."

Ich ließ mich auf einen Stuhl an ihrem winzigen Küchentisch sinken und betrachtete das Waffenarsenal, das auf der polierten Holzoberfläche ausgebreitet war. Es gab Messer, Pistolen und Schwerter in allen Formen und Größen. Ich strich mit meinem Finger über die scharfe Kante eines der Schwerter und lächelte, als Blut herausquoll.

„Wo kommt das alles her?"

Grace strahlte vor Stolz, obwohl ihre Antwort angesichts der Umstände eher zurückhaltend ausfiel. „In New York City findet man alles. Ich wollte, dass du die Wahl hast."

Grace und Michael standen vor mir wie Rekruten, die darauf hofften, für eine wichtige Aufgabe ausgewählt zu werden. Warum war mir letzten Sommer nicht aufgefallen, wie kräftig meine Schwester war? Und Michael – er wuchs gerade in die großen Stiefel hinein, die seine Brüder ihm hinterlassen hatten. Trotzdem ...

„Ich kann euch nicht mitnehmen. Wenn Tante May irgendjemanden außer mir sieht, wird sie anfangen, Stücke von Carly abzuschneiden."

Michael wich zurück. Grace nicht. Sie musterte mich und wartete ab, weil sie wusste, dass ich noch nicht fertig war.

„Aber ihr könnt mir ja folgen. Nimm Michael an die Leine und benutze seine Nase, um mich aufzuspüren."

Der Junge blickte auf seine Zehen hinunter, sein Mund hing nach unten. „Ich habe Tante May gestern nicht finden können ..."

„Weil sie nicht gefunden werden *möchte*. Grace, ich brauche dein stärkstes Parfüm."

Kapitel 32

„D as *stinkt* nicht. Es *duftet*", erklärte meine Schwester, während sie zwei ordentliche Spritzer auf die Unterseite meiner geliehenen Stiefel sprühte.

„Wow, das ist ..." Wie auch immer Michael seinen Satz beenden wollte, man wird es nie erfahren, denn er brach in einen Niesanfall aus.

Ich hingegen lehnte mich näher heran. Mein Zwilling hatte Recht. Das Parfüm duftete angenehm. Moschusartig, süß und dezent blumig.

Ich griff nach meinem Pelz ... oder besser gesagt, nach der Stelle an meinem Hals, an der normalerweise mein Pelz hing.

Meine Hand fand nichts. *Richtig.* Deshalb hat mich das Parfüm auch nicht so erdrückt wie Michael.

„Kann ich ein Fenster öffnen?", bettelte der Junge. Tränen liefen ihm über die Wangen.

Grace knurrte fast wie eine Wölfin, als sie den Fensterflügel hochschob. „So, besser?"

Offenbar nicht. Michael hing schließlich mit dem ganzen Kopf aus dem Fenster, während Grace und ich darauf warteten, dass das Handy klingelte.

Doch das tat es nicht. Nicht gegen zwei Uhr. Und auch nicht gegen drei. Um vier gab ich nach und verspeiste etwas von dem Essen, das mein Zwilling mir vorsetzte, obwohl ich nicht sagen konnte, wie es schmeckte.

Meine mangelnde Aufmerksamkeit war wahrscheinlich ganz gut, denn Justice war der einzige in unserer Familie, der Nudeln kochen konnte, ohne dass das Wasser dabei anbrannte. Aber selbst dieser Gedanke reichte nicht aus, um mich zum Lächeln zu bringen.

Kurz nach fünf hörte ich auf, mich mit Belanglosigkeiten abzulenken und stellte fest, dass man mich verarscht hatte. „Sie ruft nicht an."

Alle Gründe, warum Tante May mich vom Rudel trennen wollte, schwirrten mir durch den Kopf. Ich befühlte das Schwert an meiner Hüfte, richtete meinen linken Stiefel so aus, dass das Messer in der versteckten Tasche nicht an meinem Knöchel rieb, und entschied mich zum vierten Mal dagegen, eine Pistole zu meinem Waffenarsenal hinzuzufügen.

Irgendwie fühlte es sich nicht richtig an, die Regeln von Lukes Rudel zu brechen.

„Der Alpha würde wissen wollen, wo wir sind." Michaels Stimme war sanftmütig, sein Blick auf das abgewetzte Linoleum gerichtet. Wie Carly war er es nicht gewohnt, jemandem zu widersprechen, der einen höheren Rang als er hatte.

„Luke möchte, dass Carly in Sicherheit ist, koste es, was es wolle", erwiderte ich. „Sobald ich an ihrer Seite bin, kannst du dich bei jedem melden. Aber bis dahin müssen wir uns an die Regeln halten."

Ich wandte mich Grace zu und erwartete, dass sie mich in dieser Frage unterstützen würde. Aber mein Zwilling hatte etwas ganz Anderes im Sinn. „Wegen der Scheidung ..."

Ich schluckte. Ich glaubte wirklich nicht, dass ich das jetzt durchziehen konnte. Nicht mit drei Stunden Schlaf, einer Tasse Tee und dem Essen, das ich ohne hinzusehen in meinen Mund gestopft hatte.

Es wäre allerdings gelogen, wenn ich behaupten würde, dass die mangelhafte Verpflegung der einzige Grund für das plötzliche Unwohlsein in meinem Magen gewesen wäre.

„Schau mich nicht so an", schnauzte Grace und klang dabei so sehr wie unsere tote Mutter, dass mir fast ein Lächeln gelang. „Ich entschuldige mich dafür. Ich hatte bloß Angst vor alledem ..." Ihre Handbewegung erfasste Michael, die Waffen auf dem Tisch, die Welt der Pelzlosen. „Das ist nicht meine Welt. Ich habe ja probiert, ein Teil davon zu sein. Dann habe ich probiert, dich aus ihr herauszudrängen, in der Hoffnung, du würdest mich über alles stellen. Aber ich begreife jetzt, dass das alles reine Einbildung war."

„Grace ..." Ich hätte sie am liebsten umarmt, aber zwischen uns stand eine unsichtbare Mauer aus einem Jahrzehnt unterschiedlicher Lebensentscheidungen.

„Honor", antwortete sie. Ihr Lächeln war jetzt echt, wenn auch traurig. „Ich nehme die Scheidung zurück, um Bastions und Justice willen. Aber du und ich sind eben ganz unterschiedlich. Das sehe ich inzwischen ein. Es ist wie in dem Song, den du unaufhörlich gesungen hast, als wir elf waren."

Ich schüttelte heftig den Kopf. Ich erinnerte mich an diesen Sommer, an meine Besessenheit von den Mamas and the Papas. Ich wollte einfach nicht hören, dass Grace diese Worte aussprach.

Aber ich konnte meinen Mund nicht öffnen, um sie abzuhalten. Und unser Zwillingssinn übertrug meine Verzweiflung nicht.

Oder vielleicht wollte Grace das auch einfach nicht hören. Stattdessen umschrieb sie die Worte für mich.

„Du bist nicht gefangen, Honor. Du kannst davonfliegen."

Bevor mir eine Antwort einfallen konnte, die nicht mit Heulen begann und endete, klingelte das Handy, das ich schon den ganzen Nachmittag lang umklammert hatte.

ICH ORDNETE MICH IN den Feierabendverkehr ein, das Handy an mein Ohr gepresst. „Bieg rechts ab", murmelte Tante May. „Jetzt über die Straße."

Sie hatte mich im Blick, so viel war klar. Das bedeutete, dass Grace und Michael meine Schritte nicht so leicht verfolgen konnten.

Doch das Parfüm muss gewirkt haben, denn ich konnte sie dort hinten spüren. Ohne Pelz kühlte meine Haut trotz der Kleidung, die ich mir aus dem Schrank meiner Schwester geliehen hatte. Dass Grace unsere Beziehung aufgekündigt hatte, ließ meine Beine schwanken. Aber wenigstens war unsere Zwillingsbindung noch intakt.

Als ob unser kurzes Gespräch uns näher zusammengebracht hätte, während es uns zwei getrennte Lebenswege ermöglichte. Die Enge in meiner Kehle drohte mich zu ersticken und ich verdrängte alle Gedanken an meine Zwillingsschwester. Sie und ich konnten uns später um unsere Beziehungsprobleme kümmern. Im Moment musste ich mich auf Tante May und die von ihr entführte Großnichte besinnen.

„Kann ich mit Carly sprechen?", fragte ich und wich einem Haufen von Leuten aus, die sich um einen Brezelwagen scharten.

„Du wirst sie noch früh genug sehen, wenn du dich beeilst. Komm jetzt in die U-Bahn-Station, Liebes."

Die Tatsache, dass Tante May mich „Liebes" nennen konnte, während sie Carlys Leben bedrohte, ging mir gehörig gegen den Strich, aber ich gehorchte trotzdem. Ich kaufte wie befohlen ein Ticket. Schlüpfte durch das Drehkreuz und polterte eine weitere Treppe runter.

Die Zugtür schloss sich gerade, als ich mich ihr näherte. „Steig ein", befahl Tante May.

„Es ist zu spät ..."

In ihrer Stimme lag Stahl. „Ist das wirklich dein letztes Wort?"

Ich schlüpfte durch die Lücke und ließ meine Verfolger hinter mir.

Kapitel 33

Nachdem ich dreimal umgestiegen war, lag mein Zwillingssinn brach, während ich mich auf das Straßenniveau begab. Unterstützung schien jetzt unwahrscheinlich, aber ich konnte mich immer noch gegen Carly austauschen. Oder wenn das nicht wie geplant klappte – denn ein Geiseltausch klappte nie wie geplant –, konnte ich eine Möglichkeit finden, Carly zu beschützen und Zeit zu schinden, während Grace Zeit hatte, die Stadt auseinanderzunehmen.

Meine Füße brachten mich mal wieder um. Graces Stiefel waren zwar schick, aber sie verursachten zusätzlich zu meinen blauen Flecken auch noch Blasen.

„Du hinkst, Liebes", bemerkte Tante May durch den Lautsprecher, der an mein Ohr gepresst war. „Vielleicht hättest du vernünftigeres Schuhwerk wählen sollen."

Mir fehlte die Kraft, auf meine Worte zu achten. „Meinst du, dein Spitzel könnte mich dann mitnehmen?"

Je schneller diese wilde Verfolgungsjagd durch New York City endete, desto schneller konnte ich Carly aus dem Griff der alten Frau reißen.

„Nicht nötig. Bieg um die Ecke und du bist da."

Der Strom der Fußgänger hatte nachgelassen und mein Weg wurde durch eine mit Warnschildern versehene, aber leere

Baustelle versperrt. Ansonsten glich die Straße Dutzenden von anderen, die ich in der letzten Stunde entlanggelaufen war. Geschäfte mit Markisen säumten das Erdgeschoss, darüber befanden sich Wohnungen. Metall knirschte unter meinen Stiefeln, als ich durch eine der Schiebetüren trat, die die Ladenbesitzer geöffnet hatten, um die Lieferungen in ihre Keller zu befördern.

Die Lieferungen kamen normalerweise während der Arbeitszeit, aber die Tür nebenan war offen. Ich schreckte vor der gähnenden Dunkelheit zurück, als Tante May mich tadelte. Ihre Stimme kam diesmal aus zwei Richtungen – sowohl aus dem Handy als auch aus der Dunkelheit.

„Komm runter, Liebes. Wir warten auf dich."

Im stockdunklen Keller? Wölfe hielten wohl nicht viel von Beleuchtung.

Aber es war nicht die Dunkelheit, die mich abschreckte. Es war der fehlende Pelz, was bedeutete, dass ich nicht riechen konnte, ob Lukes Nichte anwesend war. Es war schon schwierig genug, mich gegen sie auszutauschen – am besten würde ich nichts riskieren, wenn die Kleine gar nicht da war.

„Carly?", rief ich, während ich mit meinen Stiefeln über die oberste Betonstufe scharrte, um ein wenig Parfüm abzustreifen. Wenn ich wahnsinniges Glück hatte und Grace irgendwie unseren Zwillingssinn nutzte, um mich unter den neun Millionen Leuten in New York City aufzuspüren, wollte ich nicht, dass Michael ahnungslos an meinem Ziel vorbeilief.

Einen langen Augenblick lang war es ruhig im schwarzen Loch des Kellers. Dann rief Carly zurück: „Ich bin hier, Honor. Es ..."

Ihr letztes Wort klang verwaschen, als hätte sich eine Hand über ihren Mund gelegt. Trotzdem lächelte ich zum ersten Mal seit Stunden.

Mein Gehirn war vor Erschöpfung benebelt. Meine Füße fühlten sich an, als ob Gnome an ihnen nagen würden. Aber ich hatte Carly gefunden.

Der Spaß hatte begonnen.

Ich lächelte ... dann drehte ich mich im Kreis und vergewisserte mich, dass keine Pelzlosen darauf warteten, sich auf mich zu stürzen. Doch die Straße blieb seltsam leer, es war überhaupt niemand in diesem Block zu sehen.

Also rief ich eine Taxiapp auf und legte die Regeln für den Tausch fest. „Sobald Carly im Auto ist, lasse ich mein Schwert fallen und komme runter. Bis dahin ...“

Mir hätte auffallen müssen, dass ich zwar die Straße nach Anzeichen von Werwölfen abgesucht hatte, aber nicht in die Markise darüber geschaut hatte.

Denn ich wollte meinen Satz gerade zu Ende bringen, als ein Luftzug an mir vorbeirauschte. Füße stampften auf den Bürgersteig. Eiserne Finger warfen Justice' Handy auf den Boden, bevor sie sich wie Handschellen um meine Handgelenke legten.

„Hast du mich vermisst, Schwertjungfer?“, flüsterte Victor.

Er war nicht mal außer Atem, obwohl er schon mehrere Minuten auf den Eisenträgern gehockt und gewartet haben musste. Ich humpelte, als er mich die Treppe hinunterführte.

DIE KELLERTÜREN FIELEN hinter uns zu und tauchten den Raum in völlige Dunkelheit. Jemand fummelte an einem

Schloss herum – oder ich nahm an, dass dies der Grund für das Klacken von Metall auf Metall war. Dann knipste Tante May ein Licht an.

Die nackte Glühbirne baumelte an einem Kabel über ihr. Es war eine alte Glühbirne, deren Licht kaum die Schatten zwischen den Metallregalen voller Flaschen und Kisten erhellte. Ein zusätzlicher Lichtschein drang aus einem winzigen Fenster, das sich wahrscheinlich genau auf Straßenniveau und gleichzeitig weit über Tante Mays Kopf befand.

Trotz der beruhigenden Wirkung der Glühbirne und des schmutzigen Fensters erinnerte die überwältigende Dunkelheit den Keller an eine Kulisse aus einem Horrorfilm.

Die Atmosphäre war jedoch weniger wichtig als die Frau, wegen der ich gekommen war. Carly saß fröstelnd in ihrem schwarzen Spitzennachthemd auf der Kante eines Metallklappstuhls. Ihr Kinn war aufgerichtet, aber ihre nackten Beine und Arme waren von einer Gänsehaut überzogen. Ihr war kalt und sie fühlte sich unwohl, aber sie schien unverletzt zu sein.

Tante May schnippte mit den Fingern. „Schau hierher, Liebes. Arme ausstrecken, bitte."

Victor ließ meine Handgelenke langsam los und wartete darauf, dass ich mich gegen ihn wehren würde. Aber da waren vier weitere Pelzlose, die nur wenige Schritte von uns entfernt lauerten. Carl und drei seiner Kumpane. Hatten sie die Bestimmungen von New York City missachtet und waren mit Schusswaffen angerückt?

Ich konnte nicht riskieren, dass Carly ins Kreuzfeuer geriet. Also befolgte ich Tante Mays Anweisung. Ich breitete meine

Arme und Beine aus und versuchte, nicht zusammenzuzucken, als Victor mich abtastete.

„Du stinkst", stellte er fest, als er mir mein Schwert und die beiden auffälligsten Messer aus der Hand nahm. „Wenn du erst mal meine Gefährtin bist, wirst du solchen Dreck nicht mehr tragen."

Offensichtlich war Michael nicht der Einzige, der sich an Graces Parfüm störte.

Trotzdem bewegten sich seine Hände weiter. Zuerst strichen sie über die Innenseite meiner Jeans – als ob ich dort eine Waffe verstecken würde – und dann glitten sie unter mein Shirt, um sich wie Würmer auf meiner Haut zu winden.

„Es ist noch nicht so weit, Schatz." Tante Mays Tadel war mild, aber Victor wich so schnell zurück, dass er dabei fast über seine eigenen Füße gestolpert wäre. Deshalb hatte sie sich wohl entschieden, ihn in der Nähe zu behalten, während sie Easton getötet hatte. Victor war bereit zu gehorchen.

Tante May schenkte ihrem Enkel keine Beachtung und richtete ihre Aufmerksamkeit auf mich. „Also, Honor, lass uns darüber reden, was als Nächstes passiert."

Sie wollte reden? Das war Teil meines ursprünglichen Plans gewesen – verzögern, verzögern, verzögern, bis Verstärkung eintraf, um mich zu retten. Und so willigte ich ein, obwohl die Wahrscheinlichkeit, dass Luke die Stadt erreicht oder Michael diesen Keller in naher Zukunft findet, ungefähr so groß war wie ein verlorener Hundert-Dollar-Schein, der noch immer im Central Park liegt, wenn der ursprüngliche Besitzer eine Woche später zurückkehrt, um ihn zu suchen.

„Du hast doch mich", sagte ich und stellte das Offensichtliche fest. „Jetzt kannst du Carly freilassen."

Tante May musste lachen. „Das erwartest du doch nicht wirklich, oder, Liebes? Nein, ich sage dir, wie das hier abläuft."

Ihre Erklärung nahm mehr Zeit in Anspruch, als ich erwartet hatte. Das wäre toll gewesen, wenn meine Verbindung zu Luke funktioniert hätte.

Stattdessen blieben meine stummen Nachrichten unbeantwortet, während Carly sich auf die Lippe biss und Tante May Klartext über Eisprung und Empfängnis sprach. Unsere Entführerin hatte vor, zwei Erben der Blutlinie der Acostas zu zeugen – Victors Erbe durch mich und Carlys Erbe mit der Hilfe von Carl – um so den Coup abzusichern. Und das Beste daran? Carls Platz in seinem Rudel und in der Beziehung zu uns wäre auch gesichert, wenn sein Sohn das Blut der Acostas teilen würde.

Beide Babys würden heute Nacht gezeugt werden, was mir sehr unwahrscheinlich erschien, bis ich erfuhr, dass Wölfe den Menstruationszyklus riechen konnten. Carly und ich waren beide genau in der Zeit, in der wir geschwängert werden konnten.

„Ernsthaft?" Ich konnte mich nicht entscheiden, ob ich lachen oder schreien sollte. „Du erwartest von uns, dass wir hier, heute Abend, vor Publikum Sex haben? Ist das für die potenziellen Daddys in Ordnung?"

Carl und Victor traten wie brave kleine Soldaten vor, obwohl Carl ein bisschen mulmig zumute war. „Da hinten steht ein Feldbett." Der jüngere Mann deutete vage auf die versteckten Winkel des Kellers, in die das Licht der Glühbirne nicht reichte. Er räusperte sich und fügte hinzu: „Kein Publikum."

Das war also das Einzige, was ihn an dieser Situation störte? Nicht die Vergewaltigung einer Vierzehnjährigen? Nicht, dass Tante May sich wie eine Spinne in ihrem selbst gesponnenen Netz verhielt?

Nachdem ich Carl nicht ernstnehmen konnte, wandte ich mich wieder an die Drahtzieherin der Aktion. „Und Luke?"

Tante May schaute mich an, als wäre ich eine besonders schlechte Schülerin. „Wenn wir uns dem Rudel wieder anschließen, wird Luke beseitigt, genau wie sein Vater."

Ich spürte fast, wie sich die Fänge ihrer Falle um mich schlossen. Aber wir unterhielten uns ja bloß miteinander und unternahmen nichts. Das bedeutete: „Du brauchst meine Unterstützung, damit das alles klappt. Das Rudel wird Victor nicht unterstützen, wenn ich nicht bereit bin mitzumachen."

Das musste der Grund sein, warum Tante May mich ausgewählt hatte und nicht irgendeine andere Frau. Ich war Lukes Gefährtin und auch seine Schwertjungfer. Wenn ich diese Position zugunsten von Victor aufgeben würde, würde die Alphajagd mit einem entscheidenden Knall enden.

„Aber das bist du doch, Liebes." Tante May machte eine flüchtige Handbewegung und ein seltsames Zittern lief über meine Haut.

Nein, das war kein Zittern. Einer der Pelzlosen hantierte mit meinem Pelz. Er baumelte vor Tante May wie ein schleichender Schatten, aber sie achtete nicht auf das mit Pelz überzogene Leder, während sie in einer Handtasche von der Größe Manhattans herumwühlte.

„Ah, da haben wir's ja", sagte sie nach einem endlosen Augenblick. Etwas klackte in ihrer Hand, dann erschien eine Flamme an der Spitze eines billigen Plastikfeuerzeugs.

„Du wirst freiwillig mitmachen, oder dein Pelz verbrennt, Liebes", fügte sie hinzu und ließ ihren Worten Taten folgen.

ZUERST WAR DIE FLAMME ja angenehm und wärmte den kalten Klumpen in meinem Bauch. Dann begann mein Pelz tatsächlich Feuer zu fangen.

Der Geruch von verkohltem Leder erfüllte den Keller. Ich drückte mir die Hand in den Bauch, obwohl ich wusste, dass das nichts an den Schmerzen dort ändern würde. Mit zusammengebissenen Zähnen stieß ich ein einziges Wort hervor: „Nein".

„Nein?" Tante May war es nicht gewohnt, dass man sie zurückwies. Kein Wunder, dass ihre Hand zuckte und das Feuerzeug dicht an meine Haut drückte. Ich brannte. Nein, mein Pelz brannte. Es war schwer, den Unterschied zu erkennen, als die Qualen mich in orangefarbenen Feuerfluten überrollten.

Ruth hatte Recht gehabt. Eine Woelfin war nicht stark genug, um sich mit einem pelzlosen Alpha zu paaren. Tränen traten mir in die Augen. Nicht nur vor Schmerz. Ich wusste, dass ich scheitern würde ...

„Hör auf!", schrie Carly. Ich hasste es, dass sie das mit ansehen musste. Ich hasste es, dass ich sie nicht wie geplant von hier weggebracht hatte.

Ich klammerte mich an diesen Hass, als Tante May mich erneut fragte. „Möchtest du deine Antwort ändern?"

Ich brachte kein Wort heraus. Konnte mir nur auf die Zunge beißen und mir vorstellen, was Ruth geantwortet hätte. Verärgert schüttelte ich den Kopf.

Meine Augen waren zugekniffen, aber ich konnte immer noch Flammenzungen sehen, die an meinem Körper leckten. Ich würgte, öffnete meinen Mund ...

... dann stockte mir der Atem, als harte Stiefel die Flammen auslöschten.

Als ich die Tränen zurückblinzelte, merkte ich, dass niemand mehr meine Arme hielt. Denn Victor hatte mich stehen lassen, um seiner Großmutter meinen Pelz wegzunehmen. „Tot nützt sie mir gar nichts", knurrte er, als er den letzten Rest des Feuers löschte.

Dieser letzte Tritt raubte mir mehr als nur den Atem. In meiner Wirbelsäule drehte sich etwas, und der stechende Schmerz kämpfte mit den Verbrennungen, die ihm vorausgegangen waren, um die Vorherrschaft.

Ich klammerte mich an ein Regal und hätte es fast mit mir zu Boden gerissen. Aber das war mein Augenblick. Ich ...

„Haltet sie fest."

Die eisernen Fingerfesseln waren wieder da und Victor hatte noch nicht mal meinen Pelz mitgebracht. Stattdessen lag mein versengtes Leder dort, wo es hingefallen war, vor den Füßen seiner Großmutter.

Carly erhob sich hinter Tante May halb aus ihrem Stuhl. Carls Hand auf ihrer Schulter war zwar weniger auffällig als Victors Griff um meine Handgelenke, aber nicht weniger bestimmend. Lukes Nichte hatte versucht, mir zu Hilfe zu kommen, obwohl ich doch eigentlich sie hätte retten sollen.

Ich zwang die Worte aus einem Mund, der wie Ruß schmeckte. „Lass Carly und Luke frei und ich tue, was auch immer du möchtest."

Tante May schnaubte, genau wie Ruth das auch getan hatte. „Habe ich dich da möglicherweise missverstanden? Glaubst du wirklich, dass du verhandeln kannst, Liebes?"

Sie hatte Recht. In Anbetracht meiner Lage war das zu viel verlangt.

Aber gleichzeitig lag sie damit auch falsch. Ich hatte *durchaus* eine gewisse Verhandlungsmacht, sonst hätten wir nicht mehr miteinander gesprochen. Es muss eine Menge bedeuten, wenn sich eine Schwertjungfer bereitwillig einem neuen Alpha hingibt.

Also reduzierte ich meinen Wunschzettel auf einen einzigen Punkt. *„Tut mir leid, Luke"*, entschuldigte ich mich, obwohl ich wusste, dass er mich nicht hören würde. *„Aber Carly ist noch ein Kind. Du hingegen hast dich freiwillig darauf eingelassen."*

Dann sprach ich laut: „Wenn du Carly gehen lässt, mache ich mit Victor die Sache mit dem Nackenbiss und unterstütze ihn als Rudelführer. Außerdem unterstütze ich ihn sogar dabei, wenn er Luke in Stücke reißt."

Kapitel 34

„Netter Versuch, aber nicht gut genug." Während sie sprach, trat Tante May auf meinen Pelz. Der Druck war unangenehm, aber zu ertragen. Ihre Andeutung war es hingegen nicht.

Ihre Seite des Schachbretts war voll von starken Figuren. Das Einzige, was mir blieb, um meinen König zu unterstützen, war ein mickriger Bauer.

Der Bauer war natürlich ich. Bauern arbeiteten sich immer vorwärts, ein Schachfeld nach dem anderen.

Außer, wenn sie töteten. Dann taten sie das mit einem überraschenden, schrägen Angriff.

Ich beugte meinen Knöchel und spürte, wie das Messer dort meine Bewegung einschränkte. Mein Blick flog zu dem winzigen Fenster, das für einen Erwachsenen zu klein war, um hindurch zu schlüpfen.

Aber eine Vierzehnjährige? Die könnte es gerade so schaffen.

Um Carly zum Fenster zu bringen, musste ich allerdings einen anderen Kurs einschlagen.

„Möchtest du wirklich, dass deine Enkelin auf diese Weise ihre Jungfräulichkeit verliert?", fragte ich Tante May. „In einem Keller? Nach all den Maßnahmen, die du ergriffen hast, um ihre Tugend und ihr Ansehen zu schützen. Ist das nicht das genaue Gegenteil von dem, was du dir für eine Rudelprinzessin wünschst?"

Tante May schwankte. Nur ein winziges bisschen. Aber sie unterbrach mich nicht, also fuhr ich fort.

„Wie wäre es damit? Du gewährst der Kleinen einen Aufschub. Wartest, bis sie ein Bett, ein Zimmer und eine Tür mit einem Schloss hat. Lässt sie jetzt meine Sachen anziehen, um ihre Würde zu schützen. Dann begebe ich mich dorthin", ich deutete in die Richtung, in die Carl gewunken hatte, „und zeuge dir freiwillig einen Erben. Und sobald wir fertig sind, darfst du sogar an meinem Hintern riechen, um sicherzugehen, dass ich schwanger bin."

Anscheinend war das Riechen am Hintern so eine Sache. Denn Tante May nahm keinen Anstoß an der Unterstellung, sie sei nicht besser als eine gewöhnliche Hündin. Stattdessen blickte sie zwischen Carl und Victor hin und her.

Wollte sie abwägen, wie ihre Enkelin am nützlichsten sein würde? Als Geisel für mein gutes Benehmen oder als Mutter des dritten Thronfolgers des Rudels?

„Unsere Abmachung ...", begann Carl.

Tante May brachte ihn mit einer erhobenen Hand zum Schweigen. Sie wandte sich stattdessen an ihren Enkelsohn. „Victor, was hältst du davon?"

Das war eine Bewährungsprobe. Eine Prüfung für die beiden jungen Männer. Waren sie zu hitzköpfig, um über langfristige Entscheidungen nachzudenken? Konnten sie zusammenarbeiten, auch wenn ihre Interessen auf den ersten Blick im Widerspruch zueinander standen?

„Heute Abend wird gebissen", entschied Victor. „Und deine Verpaarung findet morgen statt, Carl."

Die Handlanger in den Schatten scharrten mit den Füßen. Vielleicht machten sie auch einen gemeinsamen Schritt nach vorne. Das konnte ich aus den Augenwinkeln nicht erkennen.

Ich hatte schon ganz vergessen, dass die Schläger alle von Carl kamen, nicht von Victor. Wenn Carl seinen Verbündeten hintergehen und Carly mit Gewalt entführen wollte – oder auch mich –, dann waren Tante May und Victor so weit unterlegen, dass er es zumindest versuchen konnte.

Ich vermutete, dass sie nicht nur zahlenmäßig, sondern auch in Bezug auf Waffen unterlegen waren.

„Das dauert doch nicht lange", fuhr Victor fort, und seine Stimme klang so angespannt, wie die von Ruth. Hörte sich so ein Alpha an? „Nimm es oder lass es."

Und ... Carl nahm den Vorschlag an. Er wich zurück, trotz seiner überlegenen Schlagkraft. Vielleicht wegen Victors Tonfall? Was auch immer der Grund war, seine Stimme war leise, als er zustimmte. „In Ordnung."

„Also kann ich der armen Kleinen meine Jacke geben?", fragte ich, und meine Stimme war genauso leise wie die von Carl.

Victor löste seine Hand von meinen Handgelenken. „Tu dir keinen Zwang an."

ICH ZOG CARLY IN DAS gedämpfte Licht unter dem Fenster, und niemand störte sich an dem neuen Sicherheitsabstand zwischen uns und unseren Entführern. Privatsphäre für Rudelprinzessinnen ... selbst wenn sie entführt worden waren und gegen ihren Willen verpaart werden sollten.

Die Heuchelei war zwar lachhaft, aber ich würde jeden Vorteil nutzen, den ich bekommen konnte.

Zu diesem Zweck stellte ich uns so auf, dass ich mit dem Rücken zum Raum stand und Carly hinter mir geschützt war. Dann zog ich mich so laut wie möglich aus und nutzte das Rascheln von Stoffen und das Surren von Reißverschlüssen, um die unterschwellig gemurmelten Anweisungen zu verbergen.

„Antworte nicht, aber berühre meine Hüfte, wenn du mich hören kannst."

Einen Augenblick lang blinzelte Carly mich nur an. Dann streckte sie zaghaft einen Finger aus, um den Bund meiner Jeans zu berühren.

„Gut. Super. In Ordnung." Ich hatte Mühe, mich aus Graces Lederjacke herauszuwinden, die mir eigentlich gar nicht groß genug war. Wir waren zwar eineiige Zwillinge, aber durch das Schwerttraining waren meine Schultern kräftiger als die meiner Schwester. Die Kleidung, die ich trug, war für einen schlankeren Körperbau gemacht.

Zu allem Überfluss fing meine Seite auch noch an zu schmerzen, wenn ich sie verdrehte. Und um eine Jacke auszuziehen, die wie eine zweite Haut passte, musste man sich schon ganz schön verrenken.

Ich schenkte dem Schmerz keine Beachtung und fuhr fort, mich auszuziehen und Carly in einer Lautstärke anzusprechen, die für meine menschlichen Ohren zu leise war, um sie wahrzunehmen. Ich hoffte nur, dass die Pelzlosen drei Meter entfernt von uns ähnlich beeinträchtigt sein würden.

„Da ist ein Fenster über dir – schau nicht hin. Und ein Messer in dem Stiefel, den ich dir reiche. Ich sorge für ein

Ablenkungsmanöver, dann möchte ich, dass du das Messer gegen jeden einsetzt, der versucht, dich aufzuhalten. Spring aus dem Fenster, dreh dich nach links und dann wieder nach links und dann sind so viele Leute um dich herum, dass dich niemand mehr erwischen kann. Du musst also schnell sein."

„Was ist mit dir?", fragte Carly.

Ich zuckte zusammen. Wenn ich sie hören konnte, konnten alle anderen sie auch hören.

Ich versuchte, mich noch ein bisschen mehr zu bewegen, als ich aus meiner Jeans schlüpfte, aber das reichte nicht, um Victor zu beeindrucken. „Nicht quatschen", forderte er. Der Luftzug auf meiner nackten Haut verriet mir, dass er einen Schritt in Richtung unserer nicht wirklich geschlossenen Umkleidekabine gemacht hatte.

„Ich komme schon klar", versicherte ich Carly, während ich mich umdrehte, um mich dem Pelzlosen zuzuwenden, der mich zu seiner Gefährtin machen wollte. Es war Zeit für die Ablenkung, die ich versprochen hatte.

Ich griff hinter meinen Rücken und öffnete meinen BH.

„CARLY BRAUCHT DEINE Unterwäsche nicht", warnte Tante May.

Aber keiner der Männer hat sich beschwert. Ihre Augen zuckten nach unten und blieben an der einzigen Waffe hängen, die ich noch hatte. Ich hoffte, dass niemand außer mir das Klappern von Metall auf Metall hörte, als Carly die Dosen auf dem Regal zur Seite schob, um genug Platz zu schaffen, um hochzuklettern.

Aber natürlich waren die Ohren der Pelzlosen übermenschlich. „Was macht sie da?", fragte Carl.

Ohne meinen Pelz waren die menschlichen Muskeln den Muskeln eines Werwolfs nicht gewachsen. Ich blinzelte ... und Carl war hinter mir. Seine Hand packte Carly am Knöchel, bevor sie sich ein Regal höher und außer Reichweite ziehen konnte.

Und Victor bellte zu meiner Überraschung einen Befehl. *„Fass meine Cousine nicht an."*

Eine halbe Sekunde lang waren alle wie erstarrt. Wie schon bei Lukes Ankündigung über die Teilnehmerinnen am Wettrennen, saugten Victors Worte den ganzen Sauerstoff aus dem Raum.

Ich leckte mir über die Lippen und war überrascht, dass ich mich überhaupt noch bewegen konnte. Aber ich war nicht mit meinem Pelz verbunden. Keine Wölfin, also auch kein Alphazwang.

Das heißt, ich konnte sprechen.

„Carly, nimm das Messer!", forderte ich.

Anstatt zu gehorchen, krümmte sich das Mädchen und zögerte. Sie war von Victors Befehl nicht betroffen. Stattdessen war sie durch ihre tief verwurzelte Demut wie erstarrt.

Schließlich hatte sie ihr ganzes Leben damit verbracht, denen zu gehorchen, die älter waren als sie. Vor allem auf Männer galt es, auf jeden Fall zu hören.

Und doch ... hatte Carly erst vor wenigen Tagen ihre Stärke bewiesen. In der Nacht, in der ich Luke zu meinem Gefährten erwählt hatte, war seine Nichte bei unserer Jagd ganz besonders hervorgetreten. Sie hatte eine Strategie gewählt, die uns alle zum Sieg geführt hat.

„Denk an den Elch!", fügte ich hinzu.

Das war zwar kein Alphabefehl wie der von Victor, aber meine Anweisung erfüllte trotzdem ihren Zweck. Carlys Schultern richteten sich auf.

In einem Augenblick war sie noch eine Rudelprinzessin, die nicht mehr tun konnte, als vor der Gefahr davon zu laufen. Im nächsten Augenblick war sie ein starker junger Werwolf, der Krallen, Reißzähne und – besonders wichtig auf zwei Beinen – die schmale Klinge eines geliehenen Messers besaß.

„Wage es ja nicht", knurrte Carl. „Du bist meine Gefährtin. Du gehorchst mir."

Carly schaffte es nicht, etwas zu erwidern, dafür aber handelte sie entschlossen. Ein Wisch mit der Klinge über die Fingerknöchel ihres Verlobten und Carly konnte ihr Bein wieder nach oben ziehen und sich dem Zugriff entziehen.

ES LAG BLUT IN DER Luft. Ich konnte es zwar nicht riechen, aber die Nachwirkungen waren deutlich zu spüren.

Alle drei von Carls Handlangern rissen sich von Victors Befehl los. Sie stürzten sich auf Carly ... und das war der Zeitpunkt, an dem ich zu Ablenkung Nummer zwei überging.

Ich schnappte mir die Suppendosen aus dem Regal neben mir und stürzte mich auf die Pelzlosen. Ich wirbelte herum und rollte mich, wobei ich genau im richtigen Augenblick nach oben trat, um einen Shifter zu Boden zu werfen.

„Du wagst es nicht, eine Waffe auf meine Nichte zu richten!", kreischte Tante May durch das Getöse.

Ungeachtet dessen warf ich einen kurzen Blick zurück.

Carly hockte auf dem obersten Regal unter dem Fenster und hämmerte mit dem Messer, das ich ihr geschenkt hatte, auf den Riegel ein. Leider ließ sich das Fenster aber nicht öffnen. Der Mechanismus schien zugekleistert zu sein.

Neben ihr umklammerte Carl eine Knarre in einer Hand. Die Mündung war auf halbe Höhe der Wand gerichtet und nicht auf seine Verlobte. Aber bei den Reflexen der Pelzlosen konnte sich das in der Zeit ändern, die er für einen einzigen Atemzug brauchte.

„Carly, du musst da sofort runter", rief Victor aus drei Metern Entfernung. Warum er keinen Alphabefehl gab, war mir ein Rätsel. Vielleicht war er einfach nicht stark genug, um die gleiche Karte zweimal auszuspielen?

Wie auch immer, er versuchte, seinen Verbündeten zu beruhigen. „Carl, versau das jetzt nicht. Ich habe dir versprochen, dass du meine Cousine als Gefährtin bekommst und dazu stehe ich auch. Zusammen sind wir stärker als jeder von uns allein."

„Boss, möchtest du, dass wir ...?", begann einer von Carls Männern. Aber der blonde Teenager hob seine Hand, um seinen Untergebenen zum Schweigen zu bringen.

„Ich habe dein Wort darauf, Victor?"

„Du hast mein Wort darauf, Carl."

Der Moment der Verbundenheit wäre ja niedlich gewesen ... wenn die beiden nicht verfeindete Werwölfe gewesen wären, die auf ein Blutbad aus waren. *„Beeil dich, Carly"*, dachte ich. Und es war fast so, als hätte sie mich gehört. Denn ihr Messer schlug noch fester gegen den klemmenden Fensterriegel.

Das Geräusch des aufschnappenden Fensters war laut genug, um Victors Aufmerksamkeit zu erregen. „Carly, ich kann nichts für dich tun, wenn du durch das Fenster verschwindest!"

Doch seine junge Cousine – gehorsam gegenüber allen, besonders gegenüber den Rüden ihres Rudels – drehte sich nicht um. Sie antwortete auch nicht.

Stattdessen füllte sich der Keller mit dem Geruch von Ozon, als das Fenster aufflog und ein pelziger Werwolf hinaussprang.

Kapitel 35

Durch die Wucht von Carlys Sprung löste sich das Regal von der Wand. Die Metallbeine kippten bedenklich. Dosen klapperten. Dann, fast wie in Zeitlupe, stürzte das Regal mit seinem gesamten Inhalt auf Carls Kopf.

Er war nicht tödlich verwundet. Das konnte ich an seinem Wutausbruch erkennen, der nur teilweise von den Dosen mit Hühnerbrühe und grünen Bohnen überdeckt wurde. Vielleicht schenkte Victor deshalb seiner gerade erst wiederhergestellten Partnerschaft keine Beachtung und rief den Shiftern, die Carl Boss nannten, einen Befehl zu.

„Findet meine Cousine, *sofort*!"

Was auch immer Victor auf den Plan rief, die drei bewaffneten Männer würdigten ihn keines Blickes. Stattdessen stürzten sie sich als Einheit auf den Trümmerhaufen. Offensichtlich verblassten Bündnisse mit Außenstehenden im Angesicht der Gefahr für einen gestürzten Anführer.

Victor reagierte auf die Missachtung seiner Anordnung mit einem tiefen, kehligen Schrei. Er machte einen Schritt auf die Tür zu, die mit einem Vorhängeschloss verschlossen war, wie ich jetzt sehen konnte. Wer hatte den Schlüssel? Einer von Carls Handlangern? Victor würde genauso wenig wie ich auf diese Weise entkommen.

Wir beide wandten uns um und betrachteten das Fenster, durch das Carly sich hinausgewunden hatte. Das Fenster, unter dem sich kein Regal mehr befand. Das Fenster, das viel zu klein war, als dass ein erwachsener Mensch hindurchpassen konnte.

Und ein erwachsener Wolf? Hoffentlich nicht. Trotzdem machte Victor einen Schritt nach vorne ... nur um von dem Vorschlag seiner Großmutter unterbrochen zu werden.

„Beiß die Woelfin." Tante Mays Worte waren kein Befehl, so wie die von Victor. Stattdessen waren sie sanft und beruhigend. Wie eine Rudelprinzessin zu sprechen lernte, wenn sie stärkere Rudelmitglieder ihrem Willen unterwerfen wollte, vielleicht?

Wie auch immer, ihr Enkel hörte ihr zu, als sie ihren Plan darlegte. „Carls Männer holen Carly ein, sobald sie mit dem Gruppenkuscheln fertig sind. Eine Rudelprinzessin wird es allein in der Stadt nicht weit bringen. Wir müssen jetzt das zusammenhalten, was wir noch haben."

Aus zwei verschiedenen Gründen stimmte ich mit Tante May überein. Wenn ich nicht fliehen konnte, musste mein Ziel sein, die Verfolgung zu verlangsamen, um Carly Zeit zu geben, meine Schwester zu erreichen.

Als Victor die Hand ausstreckte, um mich zu packen, ließ ich ihn gewähren. Auch als seine Zähne sich zu Reißzähnen verlängerten, wich ich nicht zurück.

„Willst du dich dieser Verpaarung freiwillig unterwerfen, Honor Warren?", fragte Victor, wobei seine Worte durch das vergrößerte Gebiss undeutlich wurden. Sein Atem verwandelte die Luft um meinen Hals in einen Wirbelwind aus Zimt.

Ich öffnete den Mund ... und da sprach Luke in meinem Kopf so klar und deutlich, als ob ich nicht schon fast einen ganzen Tag lang auf der Suche nach dieser Verbindung gewesen wäre. *„Bitte nicht, Honor."*

War das alles, was ich brauchte, um unsere Verbindung wiederherzustellen? Einen Rudelkameraden auf meine Narbe atmen lassen, um mir einen übernatürlichen Kraftschub zu geben?

Für den Bruchteil einer Sekunde füllte sich mein Bauch mit Wärme. Luke und ich konnten immer noch alles haben, was ich mir erhofft hatte. Dass ich mich ihm widersetze, dass ich meine Unabhängigkeit verteidigte – nichts von beidem war ein Hindernis. Wie er versprochen hatte, gab es immer noch eine Möglichkeit, einen Mittelweg zwischen Woelfin und Werwolf zu finden.

Aber Carly hatte Vorrang. Und ich musste das tun, um sie zu retten.

Also nahm ich mir nicht die Zeit, mich zu entschuldigen oder meine Beweggründe zu erklären. Stattdessen ratterte ich die Querstraßen ab, wo Lukes Nichte landen würde, wenn sie meine Anweisungen befolgt hätte. *„Finde sie. Hilf ihr"*, forderte ich.

Laut antwortete ich lediglich: „Ja, Victor. Ich füge mich."

VICTORS BISS WAR NICHT vergleichbar mit dem Pochen meiner Füße und dem unerbittlichen Brennen, das sich durch meine Seite und meinen Bauch zog. Nein, es war viel, viel schlimmer.

Denn das Reißen der Zähne durch meine Haut war mit einer Verbindung zu einem Bewusstsein verbunden, das dem von Luke so ähnlich und doch so unähnlich war. Der Biss saugte mich in einen Strudel von Victors Erinnerungen, aus dem ich mich nicht befreien konnte.

„Das alles wird eines Tages dir gehören." Tante May blickte von einer solchen Höhe auf uns – auf Victor – herab, dass sie genauso gut eine Riesin hätte sein können. *„Du musst bloß stark und klug sein und den richtigen Zeitpunkt abwarten."*

Wir wichen ihrem prüfenden Blick aus und betrachteten das Rudel. Sie waren gezeichnet und verdreckt von der Misswirtschaft des alten Alphas. Mamaw hatte Recht. Wir könnten es besser machen.

Wir nickten mit unserem winzigen Kopf.

„Ich bin dazu bestimmt, Alpha zu sein", sagten wir und wiederholten die Worte, die wir jetzt schon dutzende Male gehört hatten. *„Du kannst stolz auf uns sein, Mamaw. Wart's nur ab."*

„Das weiß ich doch." Ihre Hand auf unserem Kopf war wie ein Segen. In unserem Bauch erwachte etwas Warmes und Leidenschaftliches.

Die Zeit verging und flackerte in Erinnerungsfetzen vorbei. Wir gewannen Kämpfe unter unseren Altersgenossen. Wir führten Jagden an und schlugen immer zu, manchmal durch Geschicklichkeit und manchmal durch List. Wir sind groß und kräftig geworden, bis unsere Worte nicht nur bei den Jungen, sondern auch bei den Alten Gehör fanden.

Das Rudel wäre beinahe wieder gesundgeworden, einmal, zweimal, mehrmals. Aber das hätte bedeutet, dass sie keinen neuen Alpha gebraucht hätten. Ein gesundes Rudel hätte unser besonderes Band zu unserer Großmutter entzweigerissen.

Also haben wir das Rudel nicht gesunden lassen. Und eines Tages ging etwas zu Bruch. In unserem Clan. In unserem Anführer.

„Ich habe das Warten satt", erklärten wir unserer Großmutter. Sie war kleiner oder wir waren größer. Wie auch immer, die Wut krampfte sich in unserem Magen zusammen und unsere Hände ballten sich zu Fäusten. *„Sieh dir das doch an. Das ist Ketzerei."*

Wir hatten ja versucht, unseren Blick von dem Schrecklichen abzuwenden, aber Mamaw hatte uns nicht gelassen. Stattdessen folgten unsere Blicke ihr zu dem Körper, der auf den zerknitterten Laken lag. Unser Vater. Seine Kehle war aufgeschlitzt und das Blut gerann unter seinem nackten menschlichen Hintern.

Es war kein fairer Kampf gewesen. Keine öffentliche Herausforderung. Stattdessen war unser Vater in seinem Bett ermordet worden, im *Schlaf,* wie ein Beutetier, das zu unbedeutend war, um in einem fairen Kampf besiegt zu werden.

Rudelfäule. Nicht nur bei den Untergebenen, sondern auch beim Alpha.

„Wenn du den Rudelführer jetzt herausforderst, stirbst du und das ganze Rudel mit dir", meinte Tante May. *„Ich gebe dir Bescheid, sobald die Zeit reif ist."*

Dann war der Augenblick endlich gekommen. Heiße Luft strich über eine verschwitzte Stirn. Der Geruch des Blutes des alten Alphas sickerte in den feuchten Boden, als wir seiner Spur durch den Wald folgten.

Alles, was wir tun mussten, war ihn zu finden und zu erledigen. Die Zeit war reif für einen neuen Alpha. Wir würden uns eine Gefährtin nehmen, die Fäulnis beseitigen und den Clan endlich gesundwerden lassen.

Unser Magen kribbelte vor Vorfreude. Doch dann krampfte er sich zusammen, als Luke, der verlorene Cousin, aus dem Nichts auftauchte, um uns unser rechtmäßiges Erbe streitig zu machen.

„Ich bin der geborene Alpha", knurrte Victor laut, während das Blut an meinem Hals herunterlief und die Vertiefung zwischen meinen Brüsten rot färbte. Trotz all des Blutes war er kein komplettes Monster. Er war zwar manipulativ und berechnend, aber zumindest zur Hälfte hatte er bloß seine Familie schützen wollen. Er hatte viel mehr Zeit damit verbracht, sein Rudel zu reparieren, als es zu brechen.

Unsere Blicke trafen sich und Victor nickte, wobei er sich das Blut über die Wange wischte und sein Kinn abtrocknete.

„Mit dir als Gefährtin bin ich unschlagbar", sprach er. „Unser *Rudel* ist unschlagbar."

Ich schluckte und der schummrige Keller umfing mich. Aus Victors Erinnerungen verdrängt, war die Gegenwart trüb und traumartig geworden.

Vielleicht, weil ich nicht wie ich selbst roch. Ich war nicht mehr von Zimt umhüllt. Stattdessen konnte ich es auch ohne meinen Pelz riechen ... fühlen.

Ich stank nach Straßenteer und roher Leber. Das war Victors Geruch. Und jetzt auch der meine.

Ich schloss meine Augen und ließ mich von der Dunkelheit verschlingen.

Kapitel 36

Ein Heulen bahnte sich seinen Weg in das Nichts, das mich umgab. Ein Heulen, gefolgt von Carls Stimme:

„Wer ist das?"

„Das ist meine Nichte." Tante May lächelte selbstgefällig, als hätte sie vorausgesagt, dass Carly nicht einmal ein paar Minuten auf den Straßen von New York City durchhalten würde.

Oder ein paar Stunden. Ich hatte keine Ahnung, wie lange ich in der Dunkelheit verloren gewesen war. Nicht, dass ich jetzt völlig wach war. Die Unterhaltung um mich herum ging weiter, als wäre sie Teil eines Traums.

„Gib mir den Schlüssel", forderte Victor. „Ich lasse meinen Cousin rein, dann nehme ich Honor mit nach hinten. Weck sie auf. Wir bringen das jetzt zu Ende."

Er war also nicht bereit gewesen, mit meinem komatösen Körper Sex zu haben. Diese Erkenntnis hätte mich eigentlich ermutigen sollen, aber stattdessen blieb die Welt weit weg und trübe.

Undeutlich nahm ich Schritte wahr, die sich entfernten. Das Türschloss schnappte auf. Die beiden Hälften der Tür schepperten nacheinander, als ob sie zu schnell nach oben geschoben worden wären.

Dann ein Keuchen.

„Verdammt! Er hält die Tür fest! Ich brauche hier Hilfe!"

Ich versuchte, angesichts von Victors Entsetzen die Augen zu öffnen, aber meine Augenlider schienen wie festgeklebt zu sein. Stattdessen flackerte ein Bild in mein Gehirn, ohne die Hornhaut zu durchdringen. Ich sah, was Victor sah.

Eine Welle von Wölfen strömte den Bürgersteig entlang und kam auf ihn zu. Plötzlich trat jemand Großes und Breites hinter einer Hälfte der Kellertür hervor und verhinderte, dass die Metallklappe zufiel.

Einen Augenblick lang wurde der Neuankömmling von hinten beleuchtet. Dann neigte er seinen Kopf zur Seite und ich erkannte ihn. Wir erkannten ihn.

Victors Herz pochte in unserer Brust. Unsere Finger zogen sich zusammen, wurden weiß.

„Du riechst wie meine Gefährtin", knurrte Luke.

Es war wirklich ein Knurren. Eher wölfisch als menschlich.

Seine Zähne waren Reißzähne. Dann lehnte er sich näher heran.

Und wieder einmal wurde meine geliehene Sicht schwarz.

KNURREN. HOHE SCHMERZENSSCHREIE oder Angstschreie. Ein Schrei von Carly: „Nein!"

Mühsam kämpfte ich mich in die Wirklichkeit zurück. Das war kein Traum. Das war ein Krieg innerhalb des Rudels. Die Alphajagd. Genau das, was Ruth zu verhindern versucht hatte, indem sie ihre Verwandten zu Wettkämpfen anspornte und der Schwertjungfer Pfänder gestohlen hatte.

Mir. Ich hatte den Auftrag angenommen, also musste ich ihn auch erfüllen. Ich durfte mich nicht weiter mit geschlossenen Augen dahintreiben lassen.

Also kämpfte ich mit aller Kraft gegen die Leere in mir an. Verdrängte die Sehnsucht nach unerreichbarem Zimt. Ich blinzelte die Benommenheit zurück. Strich mir mit der Hand über das Gesicht, um den Schmutz zu entfernen, der sich dort festgesetzt hatte. Ich konzentrierte mich endlich auf das, was direkt vor meinem Gesicht lag.

Mit einem Schlucken versuchte ich, mir einen Reim auf die rote Fontäne zu machen, die mich umgab. War das …?

Ja. Das war ein Fluss aus Blut.

Und er sprudelte aus einem pelzigen Körper, der nur wenige Zentimeter von mir entfernt dalag. Der tonnenförmige Brustkorb des Tieres bewegte sich nicht auf und ab. Dieser Wolf würde es nicht lebend aus dem Keller schaffen.

Ich sah Ruth erst, als sie sich auf der anderen Seite des sterbenden Wolfs aufrichtete. „Du kannst mir später danken", stellte sie fest und ließ etwas Dunkles und Weiches in die Blutlache zwischen uns fallen. „Zieh das an und kümmere dich um deinen Gefährten."

Welchen Gefährten? Mein Gehirn fühlte sich an, als ob Schimmel darauf gewachsen wäre.

Dann schob Ruth das dunkle, weiche Etwas mit einem Zeh ein wenig näher heran und endlich erkannte ich. Meine Stimme war ein Krächzen. „Mein Pelz."

„Was hast du denn geglaubt, was das ist? Eine Waschbärfellmütze?"

Ruth schnaubte, und ihr jähes Ausatmen spornte mich zur Bewegung an. Meine Muskeln bäumten sich auf, als ich einen

Arm unter mir ausstreckte und nach dem Pelz griff. Die Finger bohrten sich in mein eigenes Fell und ich atmete zum ersten Mal seit gefühlten Stunden wieder tief durch.

„Kommst du damit klar?", verlangte Ruth.

Ich schluckte. „Ja."

„Dann wirst du das hier brauchen." Ein Schwert – mein Schwert – krachte neben mir auf den harten Zement. Dann wandelte sich Ruth und nahm in der Luft ihre Wolfsgestalt an, bevor sie sich auf vier Beinen ins Getümmel stürzte.

Sie hatte mein Schwert und meinen Pelz dabei. Alles, wonach ich mich ein paar Stunden zuvor gesehnt hatte.

Nun, alles außer Luke.

Ich lag schnaufend da und beobachtete, wie sich Pfoten und Füße auf Augenhöhe bewegten. Für meine müden Augen schienen sie sich im Takt meines Herzens zu bewegen.

Aber natürlich tanzten die Pelzlosen nicht. Sie brachten sich gegenseitig um. So viele Pelzlose und keiner schien auch nur ansatzweise vernünftig zu sein. Was genau hatte Ruth von mir erwartet, dass ich dagegen tun würde?

Da bewegte sich eine winzige Zimtfaser auf mich zu. Nicht von meinem Hals, der immer noch nach Straßenteer und Leber stank. Sondern von einer anderen Stelle in dem feuchten kleinen Raum.

Ich war immer noch erschöpft. Immer noch so leer, wie ich das noch nie zuvor gewesen war. Und doch ... dieser Hauch von Zimt reichte aus, um mich dazu zu bringen, mir den Pelz über die Schultern zu ziehen. Der daraus resultierende Energieschub erlaubte es mir, auf zwei Füße aufzuspringen.

Aufrecht konnte ich besser sehen. Selbst wenn die Hälfte der Regale umgestürzt war, war der Keller zu klein für alle, die sich derzeit darin tummelten. Der Platzmangel machte aus all den Pelzlosen eine eng zusammengepferchte Masse aus Wölfen, Frauen und Männern.

Carls bewaffnete Gefolgsleute müssen erledigt worden sein, bevor ich die Augen geöffnet habe, da ich keine Schüsse gehört habe. Ich sah jedoch silberne Blitze, als ebenso gefährliche Klingen im fahlen Licht des Fensters funkelten.

Metall klirrte auf Metall. Die Wölfe drängten sich von der Mitte des Schlachtfelds weg, während zwei aufgebrachte Männer aufeinander losgingen. Bei diesem Kampf ging es nicht um Fähigkeiten. Nur rohe Kraft und eine tiefe, anhaltende Wut.

Sowohl Victor als auch Luke waren blutüberströmt, stellte ich fest, als ich mich auf sie zubewegte. Aber Victor hatte den Vorteil der Kleidung und sein Blick war nicht ganz so wild. Vielleicht war das der Grund, warum sich die Pelzlosen, die Luke als Verstärkung mitgebracht hatte, jetzt in zwei Lager aufteilten.

Auf der einen Seite des Raumes rief Ruths vernarbtes Gesicht die Anhänger ihres Bruders auf den Plan. Auf der anderen Seite des Raumes brachte Tante May mit ihrem ebenfalls vernarbten Gesicht eine überraschende Anzahl von Pelzlosen dazu, ihren auserwählten Enkel zu unterstützen.

„Nein." Mein Flüstern war so leise, dass selbst ich es nicht hören konnte. Trotzdem begegnete Ruth meinem Blick von der anderen Seite des Raumes. Sie nickte und blähte ihre Nasenflügel auf.

Das hatte sie also gemeint. Jemand musste die Kämpfe beenden, bevor unser Rudel unwiederbringlich auseinanderfiel.

Also trat ich einen weiteren Schritt vor und erhob mein Schwert.

ES GAB ZWEI MÖGLICHE Arten, zu Luke zu gelangen – den einfachen und den schnellen Weg. Ruth musste den einfachen Weg genommen haben, indem sie die Mauern umrundet und über Hindernisse geklettert war, bis sie ihren Posten unter den Getreuen wieder erreicht hatte. Der schnelle Weg führte durch feindliches Gebiet, was bedeutete, dass er nicht wirklich schnell sein würde.

Während ich mögliche Laufwege abschätzte, schlug Victors Klinge nach unten und verfing sich in Lukes Schulter. Luke streckte die Hand aus und packte die Klinge mit bloßen Händen, als würde der Schmerz für ihn keine Rolle mehr spielen.

Ich zuckte zusammen und wählte den schnellen Weg direkt durch das Feindesland.

Einige ließen mich durch. Immerhin roch ich wie ihr auserkorener Alpha. Straßenteer und rohe Leber – der Geruch meines eigenen Halses ließ mich würgen.

Andere knurrten und fletschten trotz des Geruchs ihre Zähne. Ich bahnte mir meinen Weg, ohne darauf zu achten, wen ich verletzte.

Die Zeit verlangsamte sich, beschleunigte sich, dehnte sich aus. Ich bahnte mir einen Weg an einem letzten Verteidiger vorbei und stolperte dann in die absolute Ruhe, die die kämpfenden Alphas umgab.

„Verräter." Luke war über ganze Sätze hinaus. Seine Schwerthiebe passsten zu den Silben.

Was ein Fehler war. Er wurde dadurch berechenbar. Victor parierte mit Leichtigkeit und schlüpfte unter Lukes Deckung hindurch, um einen weiteren roten Streifen über die mit Schmutz beschmierten Bauchmuskeln seines Feindes zu ziehen.

„Ich habe alle sechs Pfänder gestohlen", murmelte Victor, so konzentriert, wie Luke gewesen war, als mein Hals noch nach Zimt gerochen hatte. „Die Schwertjungfer hat mich zu ihrem Gefährten gewählt. Ich bin der Alpha."

Lukes Antwort war nicht zu überhören. Sein Gebrüll ließ die Dosen in den Regalen scheppern.

Und ... ich wich einen Schritt zurück, denn die Erkenntnis traf mich so heftig wie einer von Victors Schwerthieben. „Keiner von euch beiden ist Alpha."

Ich schlug mir die Hand vor den Mund. Warum genau hatte ich das laut gesagt?

Natürlich hat mich niemand gehört. Denn Luke griff mit einem kräftigen Überkopfschlag an, der Victor den Kopf von den Schultern hätte reißen können. In letzter Sekunde konnte Victor den Schlag abwehren und erwischte Lukes Schwert mit einem metallischen Kreischen, das die ganze Nachbarschaft aufschrecken ließ.

Und ... ich zwang mich, mich zur Seite zu drehen, um dem Gedankengang zu folgen, der mich mit der Wucht eines führerlosen Müllwagens überrollt hatte.

Die Alphajagd hätte eigentlich vorbei sein sollen, als Victor zum ... nun ja ... zum Sieger gekürt worden war. Er gehörte zur Blutlinie der Acostas und hatte aus den Gründen, die er gerade genannt hatte, eigentlich das Sagen.

Aber er hatte eindeutig nicht die Kontrolle über die Rudelverbände gewonnen, sonst hätte er diesen Kampf mit einem einzigen Wort beenden können. Was war also der Grund für die Verzögerung?

Die Absicht. Pelzlose waren nicht einfach nur machthungrige Tiere, wie mein Vater mich hatte glauben lassen. Nachdem ich so viel Zeit mit ihnen verbracht hatte, wurde mir klar, dass die Absicht der Schlüssel zu jedem ihrer Rituale war.

Meine Absicht, mich zu unterwerfen, hatte Victors Biss so mächtig gemacht. Aber Victors Absicht, den Job des Alphas zu übernehmen? Zuerst hatte er sich von seiner Großmutter instrumentalisieren lassen – ganz sicher keine Art, sich die Führungsrolle zu sichern. Dann hat er das Rudel zum eigenen Vorteil gegeneinander aufgehetzt.

Nein, Victor war kein Alpha und würde auch nie einer sein. Leider aber war Luke das auch nicht.

Denn – so sehr ich ihn auch liebte – mein Gefährte hatte nicht das Zeug zum Rudelführer. Er war zwar dominant genug, um diese Aufgabe zu übernehmen, wie der Augenblick gezeigt hatte, in dem er unser gesamtes Rudel bei der Auswahl der Teilnehmer für das Wettrennen eingefroren hatte. Aber er hatte das Herz am richtigen Fleck, um den Job durchzuhalten.

Stattdessen kämpfte er jetzt um mich. Letzten Sommer hatte er seinen Vater um seines Bruders und seiner Schwester willen in Stücke gerissen. Luke kümmerte sich um die, die er liebte ... dabei hätte er bereit sein müssen, uns alle zu verlieren, um den Rest des Rudels zusammenzuhalten.

Der Einzige, der harte Entscheidungen als Alpha getroffen hatte, ohne dabei ins Wanken zu geraten, war ...

Meine Augen trafen sich mit Ruths über die Menge der Pelzlosen hinweg, als ihre Stimme stark und sicher in meinem Kopf erklang. *„Die beiden sind noch nicht bereit, das zu erkennen. Das bedeutet, dass Luke diese Schlacht gewinnen muss. Er wird mir den Vortritt lassen, wenn die Zeit reif ist. Victor hingegen nicht. Ich brauche dich, um das hier zu beenden.“*

Sie hielt inne und sagte dann genau das, was ein Rudelführer gesagt hätte. Die manipulative und doch wahre Aussage, die mich dazu bringen sollte, ihren Wünschen nachzukommen, ohne dass sie einen Befehl erteilen musste. *„Ich habe mich geirrt“*, gab Ruth zu. *„Du* bist *stark genug.“*

„Du musst mir keinen Honig ums Maul schmieren. Ich erledige das schon, Alpha“, antwortete ich. Dann sank ich auf die Knie und begann, die Etiketten auf den Dosen zu lesen.

Kapitel 37

„Erbsen mit Zwiebeln", murmelte ich. „Tomatensuppe. Nicht stark genug."

Über meinem Kopf klirrten Schwerter zusammen, aber ich schenkte ihnen keine Beachtung. Zu schnell griff ich nach der nächsten Dose, die mir durch die Finger glitt und in das Gewühl der Pelzlosen hineinrollte. Jemand fluchte, als Metall gegen seinen Zeh schlug.

Schon bald würde die Meute bemerken, was ich vorhatte. Ich musste etwas Flüssiges und Stinkendes finden, und zwar schnell.

Ah, da haben wir's.

In Öl eingelegte Sardinen – auf jeden Fall stark genug. Die Dose war allerdings zylindrisch und nicht die praktische rechteckige Dose mit der Zuglasche. Ohne Dosenöffner war sie nicht so leicht zu öffnen, aber ich konnte mit dem auskommen, was ich hatte.

Ich rappelte mich auf und schenkte dem Schmerz in meiner Seite, wo mein Pelz verbrannt worden war, keine Beachtung. *Unwichtig.* Nachdem ich die Dose zwischen meine nackten Knöchel geklemmt hatte, fühlte ich mich durch das kühle Metall geborgen. Ich holte tief Luft, entschuldigte mich bei meiner Waffe und hieb den Deckel mit meiner Schwertspitze auf.

Das Öl schwappte heraus und spritzte mir auf die Zehennägel. Mein Pelz kroch höher um meine Schultern, und der Duft explodierte in einem Meer aus Fisch.

Kein Wunder, dass mir die Last der vielen Blicke auffiel. Sogar Victors und Lukes Kampf verlangsamte sich, als ich meine Waffe fallen ließ und die durchstochene Dose in die Höhe hievte.

„Ich habe mich mit Victor unter Zwang verpaart." Ich erhob meine Stimme, um sicherzugehen, dass mich alle hören konnten, dann zuckte ich über meine eigene Dummheit zusammen. Meine Zuhörer waren pelzlos. Ich hätte flüstern können und sie hätten es gehört, wenn sie gewollt hätten.

Und das wollten sie auch. Denn ich war die Schwertjungfer. Ich war ein wichtiger Teil der Alphajagd, in die wir alle hineingezogen worden waren.

„Tante May hat mich gezwungen, genauso wie sie Victor gezwungen hat", erklärte ich mit meiner normalen Sprechstimme. „Nicht offen in einer Herausforderung. Versteckt, heimlich. Sie hat ihre eigene Urgroßnichte bedroht, die in der Alphajagd nichts zu suchen hat. Sie hat Easton ermordet, als er zu einer Belastung geworden ist. Sie ist eine Gefahr für dieses Rudel."

Ein Knurren erhob sich, als ich die verräterischen Taten der alten Frau schilderte. Nicht nur Luke war aufgebracht, sondern alle. Sogar die Pelzlosen, die Victor unterstützt hatten, wandten sich Tante May mit Mordlust in den Augen zu.

Gut, das war nicht ganz die Reaktion, die ich beabsichtigt hatte. Ich schüttelte die Dose, um die Aufmerksamkeit der Meute wiederzuerlangen, und träufelte die ersten Tropfen Öl auf die klaffende Wunde, die Victor an meinem Hals geöffnet hatte.

Als die Flüssigkeit auf das rohe Fleisch traf, begann alles heftig zu stinken. Als hätte ein Auto seine Räder so stark durchgedreht, dass verbranntes Gummi zurückblieb. Das Gefühl war unerträglich.

Doch ich fletschte meine Zähne zu einem Grinsen.

Auf der anderen Seite des Raumes traf Victors Blick auf den meinen. Er biss die Zähne zusammen. Er war stinksauer.

Währenddessen machte Luke einen Schritt nach vorne. Er wollte mich vor allem und jedem beschützen ... selbst, wenn das bedeutete, mich vor meinen eigenen Taten zu schützen.

Aber das war nicht die richtige Art, das Rudel zu retten. Ruth wusste das. Und ich wusste das auch.

Ich legte den Kopf schief und entblößte meine noch nicht verletzte Schulter.

„Beiß mich", forderte ich von dem Pelzlosen, den ich mir als Gefährte wünschte.

„NEIN."

Lukes Zurückweisung war zehnmal schlimmer als damals, als er mich weggeschickt hatte, um in die Fußstapfen seines Vaters als Rudelführer zu treten.

„Nein", wiederholte er und seine Stimme wurde sanfter. „Ich habe dir beim ersten Mal keine Wahl gelassen. Victor auch nicht. Du verdienst eine Wahl, Honor."

Das war keine Ablehnung. Das war echte Ritterlichkeit ... und die würde das Rudel auseinanderreißen.

Denn unsere Bande war nicht nur das, was ich mir in diesem Augenblick wünschte, sie war das, was wir alle brauchten. Wie hätte ich Luke sonst von meinen Einsichten erzählen können, ohne seinen ohnehin schon schwachen Halt im Rudel zu schwächen?

Mit Hilfe der Gefährtenbindung hätte ich Luke mitteilen können, dass Ruth Recht gehabt hatte, als die beiden sich im Wald gezankt hatten. Pelzlose sehnten sich nach einem starken Alpha, der wusste, wie man Rudelfäule so schonungslos und offen wie nötig ausmerzt. Auch wenn die Täterin dieses Mal alt und weiblich war, musste Tante May aus demselben Grund vernichtet werden, aus dem Luke die Leiche seines Vaters zerfetzt hatte.

Ich versuchte, Luke dies über unsere Gefährtenbindung mitzuteilen ... aber die Verbindung war natürlich nicht vorhanden. In Ermangelung dieser Möglichkeit konnte ich nur versuchen, ihn in die richtige Richtung zu lenken. „Tante May ..."

„Darum kümmere ich mich später." Lukes Hand hob sich und strich über meine Wange. „Du hast schon genug durchgemacht."

Als ob es schlimmer wäre, dabei zuzusehen, wie Tante May in Stücke gerissen wird, als die Selbstzerstörung des Rudels zu beobachten.

Ich knirschte mit den Zähnen. Es musste doch noch irgendeine Erinnerung an unsere Verbundenheit geben. Ich griff ganz tief in mich hinein und machte mich mit allem, was ich hatte, auf die Suche nach Zimt. Sicherlich war da noch ein Fitzelchen, das sich an unsere Körper klammerte ...

Aber da war nichts. Nichts zwischen mir und Luke. Nichts zwischen mir und Victor ... der, wie ich jetzt sah, begann, sich in die Menge zurückzudrängen.

Lukes Cousin hatte nicht aufgegeben. Er wollte zurück zu seiner Großmutter, um weitere Anweisungen zu erhalten. Sie würden sich neu formieren, ihre Kräfte sammeln und den Bürgerkrieg fortsetzen.

„Dann muss ich das wohl auf die harte Tour machen." Ruths Stimme in meinem Kopf war rau wie Sandpapier, wo Lukes Stimme sanft gewesen war. *„Ich erwarte, dass du mir den Rücken freihältst, Schwertjungfer."*

Ich nickte. Was konnte ich tun, außer zu nicken? Ich wandte mich Ruth zu, als sie nicht nur zu mir, sondern zum ganzen Rudel sprach.

„Du hast Recht, Alpha." Ihr Blick war auf Luke gerichtet. Als ob sie ein Gespräch unter vier Augen führen würden.

Aber ihre Worte waren für alle anderen im Keller bestimmt, als sie fortfuhr. „Ja, ich erledige das für dich, Alpha."

„Wa...", begann Luke ... und ich kniff ihn. So fest, dass seine Augenbrauen sich senkten, als Ruths Hand sich hob und etwas Dunkles und Zylinderförmiges aus ihrer Faust ragte.

War das ...? Ich erkannte die Waffe und den Schalldämpfer, die ich in Erwägung gezogen und auf Graces Tisch zurückgelassen hatte.

Es war nur ein leises Knallen. So unbedeutend im Vergleich zu dem Wutschrei, der von ihrer Großtante ausgestoßen wurde. „Du *Schlampe*."

Das letzte Wort war erstickt. Eine vernarbte, faltige Hand hob sich einen Augenblick zu spät an ihre linke Brust, um mir den Blick auf das Eintrittsloch zu verdecken.

Kleiner als ein Fünfcentstück. So eine winzige Wunde kann doch niemanden verletzen.

Während Tante May nach vorne stürzte, hämmerten Fäuste gegen die Kellertür.

Kapitel 38

„**P**olizei! Lassen Sie die Waffen fallen. Wir kommen jetzt rein."

Um mich herum wandelten sich zweibeinige Werwölfe in ihre Tiergestalt, als wir unseren eigenen Kampf unterbrachen. Noch einen Augenblick zuvor wären wir uns an die Gurgel gegangen, aber jetzt waren wir ein einziges Rudel. Vereint in dem Bemühen, unsere Shifternatur vor der Menschenwelt zu verbergen.

Apropos Menschen: Grace trat aus dem Schatten und sah so makellos aus, als hätte sie sich nicht schon seit Ewigkeiten am Rande einer Schlägerei zwischen Werwölfen versteckt. „Und ... Schnitt!" Sie hielt ein Handy auf Schulterhöhe und filmte das Gemetzel. War das ihre Absicht? Wollte sie andeuten, dass das alles nur ein Film gewesen war?

Die Polizisten, die sich durch die Tür schlichen und ihre Waffen in Schulterhöhe hielten, sahen nicht überzeugt aus. Trotzdem wandte sich Grace nicht sofort zu ihnen um. Stattdessen durchbohrte sie mich mit einem Blick, der Bände sprach, und richtete dann ihren Blick auf Tante Mays Körper.

Erst dann setzte sie ein perfektes Lächeln auf und schwenkte zum Eingang. „Officers, was kann ich für Sie tun?"

Grace schien die Sache unter Kontrolle zu haben, aber sie hatte Recht – wir konnten nicht zulassen, dass die Polizisten einen toten Menschen sehen. Also behielt ich die menschliche Gefahr im Auge und bahnte mir einen Weg zwischen den hechelnden Shiftern hindurch zu dem einzigen zweibeinigen Wesen, das Grace' Farce verraten könnte.

Und ich war froh, dass ich das getan hatte, als der leitende Polizist begann, meine Schwester zu befragen. „Ma'am, ich fürchte, die Nachbarn haben sich über den Lärmpegel beschwert. Ich habe einen Schuss gehört ..."

„Natürlich haben Sie das." Grace ließ ihre Hand zum Arm des Polizisten gleiten, bevor sie auf seine Waffe hinunterblickte und dann mit einem Ruck zurückwich. Ihre Angst war meisterhaft, vor allem, als ihre anschließenden Worte ein wenig zu schnell aufeinander folgten. „Das ist doch Teil der Werbung. Ein Kampf zwischen Werwölfen, der sich in eine Modenschau verwandelt. Für Alec Carmichaels neue Kollektion." Sie spreizte dabei ihre Hände weit. „Verwandlung!"

Ihre Darbietung brachte den zweiten Officer zum Lachen. „Ernsthaft? Das soll ein Werbespot für Klamotten werden? Das muss ich sehen."

„Ich würde Sie ja gerne zuschauen lassen, aber ich fürchte, aus haftungsrechtlichen Gründen geht das nicht. Die Handhabung von Tieren unterliegt gewissen Auflagen. Ich bin sicher, Sie verstehen das."

Ich war jetzt zu tief in der Masse der Shifter, um zu sehen, wie Grace mit den Wimpern klimperte. Trotzdem konnte ich mir den Charme vorstellen, mit dem sie die armen, wehrlosen Beamten bedachte. Vielleicht wäre es doch nicht nötig, Tante Mays Tod zu vertuschen. Vielleicht ...

„Ich bin mir sicher, dass ich gesehen habe, wie auf eine Frau geschossen wurde", warf der erste Beamte unwirsch ein. „Durch das Fenster."

„Alles nur Schall und Rauch." Grace lachte. „Hollywoods kleine Geheimnisse. Wir haben auf niemanden *geschossen*. Außer mit einer Kamera, natürlich."

Ich erstarrte, weil ich nicht noch mehr Aufmerksamkeit auf diesen Teil des Kellers lenken wollte, falls meine Schwester tatsächlich die Propagandaschlacht gewinnen sollte.

Aber das tat sie nicht.

„Ich glaube Ihnen ja", antwortete der erste Beamte leichthin, aber an seinem Tonfall konnte ich erkennen, dass er seine Pflicht auch ohne jegliches Wimperngeklimper erfüllen wollte. „Für meinen Bericht muss ich jedoch die Räumlichkeiten untersuchen. Bitte treten Sie beiseite, damit ich mich in Ruhe umsehen kann."

ICH SANK NEBEN TANTE Mays Leiche nieder, und meine Gedanken überschlugen sich förmlich. Wie konnten wir eine tote Frau in einem überfüllten Keller verstecken? Konnte es sein, dass die Polizei in Kauf nehmen würde, dass sie nur eine Requisite war?

Nicht, wenn sie noch atmete. Tante Mays Augen flogen auf, und eine halbe Sekunde lang glaubte ich, sie hätte mich gar nicht gesehen. Dann flüsterte sie eine Frage so leise, dass ich mich eng an sie schmiegen musste, um sie zu hören. „Kommst du ... um ... dich an meinem Anblick zu weiden?"

„Könnten Sie die Tiere auf eine Seite rufen?", bat Officer Nummer eins. Er war viel zu nah an uns dran. Leider war

Tante May nicht weiter als drei Meter vom Eingang entfernt erschossen worden. Im Augenblick versteckten uns die Pelzlosen, aber wir konnten uns nicht darauf verlassen, dass das lange so bleiben würde.

„Ich fürchte, die Hundeführer sind oben", antwortete Grace undeutlich. „Hier unten ist es sehr eng. Wir können nicht riskieren, dass Nicht-Schauspieler von der Kamera erfasst werden. Moment, bitte. Ich rufe gleich mal an."

Ich hatte keine Ahnung, wen sie anrufen wollte, aber mein Zwillingssinn sagte mir, dass dies nur eine Verzögerungstaktik war. Also beugte ich mich näher an Tante Mays Gesicht heran und antwortete wahrheitsgemäß. „Nein, ich bin nicht aus Schadenfreude hier."

„Was ... dann ... Liebes?"

Der nächstgelegene Wolf wich zur Seite und ließ endlich Licht auf den Boden scheinen. Jetzt konnte ich die Frau vor mir besser erkennen. Tante May hatte sich in der Fötusstellung zusammengerollt und gewährte mir einen direkten Blick auf das, was einmal ihr Rücken gewesen war.

Ich zuckte zusammen. Kein Wunder, dass sie so schnell schwächer wurde. Die winzige Eintrittswunde war nichts im Vergleich zu der Masse an zerstörtem Fleisch, wo die Kugel ihren Körper verlassen hatte.

Doch für Mitleid war keine Zeit. Stattdessen flüsterte ich ihr die Wahrheit ins Ohr. „Die Polizei ist hier. Sie dürfen dich so nicht sehen. Gibt es ... kannst du dich wandeln?"

Ein sterbender Wolf könnte leicht übersehen werden. Besonders in der Dunkelheit des Kellers könnte es sich um Requisiten und Bühnenschminke handeln. Aber selbst Grace konnte eine sterbende Frau nicht vertuschen.

Wölfe und Polizisten wuselten um uns herum, doch Tante May verschwendete lange Sekunden damit, mein Gesicht zu mustern. „Warum ... sollte ... ich?"

„Weil es deine Pflicht ist", antwortete ich und die Worte fühlten sich wahrer an als alles, was ich je zuvor gesagt hatte. „Weil es dir wichtig ist, was mit deiner Familie passiert. Weil du das Rudel liebst."

„Tue ... ich das?"

„Wir müssen Sie wegen fahrlässiger Gefährdung der Allgemeinheit belangen", meinte Polizist Nummer zwei zögernd. „Es ist nicht zulässig, Wildtiere in der Stadt zu halten."

Ich konnte fast sehen, wie Grace' Augen sich weiteten. „Nicht einmal auf Privatgrundstücken?"

Sie hatte also dem juristischen Geschwafel von Justice zugehört. Leider ließ sich der Beamte nicht so leicht aus der Ruhe bringen.

„Ma'am, wenn Sie die Hunde nicht dazu bringen können, den Weg freizumachen, rufe ich den Tierschutz an, damit er uns den Weg freimacht."

Es war eine Sackgasse. Tante May wandelte sich nicht. Die Polizisten gaben nicht nach. Wir konnten nichts mehr aufschieben.

In diesem Augenblick tauchte Ruth an meiner Seite auf.

EINEN AUGENBLICK ZUVOR war sie noch eine Wölfin gewesen. Deshalb befand sich ihr Bauch auf der Höhe von Tante Mays Nase. Doch das erklärte nicht ganz die Überraschung, die über das Gesicht der alten Frau flackerte.

„Du ... freches ... Gör ... du.“

Ruth achtete nicht weiter auf ihre Großtante und packte stattdessen meinen Arm so fest, dass ich für den Bruchteil einer Sekunde nicht mehr an den Schmerz denken musste, der überall sonst herrschte. „Ich mach das schon. Luke soll zwei Minuten warten, bevor er einen Gang freimacht.“

Dann wandte sie ihre Aufmerksamkeit wieder der sterbenden Pelzlosen zu und gab einen Befehl. „*Wandle dich.*“

Anstatt sich wie befohlen zu verwandeln, seufzte Tante May einen weiteren stakkatoartigen Satz heraus. „Du ... hast doch gesagt ... du ... würdest dich nicht ... verpaaren ... um ... Alpha zu werden.“

„Habe ich nicht. Und das werde ich auch nicht.“ Ruths Wolf war ungefähr einen Millimeter unter der Oberfläche. „Das hier ist nicht von Dauer.“

Tante May hob eine Augenbraue. „Mutterschaft ... ist ... aber normalerweise ... ziemlich ... dauerhaft.“

Mutterschaft? Ich blinzelte, anstatt Ruths unvermittelte Handbewegung in meine Richtung zu befolgen. Sie war mit den meisten aus dem Rudel verwandt und ich konnte mir nicht vorstellen, dass sie sich auf Inzest eingelassen hätte. Auf der anderen Seite ...

Die Erinnerung an Ruth, die im Camp nackt aus der Dunkelheit getanzt war, traf mich wie ein Schlag. Sie war ganz entspannt gewesen und hatte *gelächelt*. Als ob sie gerade etwas Wunderschönes erlebt hätte ...

... mit Justice, der einen Augenblick später aus der gleichen Richtung aufgetaucht war?

Dieses Mal gruben sich Ruths Finger so tief in meine Haut, dass sich sofort blaue Flecken bildeten. „Ein Word zu ihm und du stirbst. Ich meine es ernst, Honor."

Trotz der misslichen Lage des Rudels konnte ich nicht widerstehen, sie zurechtzuweisen. „Ich vermute, was du eigentlich sagen wolltest, war: 'Honor, könntest du bitte meine Schwangerschaft vor deinem Lieblingscousin geheimhalten?'"

„Er ist nicht dein Lieblingscousin."

Sie und Justice hatten also mehr als nur Körperflüssigkeiten ausgetauscht? Ich blinzelte wieder ... und wurde erst wieder an das dringlichere Problem erinnert, als ein Funkgerät viel zu nah an mir knisterte.

„Die Bullen werden unruhig", zischte Ruth. „Hilfst du jetzt oder hältst du hier bloß alles auf?"

Der Schmerz, den ich für den Bruchteil einer Sekunde vergessen hatte, kam wieder hoch. Wir waren noch nicht aus dem Gröbsten raus. „Bist du sicher, dass du sie dazu zwingen kannst, sich zu wandeln?"

„Ich bin mir sicher."

„Dann behalte ich dein Geheimnis für mich", versprach ich und wandelte mich rasch, um mich leichter durch die Menge zu bewegen.

Kapitel 39

Was auch immer zwischen Tante May und Ruth vorgefallen war, es muss gewirkt haben. Denn die Spannung im Raum nahm ab, als ich erst auf halbem Weg zu meinem Ziel war.

Auch Luke bemerkte die Veränderung. Er richtete sich auf und übernahm die Kontrolle über die Situation, bevor ich Ruths Aufforderung teilen konnte. *„An die Wand"*, befahl er mit dieser peitschenartigen Alphastimme.

Und dieses Mal hat es funktioniert. Vermutlich, weil das Rudel das wollte, was Luke wollte. Oder vielleicht, weil sich Bindungen entwickelt haben? Was auch immer der Grund war, ich verpasste einen Teil dessen, was als Nächstes geschah, weil ich in dem Meer von Wölfen gefangen war, die sich darum drängten, seinem Befehl zu gehorchen.

Trotzdem atmete ich erleichtert auf, als Cop Nummer eins Tante Mays Leiche erreicht hatte und bloß ausstieß: „Grässlich." Grace plapperte über Maskenbildner und Plastikpistolen, bis Justice in der Tür auftauchte und behauptete, Alec Carmichaels Anwalt zu sein. Es dauerte nicht lange, bis sich die Schritte der Zweibeiner die Treppe hinaufbewegten und schließlich durch das Klirren der sich schließenden Kellertür unterbrochen wurden.

Die Einzigen, die in dem dunklen, feuchten Keller zurückblieben, waren ich und die Pelzlosen. Die Pelzlosen ..., die sich immer noch einen Kampf um die Führung lieferten.

„Das hier ist noch lange nicht vorbei."

Victors Aussage genügte, damit sich die Fronten neu formierten. Doch dieses Mal trat Ruth dazwischen.

„Nein", stellte sie klar. „Tante May hat es herausgefordert und verloren. Wir haben einen Alpha und wir haben einen Erben. Die Jagd ist vorbei."

Ein Funken von Ozon aus dem hinteren Teil der Menge wurde von einer Frage begleitet. „Welcher Erbe?"

„Mein Sohn", antwortete Ruth und legte ihre Hand auf ihren nackten Bauch. „Lukes Neffe. Ein direkter Nachkomme der Acostas."

Die Pelzlosen erstarrten. Ihre Köpfe senkten sich. Dieses Mal war das Gemurmel einhellig und interessiert.

Lukes blaue Augen blieben an den meinen hängen, mit einer bohrenden Frage. War das für mich in Ordnung? Machte es mir etwas aus, dass unsere Kinder niemals Rudelführer werden würden?

Wäre unsere Verbindung intakt gewesen, hätte ich ihm begeistert geantwortet, dass ich überglücklich war. Dass ich den Druck, Babys zu gebären, nicht wollte. Dass ich mir nicht sicher war, ob ich es verkraftet hätte, wenn eines meiner Kinder in das Haifischbecken der Rolle des Alphas geworfen worden wäre.

Aber unsere Verbindung war nicht stabil, also nickte ich nur. Und Luke nahm das an. Er schritt zu seiner Schwester hinüber und erteilte dem Rudel die Erlaubnis, ihm zu folgen. „Ihr dürft den Erben des Rudels riechen."

NASEN IM SCHRITT WAREN unter Pelzlosen anscheinend völlig normal. Die Wölfe schnupperten. Ihre Schwänze wedelten. Ein paar wandelten sich und riefen Fragen, auf die Ruth nicht zu beantworten gewagt hat.

„Er gehört mir. Das ist alles, was zählt", sagte sie schließlich. Daraufhin ertönte ein Freudengeheul, als Ruths ungeborenes Kind als zukünftiger Anführer des Rudels angenommen wurde.

Von einigen … nicht von allen. Eine Handvoll Pelzlose hielt sich um Victor herum zurück. Ihr Gemurmel war für meine Ohren nicht ganz hörbar, aber Luke muss es mitbekommen haben, denn er sprach in seinem typischen Peitschenschlag des Alphas. „Jeder, der mir, Ruth und ihrem Sohn nicht folgen möchte, kann das Rudel verlassen. Und zwar sofort."

Victor machte einen langen Schritt auf die Tür zu und die Sehnen an beiden Seiten seines Halses spannten sich an, als er sich gegen den Zwang stemmte. Er schaffte es nicht ganz, sich zu Luke umzudrehen, aber er stieß eine Erwiderung aus. „Möchtest du das wirklich? Möchtest du, dass wir mit dem Wissen um die Schwäche deiner Gefährtin hier rausgehen?"

Luke und ich waren in diesem Augenblick eigentlich keine Gefährten. Aber sein Knurren nahm darauf keine Rücksicht. „Du kannst jedem verraten, dass Honor eine Woelfin ist. Sie müssen allerdings erst an mir vorbei, um an sie heranzukommen."

Ein Raunen ging durch die Wölfe um uns herum. Die meisten hatten mein Geheimnis nicht gekannt. Allein dieses

Wissen schwächte Lukes Ansehen, und es sollte noch schlimmer werden.

Denn ich hatte eine Schwester. Zwei Cousins. Alle hatten Pelze, die man klauen konnte ... oder die bereits verschwunden waren.

„Meine Familie", murmelte ich und wünschte, alle anderen hätten meinen Widerspruch nicht hören müssen. „Es ist gefährlich, sie zu outen ..."

Luke schüttelte den Kopf. „Jedes Mitglied von Honors Familie steht unter meinem Schutz."

Eine Gefährtenbindung wäre in diesem Augenblick sehr nützlich gewesen. In Ermangelung dieses Kommunikationsmittels musste ich Luke auf die harte Tour aufklären, wohlwissend, dass wir durch eine Widerrede gegenüber einem amtierenden Alpha in Gefahr einer weiteren Alphajagd geraten würden. „Meine Familie ist wirklich groß, Luke. Ich habe Tanten, Onkel und haufenweise Cousins und Cousinen."

Victor hatte sich umgedreht, während Lukes Aufmerksamkeit auf mich gerichtet war, und jetzt grinste er. Ein weiterer Pelzloser schlich sich aus den Reihen von Lukes Rudelkameraden heraus und schloss sich den Rebellen an.

Die Grenzen wurden neu gezogen und ich war mitverantwortlich. Ich wusste aber nicht, wie ich einen Rückzieher machen sollte, ohne meine Woelfenfamilie in Gefahr zu bringen.

Zum Glück hatte Luke alles unter Kontrolle.

Denn er hatte bereits bewiesen, dass er bereit war, ein knallharter Alpha zu sein, wenn es darum ging, seine Angehörigen zu schützen. Und genau das würde ich werden, auch wenn wir nicht offiziell verpaart waren. Das konnte ich an Lukes Stimme hören, als er jenes Ultimatum aussprach, das er seit seiner Übernahme der Alpharolle stets gescheut hatte.

„Alle Woelfe, egal wo, stehen unter meinem Schutz", knurrte Luke. Dann stieß er eine tödliche Drohung aus, als handelte es sich um eine Nettigkeit. „Wer einen Woelfenpelz anfasst, stirbt."

Das war genau die Art von Auftreten, auf die Pelzlose reagierten. Eine Zurschaustellung schierer, arroganter Kraft, die weit über das Vernünftige hinausging ... und doch angemessen wirkte, wenn sie aus dem Mund eines anerkannten Alphas kam. Vor allem, wenn Lukes geballte Fäuste verrieten, dass er bereit war, seinem Cousin auf der Stelle den Hals umzudrehen.

Stärke ging von Lukes Schultern aus. Die Luft um uns herum gefror. In diesem Augenblick war er zu 100 % Alpha. *Das* war der Rudelführer, den Ruth sich gewünscht hatte.

Und die Art von Rudelführer, die Victor nicht war. Der Kopf des jüngeren Rüden sank nach unten. Seine Blicke trafen auf den Boden.

Die Wölfe neben ihm reagierten sofort und schlichen über die Linie in die entgegengesetzte Richtung, um sich Lukes Anhängern anzuschließen. Diejenigen, die an den Rändern ins Zögern geraten waren, rückten näher an den Alpha in ihrem Zentrum heran.

Luke bekam das mit, aber er lächelte nicht. Stattdessen warf er Victor einen finsteren Blick zu, der den anderen drei Schritte zurückweichen ließ. „Merk dir das."

ICH HATTE ERWARTET, dass Carl und seine Kumpane Leine ziehen würden, wie Victor. Stattdessen fiel der junge Mann auf die Knie. „Alpha. Ich erbitte ein Bündnis."

Die formelle Entscheidung, der wir seit Tagen ausgewichen waren, stand an. Angesichts von Lukes überstürztem Versprechen, alle Woelfe zu schützen, brauchten wir Verbündete mehr denn je. Trotzdem ...

„Carly, möchtest du das?", fragte Luke.

Ich erwartete ein gemurmeltes mit gesenktem Kopf. Stattdessen schüttelte die junge Frau heftig den Kopf. „Ich bin nicht Carly."

Die Augenbrauen ihres Onkels schossen nach oben. „Bist du nicht?"

„Nein." Ihre Stimme zitterte, aber ihre Worte waren laut genug, um im ganzen Keller gehört zu werden. „Ich will nicht nach einem Typen benannt werden, mit dem ich einmal verlobt war."

Diese Widerrede war ihrer vernarbten Verwandten würdig. Kein Wunder, dass Ruth die offensichtliche Folgefrage stellte. „Wie sollen wir dich dann nennen?"

„Ich habe mich noch nicht entschieden. Vielleicht ... Blade?"

Das klang wie eine Comicfigur. Etwas, das Carly vielleicht bereuen würde, sobald sie ein paar Jahre mehr auf dem Buckel hätte. Trotzdem nickte Ruth. „Damit fangen wir an."

Während des gesamten Gesprächs war Carl auf den Knien geblieben. Er war nicht aufgesprungen und hatte das Mädchen, das früher als Carly bekannt war, auch nicht zurechtgewiesen. Er war auch nicht hinausgestürmt, um sich Victor anzuschließen.

Aus Sicht der Pelzlosen bedeutete das, dass der Junge Potenzial hatte. Kein Wunder, dass Luke sich zu ihm hinunterbeugte, bevor er das Angebot annahm.

„Wir können Verbündete gebrauchen. Aber meine Nichte wird nicht der Kitt sein, der uns zusammenhält. Und wir werden auch deinen Bruder nicht für dich umbringen."

Carl wagte es nicht, zu dem stärkeren Wolf aufzublicken, aber er fragte zögernd nach. „Wenn C... Blade nicht unser Kitt ist, was dann?"

„Du möchtest Kitt?" Lukes blaue Augen funkelten. „Ich wäre persönlich jemandem zu Dank verpflichtet, der andere Rudel wissen lässt, dass der Acostaclan stark ist und bereit ist, unser Rudel zu schützen. Verbreite die Nachricht, dass die Woelfe unter meinem Schutz stehen. Verbreite diese Nachricht möglichst rasch und überall."

Seine Hand fiel auf Carls Schulter, und der jüngere Pelzlose lehnte sich in seine Berührung. „Wenn du das tust", fuhr Luke fort, „wirst du auch beschützt werden. Du kannst dich uns gerne anschließen, wenn du mal ein Rudel brauchst."

Kapitel 40

Als sich der Staub gelegt hatte, war es zu spät, um noch loszufahren. Also mietete Luke ein Airbnb, das gerade groß genug war, damit sich das ganze Rudel auf Sofas, Betten und dem Boden ausbreiten konnte.

Ich hätte erwartet, dass es sich seltsam anfühlen würde, mich zu wandeln und mich neben fremden Pelzlosen zusammenzurollen. Aber das waren keine Fremden. Nicht mehr. Stattdessen ruhte Blades Kinn auf meiner Schulter und Ruths Atem in meinem Ohr lullte mich in einen tiefen, traumlosen Schlaf.

Wir wachten als Einheit auf. Ein Knurren und wir standen alle auf. Das Rascheln von Stoff, das Kratzen von Fingernägeln. Jemand lauerte vor der Tür.

Luke wandelte sich, bevor der Rest von uns Zeit hatte, seine Gedanken in die Tat umzusetzen. Er war völlig dreckig und nackt ... und mit Ruths Schusswaffe ausgerüstet. Er spähte durch das Guckloch und stieß ein lautes Lachen aus.

Ruth war hinter ihm, vierbeinig und hocherhobenen Hauptes, als Luke die Tür öffnete und anfing, Pakete reinzuschleppen. Ein Vorübergehender pfiff anerkennend wegen der nackten Tatsachen, aber Luke machte einfach weiter, bis der Couchtisch vollgestellt war.

„Machen das die Menschen zu Weihnachten?", fragte Blade und klang dabei jünger, als ich sie je gehört hatte. Und begierig. Ihre Finger flogen zur Ecke des ersten Päckchens.

„Warte." Ruth hielt sie auf. Sie schnupperte mit menschlichen Nasenlöchern. Dann runzelte sie die Stirn, als sie mir den Karton weiterreichte. „Ich glaube, der hier ist für Honor."

Für mich? Auf dem Aufkleber stand Luke und kein Absender.

Trotzdem vertraute ich Ruth, unserem Alpha, auch wenn ich die Einzige war, die das anerkannte. Mit meinen Fingernägeln löste ich einen Streifen Klebeband.

„Hier." Luke nahm mir das Paket nicht ab. Vielmehr reichte er mir ein Messer aus der Küche.

Ich schlitzte das Klebeband auf und öffnete die Laschen, sodass ein Wolfspelz zum Vorschein kam. Grau gesprenkelt, genau wie meins. Wie das von Grace.

„Wow! Ist das ...?", fragte Michael.

Ich fuhr mit den Fingern durch den Pelz und spürte kein Rauschen einsetzender Magie. Ich konnte mir nicht sicher sein, aber ich dachte ... „Nein."

Trotzdem war der Stapel von Paketen vielversprechend. Carl hatte die Nachricht von Lukes Verkündung bereits verbreitet. Und die Werwölfe reagierten darauf, nicht indem sie uns angriffen, sondern indem sie jeden möglichen Woelfenpelz als Huldigung von Lukes Macht schickten.

„Sucht weiter", schlug Ruth vor. „Hier."

Nacheinander öffneten Blade, Michael und ich die Pakete. Ich konnte mir nicht sicher sein, aber zwei der Pelze fühlten sich anders an als die anderen. Vielleicht waren es nicht nur

Felle, die von blutenden Tieren abgezogen worden waren. Vielleicht waren es abgeworfene Pelze von Woelfen, die schon lange von ihren Wirten getrennt waren.

Es gab nur einen Weg, um sicher zu sein. Ich hob meinen Kopf, um Lukes fragendem Blick zu begegnen. Er nickte. „Ich muss dringend mal einen Ausflug ans andere Ende der Stadt machen."

„HONOR." MEINE SCHWESTER spähte durch den Spalt zwischen Tür und Türpfosten zu mir heraus.

Ich konnte ihrem Blick nicht ganz standhalten, aber ich konnte antworten: „Grace."

Wir hätten noch ewig so dastehen können, wenn Bastion nicht von irgendwo in der Wohnung dazwischengekommen wäre. „Ich habe genug Tee für alle gemacht. Vielleicht solltest du sie hereinbitten?"

Grace hielt einen endlosen Augenblick lang inne, dann öffnete sie die Tür weiter. Ich ahnte, dass ich genauso verunsichert war, als ich eintrat.

Die Wohnung, die ich betrat, sah auf eine Weise gemütlich aus, wie sie es nie gewesen war, als ich noch nebenan gewohnt und gierig hineingespäht hatte. Justice lümmelte in einem Sessel am Fenster, neben ihm lagen Gesetzesbücher. Drei Tassen standen dampfend auf dem Tresen. Bastion schnappte sich eine vierte, während er den Herd anschaltete.

„Ich möchte mich bei dir für alles bedanken, was du gestern getan hast", begann ich, den Blick auf die Fußmatte am Eingang gerichtet. „Michael hat mir erzählt, wie hart du daran gearbeitet hast, mich aufzuspüren, und wie du das Rudel mit Waffen versorgt hast, als Carly angerufen hat."

Ich hatte das Falsche gesagt. Das merkte ich sofort, als ich meinen Blick vom Boden hob und meine Schwester ansah.

„Familienmitglieder bedanken sich nicht beieinander", antwortete Grace. Ihre Lippen bebten. Sie war den Tränen nahe. „Hier, setz dich." Dann zog sie einen Küchenstuhl hervor, während Bastion jedem von uns eine Tasse hinstellte.

Ich nahm die angebotene Sitzgelegenheit nicht an. Mit dem, was ich alles in meinem Mantel versteckt hatte, hätte ich meinen Oberkörper nicht ausreichend beugen können.

Stattdessen schob ich die Tassen zur Seite und holte die Pelze hervor, die ich eng an meinen Körper geschmiegt hatte. „Das könnten Wolfsfelle sein. Ich habe keine Ahnung ..."

Justice' Reaktion war wortlos, aber heftig. Ein schriller Schmerz. Als ob sein nackter Zeh von einem Gabelstapler überfahren worden wäre.

Trotzdem stellte er seine Tasse vorsichtig ab und durchquerte den Raum mit vier langen Schritten. Sein Adamsapfel wippte, dann streckte er die Hand aus und fuhr mit einem Finger vorsichtig durch seinen Pelz, der weniger strapaziert und abgenutzt war als der von Bastion, als wir ihn endlich wiedergefunden hatten.

„Ich ..." Er warf einen Seitenblick auf Grace, seine Verbundenheit war stärker als seine offensichtliche Sehnsucht.

Ihr Lächeln war traurig, als sie ihn aufforderte, fortzufahren. „Mach schon. Bastions Halsband sollte dir passen. Honor und ich werden uns schon nicht an die Gurgel gehen, wenn ihr beide in den Park gehen möchtet."

Und das taten sie. Ich konnte die gemeinsame Aufregung an der kaum verhohlenen Anspannung ihrer Schultern sehen. An den gleichen Blicken, die sich trafen, an dem gleichen Lächeln, das sich kaum hinter breiten Händen verstecken konnte.

Justice wandelte sich im Badezimmer, ein Beweis dafür, dass sich die unmagische Menschheit nicht so leicht abschütteln ließ. Aber als er ins Wohnzimmer kam, war er ein selbstbewusster Wolf. Stark, wild, vollkommen.

Die Augen seines Zwillings funkelten vor Freude, weil sie wussten, dass sie eines Tages beide Wölfe sein würden. Als Rudelgefährten miteinander unterwegs. So sollte unsere Familie sein.

Die Tür schloss sich hinter ihnen und ließ Grace und mich allein in der Wohnung zurück. Es roch, wie ich feststellte, nach Dutzenden von menschlichen Parfüms, die alle miteinander vermischt waren. Lufterfrischer und parfümierte Spülmittel. Shampoo und Körperpflegemittel. Um sich vor Überforderung zu schützen, musste Bastion sein menschliches Ich gut von seinem Pelz getrennt halten.

Apropos Pelz: Auf dem Tisch lag noch ein Pelz. Derjenige, der in der Farbe zu meinem passte. Er hatte mich regelrecht angezogen, als ich ihn aus einer Plastiktüte gezogen hatte.

„Das ist doch deiner, oder?", fragte ich meine Schwester.

Grace schluckte, dann nickte sie. Aber sie berührte ihn nicht. Stattdessen nahm sie eine Serviette, um den Pelz vom Tisch in eine Markenhandtasche zu schieben. Dann legte sie die Handtasche so vorsichtig auf den Boden, als wäre sie ein Baby ... oder eine Schlange in einem brüchigen Glaskäfig.

„Ich werde ihn sicher aufbewahren. Danke."

Ich zuckte zusammen. Hatte sie nicht gerade gesagt, dass Familienmitglieder sich nicht gegenseitig danken?

Ich wusste, worauf das hinauslaufen würde, aber ich konnte die Frage, die aus mir herausprudelte, nicht verhindern. „Willst du ihn nicht einmal anprobieren?"

Anstatt zu antworten, strich Grace mit ihrem Finger über die rote Stelle an meinem Hals, ohne sie ganz zu berühren. „Ich habe Cremes, die Narbenbildung verhindern."

Ich zuckte zurück, ohne es zu wollen. „Nein. Ich habe mir meine Narben hart erarbeitet. Die behalte ich mir."

Im Gegensatz zu Ruth schnaubte Grace nicht. Sie lächelte. Dann bewegte sie ihre Hand in einem weiten Kreis, der das halb genähte Kleid auf der Schaufensterpuppe, das Regal mit den Gewürzen und den Rest ihrer menschlichen Wohnung umfasste.

„So wie ich mir das hier verdient habe."

Kapitel 41

Danach hatten Luke und ich tagelang keine Zeit für Zweisamkeit. Zuerst war da der lange Roadtrip, bei dem das Rudel die Zuversicht durch seine Anwesenheit rund um die Uhr brauchte. Dann galt es, einsame Wölfe aus dem Camp zu vertreiben und wichtige Entscheidungen darüber zu treffen, ob (ja) und wann (später) wir in das dauerhafte Zuhause des Rudels zurückkehren sollten.

Ruth hielt sich die ganze Zeit über an Lukes Seite auf. Ich erkannte, dass sie einen Augenblick gefunden hatten, um einen Plan für die gemeinsame Führung auszuarbeiten, denn Luke überließ seiner Schwester so oft wie möglich das Wort. Nach einer Weile begannen die Pelzlosen, Ruth auch dann aufzusuchen, wenn Luke anwesend war. Es sah immer mehr danach aus, als würde das Rudel irgendwann ein Weibchen als Alpha anerkennen.

Zumindest hoffte ich das. Vielleicht – ich lächelte bei dem Gedanken – sollten Luke und ich einen längeren Urlaub planen, um Ruth mehr Zeit zu geben, ihre neue Rolle als Quasi-Anführerin des Rudels zu festigen. Zuerst würden wir kurze Reisen machen, dann immer längere. Irgendwann würden die frauenfeindlichen Einstellungen in Vergessenheit geraten. Der Clan würde sich mit Ruth an der Spitze vereinen.

Natürlich würde diese Art der Planung voraussetzen, dass Luke und ich mehr als eine Minute allein miteinander verbrachten. Ein Umstand, den er anscheinend unbedingt vermeiden wollte.

Weil ich keine Pelzlose war? Weil ich als Schwertjungfer versagt hatte? Ich verdrängte den Gedanken und konzentrierte mich stattdessen darauf, die Namen meiner neuen Rudelkameraden zu lernen.

Inzwischen hatte ich mir nicht nur die Namen gemerkt, sondern auch die Verwandtschaftsverhältnisse herausgefunden, als ich mich eines Tages durch das Camp bewegte und feststellte, dass Luke verschwunden war. Ruth brachte Blade und den Omas bei, wie man mit Wurfmessern umgeht. Arthur hatte die meisten Männer damit beschäftigt, ein morsches Hüttendach zu reparieren.

Und Luke? Seine Fährte führte mich zwischen die Bäume, wo das Gebrüll einer Kettensäge verriet, dass jemand Feuerholz machte. Ich erhob mich wieder auf zwei Beine und zog mich an, bevor ich meinen Ohren tiefer in den Wald folgte.

Als Luke in Sichtweite kam, war die Kettensäge so laut, dass meine menschlichen Ohren dröhnten. Vermutlich war das der einzige Grund, warum er mich nicht kommen hörte und flüchtete.

Oder, nein, das war nicht der Grund. Ich beobachtete ihn von der Seite, bis er den Motor abstellte. „Honor", begrüßte mich Luke, obwohl ich mich hinter seinem Rücken und außerhalb seines Blickfeldes aufhielt.

Richtig. Die Nasen der Pelzlosen. Ich schätze, ich hatte mich doch nicht an ihn herangeschlichen.

Der schwache Hauch von Benzin vermischte sich mit Zimt, als Luke sich umdrehte und auf mich zuging. Mein Pelz drückte gegen meinen Rücken und drängte mich, noch näher an ihn heranzukommen.

Aber die Nähe musste Lukes Entscheidung sein. Ich hatte schon einmal um das gebeten, was ich wollte, und er hatte mich zurückgewiesen. Grace hatte mich gelehrt, dass Drängen nichts ändern würde.

Dadurch habe ich nur jene vertrieben, die ich liebte.

Wir waren immer noch zwei Meter voneinander entfernt, als Luke die Unterhaltung eröffnete. „Wir müssen reden." Er ließ sich auf das nächstgelegene Stück Holz sinken und tippte auf das Holz neben sich.

Was für ein unheilvoller Auftakt, aber ich vertraute Luke. Ich schluckte und nickte. „Einverstanden. Lass uns reden."

FAST EINE STUNDE LANG klärte mich Luke über die Traditionen der Pelzlosen auf. Lange genug, dass die Luft kühl wurde und er mir seine Jacke anbot, die er beim Bedienen der Kettensäge ausgezogen hatte. Ich zog den steifen Stoff eng um mich herum und atmete den Duft ein, den ich an meinem eigenen Hals vermisste.

„Du sagst ja nicht gerade viel dazu", beendete Luke seine Ausführungen und kratzte eine der Schrammen, die von seinem Kampf mit Victor übriggeblieben waren.

Ich zuckte mit den Schultern. „Das meiste davon habe ich schon mitbekommen. Die Geschichte mit der Schwertjungfer kenne ich nur zu gut. Und was die Rudelführer angeht – ist dir eigentlich klar, dass Ruth die wahre Alpha ist, sobald dieser

Clan sich aus dem achtzehnten Jahrhundert herausbewegt hat?"

Lukes blaue Augen funkelten. „Das habe ich schon verstanden. Ich hatte vor, sie allmählich an diese Vorstellung zu gewöhnen. Eine Nacht, dann ein Wochenende, und anschließend könnte ich mir eine längere Auszeit nehmen."

Ich lachte trotz des Zitterns in meinem Bauch wegen der Frage, die ich stellen wollte, aber nicht zu stellen wagte. „Zwei Dumme, ein Gedanke."

„So." Die ganze Zeit über hatte Luke mich nicht berührt. Aber jetzt streckte er seine Hand aus, seine Handfläche war leicht rau, als sie unter meine Finger glitt. „Jetzt ist dir klar, worauf du dich einlassen würdest. Ich verspreche, dass ich nie wieder versuchen werde, meinen Alphazwang gegen dich einzusetzen, aber es ist trotzdem nicht ganz ohne Risiko, sich mit mir zu verpaaren."

„Machtkämpfe der Pelzlosen", unterbrach ich. „Kämpfe mit anderen Clans. Bla, bla, bla. Ich hab's kapiert."

Luke lächelte, aber er hörte nicht auf, seine Vorbehalte aufzulisten. „Du solltest auch wissen, dass moderne Wölfe nicht mehr zubeißen. Unsere Gefährtenbindung" – er tippte sich an den Kopf, um sicherzugehen, dass ich verstand, wovon er sprach – „wird sich mit der Zeit entwickeln, wenn wir eine Partnerschaft aufbauen, mit oder ohne Beißen. Wir können es uns leisten, die Dinge langsam anzugehen."

Das könnten wir ... und das wäre genau die Art der Woelfe. Meine Eltern hatten fünf lange Jahre zusammengelebt, bevor sie sich trauen ließen. Und dann warteten sie noch drei weitere Jahre, bevor sie sich für mich und Grace entschieden.

Aber Pelzlose wählen ihre Gefährten schnell und dauerhaft. So hatte ich anscheinend auch meine eigene Entscheidung getroffen.

In diesem entscheidenden Augenblick war mir gar nicht bewusst gewesen, was ich da eigentlich tat. Aber ich hatte in der Zwischenzeit viel Zeit gehabt, über mein Handeln nachzudenken.

Die Saat war in jenem feuchten Keller ausgebracht worden, als ich Tante Mays Deal angenommen und versprochen hatte, mich von Victor beißen zu lassen und dabei zu helfen, Luke in Stücke zu reißen – als Gegenleistung für eine Gnadenfrist für Carly. Doch als der Augenblick gekommen war, die zweite Hälfte meines Versprechens einzulösen, hatte ich das nicht getan. Ich hatte nicht mal aus Rücksicht auf meinen woelfischen Namen gezögert.

Honor. Ich war immer noch Honor und ich hatte immer noch einen Pelz, aber ich war nicht mehr ganz eine Woelfin. Stattdessen war ich ein Mitglied eines Rudels Pelzloser.

Das hatte ich schon vor Tagen beschlossen, als ich Luke geholfen hatte, anstatt ihm Schaden zuzufügen.

Also nutzte ich unsere verschränkten Hände, um mich näher an ihn heranzuziehen. Von meinem Stamm. Auf seinen.

Unsere Oberschenkel stießen aneinander. Das Gewürz hüllte mich ein.

„Ich möchte es aber nicht langsam angehen", sagte ich zu dem Werwolf, den ich mir ausgesucht hatte. „Ich möchte, dass du mich beißt."

Und das tat Luke dann auch, mit seinem zimtigen und unwiderstehlichen Geruch.

ICH HOFFE, DIR HAT Die Jagd des Alphas *gefallen! Wenn ja, solltest du dir das letzte Abenteuer von Honor in* Streunender Shifter *nicht entgehen lassen.*

Und vergiss nicht, dich in meine E-Mail-Liste ein (www.aimeeeasterling.com) einzutragen, damit du benachrichtigt wirst, sobald neue Bücher erscheinen oder ältere Bücher im Angebot sind.

Danke, dass du dieses Buch gelesen hast! Deinetwegen schreibe ich.